KB195408

가족이 되었습니다

- 사랑과 감동으로 만들어가는 행복한 입양가족 이야기 -

도서출판 **다함**은

1. **다**윗과 아브라**함**의 자손
아브라함과 다윗의 자손으로, 하나님 구원의 언약 안에 있는 택함 받은 하나님 나라 백성을 뜻합니다.

2. 마음과 뜻과 힘을 **다하여** 하나님을 사랑하라
구약의 언약 백성 이스라엘에게 주신 명령(신 6:5)을 인용하여 예수님이 가르쳐 주신 새 계명
(마 22:37, 막 12:30, 눅 10:27)대로 마음과 뜻과 힘을 다해 하나님을 사랑하겠노라는 결단과 고백입니다.

사명선언문

1. 성경을 영원불변하고 정확무오한 하나님의 말씀으로 믿으며, 모든 것의 기준이 되는 유일한 진리로 인정하겠습니다.
2. 수천 년 주님의 교회의 역사 가운데 찬란하게 드러난 하나님의 한결같은 다스림과 빛나는 영광을 드러내겠습니다.
3. 교회에 유익이 되고 성도에 덕을 끼치기 위해, 거룩한 진리를 사랑과 겸손에 담아 말하겠습니다.
4. 하나님 앞에서 부끄럽지 않도록 항상 정직하고 성실하겠습니다.

가족이 되었습니다

- 사랑과 감동으로 만들어가는 행복한 입양가족 이야기 -

초판 1쇄 인쇄 2024년 12월 12일
초판 1쇄 발행 2024년 12월 23일

지은이 | 한국기독입양선교회 입양가족

디자인 | 장아연
교 정 | 이수화
펴낸이 | 이웅석
펴낸곳 | 도서출판 다함
등 록 | 제402-2018-000005호
주 소 | 경기도 군포시 산본로 323번길 20-33, 701-3호(산본동, 대원프라자빌딩)
전 화 | 031-391-2137
팩 스 | 050-7593-3175
블로그 | https://blog.naver.com/dahambooks
이메일 | dahambooks@gmail.com

ISBN 979-11-989435-2-1 [03810]

사랑과 감동으로 만들어가는 행복한 입양가족 이야기

가족이 되었습니다

한국기독입양선교회 입양가족 지음

목차

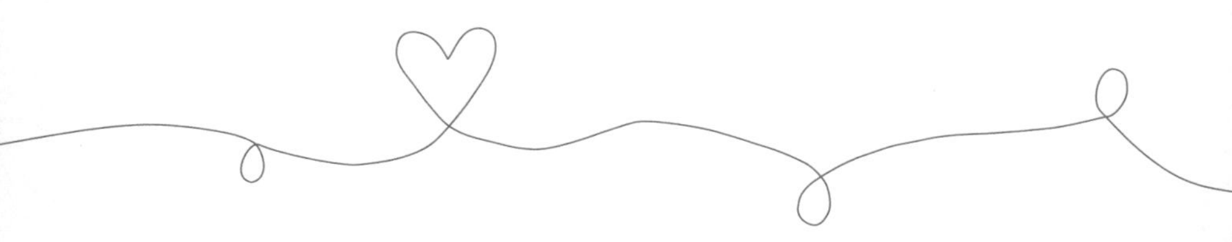

2. 형제자매 이야기

3. 위탁 가족 이야기

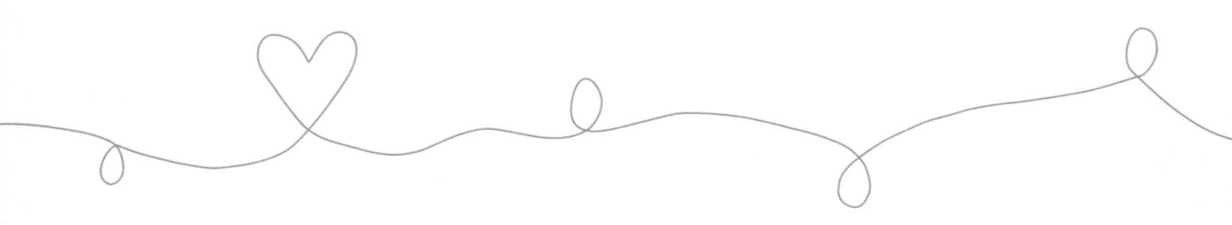

PART 2. 난임(불임) 가족 이야기

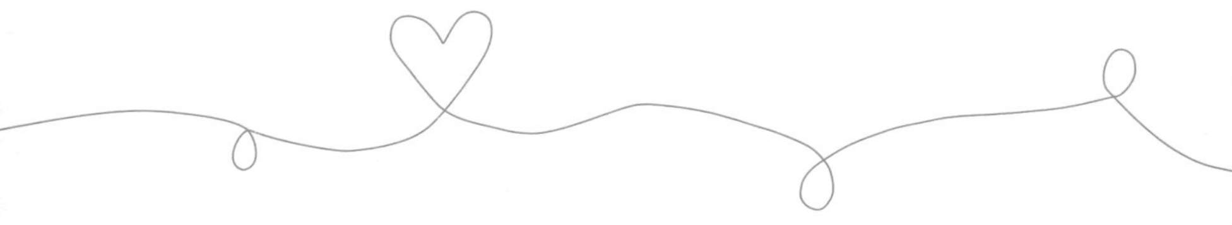

PART 3. 유자녀 가족 이야기

7. 아들 하나를 품다

8. 딸 하나를 품다

9. 둘 이상을 품다

PART 4. 특별한 가족 이야기

추천사

2011년 여름 우연히 『하나님 땡큐』라는 책을 밤새워 읽은 후, 저자인 윤정희 사모님과 연결되어 그 가족을 처음 만난 지 어느덧 13년이 되었습니다.
당시 <추적60분>, <소비자고발> 등의 고발 프로그램으로 심신이 피폐해 있는 후배 PD들에게 뭔가 다른 에너지를 주어야겠다는 생각에, 수련회 특강 강사로 윤정희 사모님을 초청하게 되었습니다. 후배들은 처음 접하는 강의를 스펀지처럼 받아들였고, 수련회 후 뒷풀이에서도 받은 감동을 폭발적으로 표현하며 오랫동안 대화를 나누었습니다!
여기 『가족이 되었습니다』에도 사람의 마음을 움직이고 치유하는 생명의 이야기, 기도와 사랑의 씨앗으로 열매 맺은 드라마틱하고 아름다운 입양 간증문과 가족의 '탄생-성장-완성'이라는 감동의 이야기가 가득 담겨 있습니다.
하나님께서 우리에게 주신 가장 소중한 가족, 그런 천국 가정을 꿈꾸고 있는 분이라면 누구라도 이 책을 읽기를 바랍니다. 여기에 그 해답이 있습니다!

권혁만_영화감독

“너희는 다시 무서워하는 종의 영을 받지 아니하고 양자의 영을 받았으므로 우리가 아빠 아버지라고 부르짖느니라”(롬 8:15)
사도 바울의 선언처럼 복음은 하나님 아버지께서 우리를 예수 그리스도 안에서 입양하신 사건입니다. 그런 의미에서 입양은 하나님의 사랑과 그 복음이 무엇인지를 온 몸과 삶으로 증언하는 것이라 할 수 있습니다.
『가족이 되었습니다』는 하나님 안에서 새롭게 태어나는 가족이라는 기적을 통해 눈에 보이고 손에 잡히는 복음을 우리에게 진솔하게 들려주고 있습니다. 이 복음의 증인들이 대단히 특별한 사람들이 아니라, 고민과 갈등 속에서도 그저 하나님의 사랑에 깊이 감동되어 분투하며 살아가는 우리의 형제자매들이라는 사실은 우리의 가슴을 더욱 뭉클하게 만듭니다. 하나님께서 이 증인들을 통해 이루실 놀라운 역사를 기대하며, 이 책을 강력히 권하여 추천합니다.

송태근_삼일교회 담임목사

가정은 아이가 처음 만나는 세상입니다.
부모는 아이가 깃드는 우주입니다.
입양은 아무것도 없이 혼자인 아이에게 세상과 우주를 만들어 주는 기적 같은 일입니다.
입양은 가족에게 세상에 둘도 없는 귀한 생명이 생기는 축하받을 일입니다.
이 책에는 입양가족들의 아름답고 가슴 뭉클한 이야기가 가득합니다.
따뜻함이 필요한 모든 분께 이 책을 강력히 추천합니다.

신애라_배우

입양가족의 아름다운 이야기들이 담긴 책을 만나게 되어 매우 기쁘게 생각합니다. 입양을 통해 새로운 가족이 되어가는 기쁨과 사랑의 순간들이 생생하게 보여지는 것 같습니다. 입양은 한 아이에게 온 세상을 만들어 주는 일이지만 가끔 주변의 무딘 말과 색다른 시선이 입양가족에게 상처가 될 때가 있습니다. 입양가족은 다양한 가족의 한 형태일 뿐인데, 때로는 특별하거나 매우 다른 것처럼 구분 짓곤 합니다. 그러나 아동은 입양을 통해 가정이라는 든든한 울타리를 만나 건강하고 행복하게 자라날 수 있는 힘을 얻게 되고, 입양 부모 역시 아이를 키우면서 가족으로 함께 성장하게 됩니다.

이 책이 그 과정을 보여줌으로써 입양에 대한 긍정적인 인식을 확산시키는 데 큰 역할을 하리라 기대합니다. 『가족이 되었습니다』 발간을 통해 이야기를 나누어 주신 입양가족분들께 축하와 감사의 인사를 전하며, 이 책이 많은 이들에게 따뜻한 위로와 격려가 되기를 기원합니다.

그리고 입양에 대한 이해와 공감의 통로가 되어 모든 국민이 입양가족을 '다르게' 보는 편견을 버리고 하나의 평범한 가족으로 '바르게' 보게 되길 기원합니다.

다시 한 번 이 책의 발간을 진심으로 축하드립니다.

정익중_아동권리보장원장

이 책은 많은 입양가족의 입양의 행복과 감동을 엮어낸 책입니다.
입양아와 부모뿐만 아니라 형제자매들의 이야기, 다양한 입양 사례별 이야기와 위탁가정의 이야기들 속에, 입양을 통해 경험한 사랑과 기쁨 그리고 입양을 통해 받은 풍성한 은혜가 가득 담겨 있습니다.
입양에 관해 궁금한 여러 가지 질문에 대해서도 자세히 설명해주고 있어 입양에 대해 알고 싶거나 계획하시는 분들에게도 좋은 안내서가 될 것으로 기대합니다.
글을 읽다보니 20여 년 전 입양한 두 아들과 함께 지낸 날들이 떠올랐습니다. 힘들고 어려웠던 일들도 시간이 지나 이제는 가슴 속에 따뜻함과 감사함으로만 남아 있습니다. 사랑을 준 줄만 알았는데, 제가 더 큰 사랑과 복을 받았습니다.

최재형_전 감사원장

한국기독입양선교회 입양가족들의 소중한 마음을 담은 입양수기 『가족이 되었습니다』의 출간을 진심으로 축하드립니다.

입양은 단순히 아이를 품는 것이 아니라, 가정과 사랑으로 아이의 미래를 새롭게 그리는 아름다운 선택입니다. 이 책은 입양에 대하여 우리의 이해를 깊게 해주고, 그 과정에서 마주할 감정과 상황들을 다양한 입장에서 진솔하게 풀어낸 소중한 기록입니다.

책 속에는 입양을 통해 한 가정을 이루어가는 감동적인 이야기와 함께, 부모와 자녀 모두가 성장해 나가는 과정을 담아내어 깊은 울림을 선사합니다. 또한, 입양이 단순히 아이의 삶을 변화시킬뿐만 아니라, 부모에게도 새로운 사랑의 의미를 깨닫게 한다는 메시지를 전합니다.

입양에 관심이 있는 분들, 그리고 이미 입양가족으로 살아가고 있는 모든 분들에게 이 책은 좋은 길잡이가 될 것입니다. 또한 아이를 품는 것은 단지 부모가 되는 것을 넘어, 하나님께서 우리에게 주신 무한한 사랑을 알게 하십니다.

이 책을 통해 입양에 대한 편견이 허물어지고, 더 많은 아이들이 따뜻한 가정에서 사랑을 받으며 자랄 수 있는 세상이 만들어지길 기도합니다. 모든 가족의 이야기 속에 사랑이 듬뿍 담겨 있듯, 이 책을 통하여 사랑의 기적을 발견하시길 소망합니다.

홍경민_(사)한국입양홍보회장

서문

아기를 포함한 자녀들에게 가장 필요한 것은 부모가 있는 가족이고 한 공간에서 추억을 만들어가는 가정입니다. 자녀들은 자신들을 위해서 심장도 꺼낼 만큼 헌신하는 부모의 사랑을 받으면서 건강하게 성장하여 세상 가운데 다른 사람들을 사랑할 수 있는 성인이 됩니다.

그러나 인간사 예상치 못한 어려움이 항상 발생하듯이, 원가정에서 자라지 못하는 환경에 처한 아동들이 존재합니다. 우리나라 뿐만 아니라 전세계 어느 곳에나 출생 아동 수의 약 1-2%는 원가정에서 분리되는 아픔을 겪습니다. 안타까운 것은 선진국 대부분은 아동일시보호시설만 운영하며 아동들을 보육원과 같은 집단양육시설에서 장기간 보호하지 않는데, 대한민국에서는 2/3에 해당하는 아동들이 집단양육시설에서 성인이 될 때까지 보호를 받다가 세상으로 나옵니다. 세상에 홀로 세워진 청년들이 겪는 여러 어려움은 참으로 우리를 슬프게 합니다.

왜 원가정에서 분리된 아동들이 보육시설에서 자라야 하나요? 그들을 품어줄 가족, 가정이 없기 때문입니다. 위탁가정, 입양가족이 없기 때문입니다.

그런데, 가끔씩 어르신들을 만나서 대화를 하다보면, 젊었을 때 입양할 마음이 있었는데 어떻게 하는지 알지 못했다는 말씀을 간혹 하십니다. 또는 막연한 두려움에 시작할 방법을 몰랐다고 하십니다. 맞습니다. 몰랐기 때문에, 막연한 두려움 때문에, 위탁가정이 되고 입양가족이 되는 문을 열 수가 없었던 것입니다.

그러한 대한민국 현실에서 너무나도 중요한 책이 나왔습니다. 저는 이미 4명의 친생자녀를 보았고, 2명의 입양자녀를 키우고 있으며, 3명의 위탁자녀를 양육하였지만, 이 책이 주는 감동이 여전히 매우 크고 놀랍습니다. 특별히 이 책에는 입양된 자녀들의 이야기, 형제들의 이야기, 입양부모의 이야기가 다양하게 실려있기에, 입양에 대해 알고 싶고 위탁을 하고 싶은 분은 이 책을 통해 그 어느 책보다 많은 지식과 지혜와 간증과 감동을 얻으실 수 있을 것입니다.

마음 속에 한 번이라도 품었던 입양과 위탁의 마음이 있으신 분들이 이 책을 통해서 막연한 두려움에서 벗어나고, 시작할 수 있는 용기를 얻을 수 있기를 바라며 꼭 읽어보시기를 간절한 마음으로 바라고 추천합니다.

원가정에서 분리된 이 세상에서 가장 외로운(고) 아동(아)들에게 가장 필요한 것은 가족과 가정입니다. 특별히 하나님을 믿음으로 하나님께 입양된 신자이라면, 하나님께서 우리를 향해 간절하게 부탁하신 '고아를 돌봐달라'는 음성에 귀를 기울이고, 이 책을 통해서 우리 하나님이 얼마나 기뻐하시는지 알 수 있게 되기를 응원합니다.

오창화 (한국입양선교회 대표)

프롤로그 _ 책을 내며

한기선 가족들은 희망찬 새로운 세상을 꿈꾸고 있습니다. 이 땅의 아이들이 사랑받기 위해 태어난 존재임을 알 수 있도록 우리 모두가 아이에게 선물이 되어주는 세상. 그런 세상이 열리길 바라는 마음으로 하나님 안에서 가족이 되어가는 삶의 여정을 이 책에 담아놓았습니다.

모든 아동은 태어난 가정에서 부모와 가족의 사랑을 받으며 건강하게 자라나야 합니다. 그러나 여러 가지 이유로 부모의 보살핌을 받지 못하거나 태어난 가족 안에서 성장하기 어려운 아이들이 존재합니다. 이들을 위한 하나님의 대책은 무엇일까요? 한기선 가족들은 해외입양인, 자립 준비 청년, 보육원 아동들을 만나 그들의 이야기에 귀를 기울이며 확신하게 되었습니다. 원가정으로부터 분리된 대한민국의 모든 아동은 다른 곳이 아닌 바로 이 땅에서, 아동양육시설이 아닌 가정에서 보호받고, 성장해야 된다는 것을요. 아동복지 정책의 궁극적 목표는 몸과 마음이 아픈 아이까지도 모두 따뜻한 가정에서 살 수 있는 사회를 지향하는 것입니다.

한 생명이 태어나 성인이 되기까지 그가 누렸던 모든 것들은 다 누군가로부터 받은 선물입니다. 자신의 삶이 얼마나 소중한 하나님의 선물인지 인식하고 받아들이는 이가 누군가에게 자신을 선물로 흘려보내는 삶을 살아갑니다. 세상의 선물로 오신 그리스도를 따라 빚진 자의 마음으로 봄의 새싹들에게, 미래의 꿈나무들에게 조건 없는 사랑의 가정을 선물할 때 새로운 세상은 우리 곁에 가까이 다가올 것입니다.

입양업무 전반에 대해 국가와 지방자치단체의 책임 강화를 골자로 한 '국내입양에 관한 특별법' 전면 개정안과 '국제입양에 관한 법률' 제정안도 국회를 통과되어 2025년 7월 19일 시행을 앞두고 있습니다. 아동이 중심이 되고, 아동의 이익이 최우선될 때 자신이 사랑받기 위해 태어난 존재임을 알 수 있을 것입니다. 더불어 아동이 누군가에게 또 다른 선물이 될 수 있도록 우리 모두가 힘을 모아야 합니다. 이 책에 담긴 한기선 가족들의 이야기 하나하나가 희망찬 새로운 세상을 열어가기 위한 작은 등불이 되길 소망합니다.

[일러두기]

이 책에 등장하는 사람들의 이름에는 실명과 가명, 애칭이 섞여 있습니다.

이 책에 인용한 성경본문은 따로 명시하지 않은 경우 모두 대한성서공회에서 펴낸 개역개정 4판을 따랐습니다.

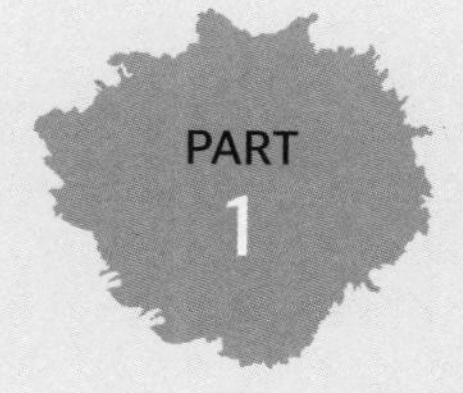

자녀와 위탁 이야기

1

입양 자녀 이야기

(1) 포기하지 않는 아이

최소원 (초등, 여)

안녕하세요? 저는 충남 추부에 사는 초등학교 6학년 최소원입니다.

저희 가족 소개를 잠깐 해보겠습니다. 엄마 김순임과 아빠 최영두, 큰언니 혜원, 큰오빠 재원, 둘째 오빠 하원, 셋째 오빠 신원, 그리고 저와 동갑인 언니 여원, 그리고 저 소원, 남동생 주원, 진원이까지 이렇게 열 명이 우리 가족입니다. 제일 큰언니와 큰오빠만 엄마가 배로 낳고 하원 오빠부터 진원이까지는 엄마 가슴에서 나온, 우리 가족은 입양가족입니다.

저는 엄마 아빠를 아주 특별한 곳에서 만났습니다. 부모님께서는 대전 충남대 병원 신생아실 인큐베이터 안에 있던 저를 만나러 오셨습니다. 당시에 겨우 숨만 붙어있는 저를 보는 게 무척 힘드셨다고 해요. 부모님께서는 제가 죽을 고비를 몇 번이나 넘기면서도 살아있었다고 얘기해 주셨어요.

저를 보고 집에 돌아와서 엄마가 혜원 언니에게 제가 너무 몸이 안 좋아 걱정스럽다고 하셨대요. 그런데 혜원 언니가 엄마를 설득했다고 해요. 언니는 엄마에게 만약 자기가 몸이 건강하지 못한 아기를 낳으면 포기하라고 할거냐고 말했는데 그 말에 엄마는 뭔가로 뒤통수를 한 대 맞은 것처럼 멍해졌다고 합니다. 그 후로 저는 인큐베이터에서 나와 퇴원 후 보육원으로 가지 않고 지금의 우리 집으로 오게 되었습니다.

아기 때 그렇게 아팠던 저는 지금은 아주 건강합니다. 너무 건강해서 아파서 학교에 안 나오는 아이들을 보면 부럽기까지 합니다. 아팠던 저를 엄마가 많이 돌봐주셔서 그런지 제가 유별나게 엄마를 좋아하고 엄마를 졸졸 따라 다닙니다. 나중에 돈 벌면 다 엄마에게 줄 거예요. 엄마가 나이 들어 힘들어하면 제가 어렸을 때 아픈 저를 돌봐주셨던 엄마처럼 저도 엄마를 돌봐드릴 거에요. 저는 엄마 껌딱지니까요.

저를 포기하지 않으시고 사랑으로 돌봐주신 부모님 덕분에 저는 추부 우리집에서 오늘도 건강하게 잘 지냅니다.

언니는 엄마에게
만약 자기가 몸이 건강하지 못한 아기를 낳으면
포기하라고 할거냐고 말했는데
그 말에 엄마는 뭔가로 뒤통수를 한 대 맞은 것처럼
멍해졌다고 합니다.

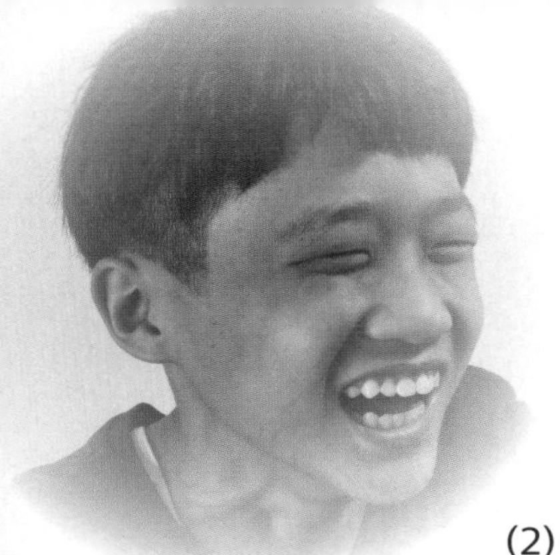

(2) 미처 몰랐던 이야기

김하나 (중등, 남)

안녕하세요. 저는 김상훈 아빠와 윤정희 엄마의 열번째 아들, 15살 김하나입니다.

현재 홈스쿨로 아빠와 함께 공부하고 가족들과 여행하며 길 위에서 세상을 알아가는 길 위의 학교 학생입니다.

저는 우리집에 오기 전에 강릉 자비원에서 살았습니다. 자비원은 부처님을 믿는 곳이어서 저는 향냄새를 맡고 목탁 소리를 들으며 자랐습니다. 입양 당시 여섯 살이었던 저는 불교랑은 상관없는 하나님을 믿는 가정으로 이사를 오면서 갑자기 교회를 다니게 되었습니다. 향 냄새도 나지 않는 집에서 목탁 소리 대신에 찬송가를 듣게 되었습니다. 자비원에도 형들이 많고 이사한 집에도 형들이 많았는데 내가 왜 여기에 온 건지 이유도 모르고 자비원 이모들이 보고 싶기도 했습니다.

자비원은 시설이고 이곳은 가정이라는 걸 그때는 제가 어려 알 수가 없었으니까요.

여기서는 형들을 따라 교회에 가서 놀았습니다. 사람들도 많고 예배를 드리면 간식도 주고 모두가 친절하게 잘 대해주었습니다.

지금도 저는 고집이 좀 세고, 어른들 말을 잘 듣는 아이는 아닙니다. 그때는 저도 왜 그랬는지 모를 정도로 어른들 말을 안 듣는 아이였습니다. 제 기억 속에 저는 동생 행복이도 몰래 많이 때리고, 물건도 던지고, 화를 내고, 소리내어 우는 일도 많았습니다.

유치원 다닐 때 화가 나서 교실에 있던 전화기를 던지고 선생님께 소리 지르고 눈물 콧물 흘리며 울었던 일도 있습니다. 아빠가 와서야 울음을 그치고 난폭한 행동도 멈췄는데 왜 그랬는지는 저도 잘 모르겠습니다.

아빠는 그런 저를 보면서 혼내지 않고 그저 업어주셨습니다. 집에 와서 눈물 콧물 흘렸던 절 세수시켜주고 저를 업고 교회 주차장을 돌고 또 돌았습니다. 아빠의 넓은 등에서 저는 또 울었습니다. 그렇게 6살, 7살을 아빠 등에서 보냈습니다.

저의 어렸을 때를 돌아보니 요즘 말하는 금쪽이가 바로 저였습니다. 어느 날 갑자기 저기서 살다가 여기로 이사 온 고집 센 저는 소리 지르고 물건 던지고 울고 그러다 거실에 있던 책상 아래로 들어가 숨어버렸습니다. 그럴 때마다 아빠는 절 찾아내고 데리고 나가 제 손을 잡아주고 업은 채로 노래를 불러주었습니다.

제가 초등학생이던 어느 날, 대체 왜 교회를 가야 하냐며 난 불교라고, 앞으로 교회를 안 가겠다고 했습니다. 당시 저는 엄마, 형들과 함께 강릉중앙감리교회를 다녔고 아빠는 강릉 아산병원 원목으로 병원에서 예배를 드리셨습니다. 제가 교회에 가기 싫다고 할 때마다 아빠는 저를 아산병원으로 데리고 가셨습니다. 아빠가 있는 원목실에 가면 과자도 있고 동생 행복이도 없고 아빠가 저하고만 얘기하고 놀아 주었습니다. 아빠는 우리가 왜 하나님을 믿어야 하는지도 알려 주시고 성경공부도 같이 해주셨습니다. 제가 자발적으로 교회에 나가 하나님을 믿을 수 있도록, 강요하지 않고 기다려 주셨습니다. 저는 초등학교 5학년이 지나 6학년이 되어서야 자발적으로 교회를 가고 하나님을 믿는 아이가 되었습니다.

엄마가 가끔 이런 말을 합니다.

"하나야, 너는 이미 어렸을 때 사춘기보다 더한 시기를 보냈으니
사춘기는 없을 거야."

그러면서 작년에 또 이런 말씀도 하셨습니다.

"하나에게는 사춘기가 안 올 줄 알았는데, 결국 오는구나.
이왕 겪게 된건데, 좀 짧게 보내자!"

엄마 말에 웃겨서 웃음이 나왔습니다. 엄마랑 얘기하면 진지한 말도 웃음이 납니다.

십 년이 흐른 뒤 저는 이해하지 못했던 지난 날들을 이해하게 되었습니다. 저기서 여기로 이사한 이유를, 그때는 몰라서 힘들었던 그 이유를 살아보니 알게 되었습니다.

저는 제가 버림을 받았다고 생각했습니다. 하지만 버림을 받은 게 아니라 새로운 사랑이 시작되었다는 걸 십 년이 지나서야 알게 되었습니다. 아빠의 등에서 기다림을 알게 되었습니다. 엄마의 웃음에서 시설 대신 가족의 품을 알게 되었습니다.

하나님을 믿는 믿음 안에서 '입양'이라는 단어의 의미를 제대로 알게 되었습니다. 그리고 저는 금쪽이에서 다시 태어났습니다. 엄마 아빠의 사랑스런 아들 김하나로요.

내년에 저는 홈스쿨을 하던 가정의 품을 떠나 학교로 들어가 고등학생이 됩니다. 제가 가족 안에서, 하나님 안에서 이루려는 꿈을 위해 공부도 열심히 하고 운동도 잘해서 사랑이 형처럼 멋진 복근 몸매도 만들 겁니다. 저를 지지해주는 가족으로 인해 제가 즐거운 사춘기를 보내고 있다고 고백하며 글을 마무리합니다.

> 저는 제가 버림을 받았다고 생각했습니다.
> 하지만 버림을 받은 게 아니라
> 새로운 사랑이 시작되었다는 걸
> 십 년이 지나서야 알게 되었습니다.

(3) 진짜 내 가족

조은샘 (중등, 남)

안녕하세요? 저는 중학교 3학년인 조은샘입니다.

저에게는 저를 낳아주신 부모님과 저를 길러주신 부모님, 이렇게 다른 두 부모님이 계십니다. 저는 성과 이름도 두 개를 가지고 살고 있습니다. 제가 절 볼 때는 평범한 청소년인데 제 삶은 그렇게 평범하지 않은 것 같아 그런 제 이야기를 해보려 합니다.

저는 4살까지 대전 늘사랑 아동센터에서 살았습니다. 대부분의 기억은 잘 나지 않지만 저랑 비슷한 아이들이 많이 있었던 것은 기억이 납니다.

4살 때 지금의 부모님이 저를 입양하기 위해 센터에 오셨습니다. 입양되는 순간부터 저는 이전의 제가 아닌 완전히 다른 삶을 살게 되었습니다. 먼저 성과 이름이 바뀌고 제가 다니던 어린이집이 아닌 다른 어린이집을 다니고, 보육원이 아닌 형 한 명과 엄마 아빠가 있는 집으로 와서 살게 되었습니다.

그때는 제가 어려서 몰랐지만, 지금 생각해보니 혼란의 시간이었던 것 같습니다. 부모님은 성격이 편안하고 사랑이 많으신 분들이십니다. 제가 바뀐 환경에 적응할 수 있도록 천천히 기다려 주시고 제가 잘 모르는 걸 많이 가르쳐 주셨습니다. 어린이집에서 사고를 치고 오면 아이들이 그럴 수도 있다고 괜찮다고 웃어주셨습니다. 차차 새로운 집에 적응하면서 저는 초등학교에 입학을 했고, 다른 아이들처럼 평범한 초등학교 시절을 보냈습니다.

제가 초등학교 3학년 때, 강릉에 사는 윤정희 이모랑 다니엘 형, 사랑이 형, 한결이 형이 우리 집에 놀러왔습니다. 윤정희 이모는 그전부터 알고 있었지만, 다른 형들은 처음 만났습니다. 형들도 모두 저처럼 입양되었고 사랑이 형과 다니엘 형은 제가 살던 보육원에서 지내다 왔다는 걸 듣게 되었습니다. 그리고 윤정희 이모 덕에 제가 입양된 것도 알게 되었습니다.

형들은 쇼트트랙 강원도 대표선수였습니다. 강릉에 스케이트장이 공사를 해서 대전으로 3개월간 전지훈련을 왔다고 했습니다. 아빠가 저도 형들 훈련하는 것도 보고 스케이트도 배우라며 그때부터 스케이트장을 데리고 다니셨습니다. 차가운 빙판 위에서 스케이트 신발을 신고 달리는데 기분이 너무 좋고 마음도 시원해지고 재미있어서 아빠에게 좀 더 배우고 싶다고 했습니다. 아빠도 제대로 배워보자고 말씀하셔서 그때부터 저는 스케이트를 배우고 6학년 때는 선수로 전국대회도 나갔습니다.

새벽 운동 마치고 집에 가서 아침밥 먹고 학교에 가고, 학교 마치면 다시 스케이트장으로 다닐 때마다 아빠는 늘 저와 함께 했습니다. 스케이트는 개인 운동이기에 시합을 갈 때도 아빠가 데려다주셨고 하루 종일 저와 함께 하셨습니다. 지금 생각해보니 아빠는 제가 운동하는 4년 동안 개인 시간도 없이 저만 따라다니셨네요. 아빠가 너무 고마워 이 글을 쓰는데 눈물이 나올 뻔 했습니다.

6학년 때 계속 운동을 할 건지 고민이 많았습니다. 고민하면서 운동은 그만두고 일반 중학교로 가는 걸 결정해야 할 혼란한 시기에 부모님께서 갑자기 절 낳아주신 분이 저를 보고 싶다고 보육원을 통해 연락해 왔다는 말을 해주었습니다. 낳아주신 분을 만날 때까지 일주일의 시간 동안 저는 아무 생각도 나지 않았습니다. 그동안 날 낳아주신 분들은 누구일까? 날 생각이나 하고 살까? 언젠가는 만날까? 이런 생각을 안 해본 건 아니었습니다. 그렇지만 이렇게 갑자기 만날 거란 생각을 못 해서 그런지 혼란과 걱정을 안은 채로 일주일이 빠르게 흘러갔습니다.

일주일 뒤, 부모님을 따라서 제가 살던 보육원에 갔습니다. 그분은 절 낳고 보육원에 맡긴 뒤 다시 결혼하셔서 아이가 셋 있다고 했고, 결혼한 남편분과 함께 저를 만나러 오신다고 했습니다. 사무실에 들어가니 그분이 먼저 와서 기다리고 있었습니다. 심장도 뛰고 손에는 땀도 났는데 얼굴을 보는 순간 그냥 멍하니 아무 말도 안 나왔습니다. 잠깐 대화할 시간도 있었지만 물어보는 말에 간단히 답만 하고 우리는 헤어졌습니다. 나중에 그분이 엄마에게 연락해서 제가 중학교 갈 때 가방을 사서 보내주겠다고 했다는 말을 들었습니다.

그분을 만나고 와서 전 기분이 이상해졌습니다. 보고 싶었던 건 아니었는데 보고 싶기도 하고 그 집으로 가서 살고 싶다는 생각도 들고 가방도 기다려졌습니다. 그래서 그즈음 학교에 갔다 오면 혹시 택배가 왔나 확인도 해보고, 엄마에게 혹시나 그분한테 연락이 왔는지 물어보기도 했습니다. 그리고는 이제는 갈 집이 있다는 생각에 절 사랑과 정성으로 키우시는 부모님께 괜히 툴툴거리고 화도 냈습니다. 이제는 여기가 내 집이 아닌 것처럼 생각이 들기도 했고 부모님 마음도 자주 아프게 했습니다.

그렇게 하루 이틀 시간은 흐르는데 기다리는 그분께는 연락도 없고 제가 중3이 되었는데도 가방은 오지 않았습니다. 그리고는 제가 잘 살기를 바란다는 말을 마지막으로 저와 연락을 끊었습니다.

차라리 만나지 말았다면 제가 헛된 꿈을 꾸면서 부모님 마음에 상처를 주지는 않았을 텐데.

이전에는 그분을 미워해 본 적은 없었는데 그때는 밉고 원망스러웠습니다.

혼자 힘들고 방황할 때 우리 한미숙 엄마와 조해봉 아빠는 늘 제 옆에서 염려의 마음과 사랑의 표현으로 저를 지켜주고 계셨습니다. 제가 엄마 아빠를 많이 힘들게 했는데도 변함없이 사랑해 주셨습니다.

그때 그 시간을 보내면서 알게 되었습니다. 힘들 때나 즐거울 때나 저와 함께하며 저를 지켜주고 사랑해 주는 사람들이 진짜 내 가족이라는 것을. 엄마 아빠는 당시 낳아주신 분이 찾아왔을 때 혹시나 아들을 보내야 하는 건 아닌가 싶어 힘든 마음을 안고 슬퍼하셨다고 합니다. 지금은 이렇게 아들을 잃지 않고 함께할 수 있어 굉장히 좋다고 하시는 부모님 말씀을 들으며 더 깨달았습니다. 이런 무한대의 사랑을 받고 자라는 이곳이 정말 제 집이고 제가 속한 가정이라는 것을요.

그래서 전 한미숙 엄마, 조해봉 아빠를 존경하고 사랑합니다.

앞으로도 부모님과 저는 더욱 사랑하며 행복하게 잘 살겠습니다.

그때 그 시간을 보내면서 알게 되었습니다.
힘들 때나 즐거울 때나 저와 함께하며
저를 지켜주고 사랑해 주는 사람들이
진짜 내 가족이라는 것을.

(4) 그건 부끄러운 게 아니야

유재헌 (고등, 남)

저는 강원도 태백에 사는 17살 유재헌이라고 합니다. 저는 태어나고 한 달 정도 후에 현재의 부모님께로 입양되었습니다. 그리고 제가 입양되었다는 걸 알게 된 것은 초등학교 1-2학년 즈음입니다. 저희 부모님께서 그전에도 계속 말씀해 주셨겠지만 그때는 어리기도 했고 입양이란 말 자체를 몰랐기에 인지하지 못했습니다. 입양되었다는 말을 처음 듣고 딱히 충격을 받지는 않았습니다. 왜냐하면 부모님께서 설명을 잘해주시기도 했고, 그 사실이 저에게 직접적으로 어려움을 주지는 않았기 때문입니다.

하지만 초등학교 고학년이 되어가며 사회시간에 여러 가지 가족의 형태를 배우게 되고 제가 입양되었다는 것을 아는 친구 몇몇이 그것을 가지고 놀리기까지 했습니다. 지금이라면 잘 대응했겠지만, 그때의 저는 많이 속상했고 입양되었다는 사실이 직접 느껴지면서 힘든 시간을 보내기도 했습니다.

하루는 다른 학교 아이들과 함께 수업 받는 날이었는데, 우리반 친구가 저를 가리키며

"얘 입양된 애다!"

라고 큰소리로 떠들어 댔고, 그 말을 들은 다른 친구는

"너 그럼 엄마 없어?"

라고 말하여 주변이 순식간에 웅성대기 시작했습니다. 제가

"엄마 있어!"

라고 했지만,

"그 엄마는 가짜 엄마잖아."

라고 하는 그 아이에게 "아니야!"라고 밖에 말할 수가 없었습니다.

뭘 잘못한 것도 아닌데 순식간에 부끄러워지고 혼자 속이 상해서 울고 집에 돌아와 부모님께 말씀을 드렸습니다. 그때 부모님께서 저에게

"엄마가 왜 없어? 너는 엄마가 두 명이나 되는데?
그 애들은 엄마 한 명밖에 없지. 입양은 부끄러운 게 아니야."

라고 말씀해 주시면서 그 친구들이 몰라서 그런 거라며 그 자리에서 학교에 전화를 걸어 상황을 설명하고 제 편을 들어 주셨습니다.

이후에도 학교에서 어떤 형과 말다툼을 하다가 그 형이 할 말이 없어지자

"입양된 주제에."

라고 말하는 겁니다. 부모님과 이야기를 나누기 전이었다면 또다

시 의기소침해질 수도 있었겠지만

"입양된 게 뭐! 그거밖에 할 말이 없어?"

하며 당당하게 받아쳤습니다. 제가 당당하니 그 형도 슬금슬금 자리를 피해버렸습니다.

몇 번의 사건(?)을 겪으며 '내가 이거 가지고 울어야 돼? 전혀 부끄러운 일이 아니야!'하는 마음과 함께 오히려 '입양된 내가 더 좋은 부모님 만나서 이런 일로 놀리는 저 친구들보다 나은 삶을 살고 있어'라는 생각을 하게 되었습니다. 그래서 그 이후로는 놀림을 받아도 대수롭지 않게 생각했습니다.

중학생이 되면서 한기선(한국기독입양선교회)을 알게 되고 여러 행사에도 참여하면서 입양이 어떤 것인지를 정확하게 알게 되었습니다. 그리고 다른 입양된 아이들과 어른들을 만나면서 어릴 때 생각이 많이 나곤 했습니다. 그러면서 입양이란 것에 오히려 자부심이 생겼습니다. 어릴 때는 입양이란 것이 부끄럽게 여겨지곤 했지만, 지금은 오히려 좋은 부모님과 좋은 어른들을 만난 것 같아 행복하고 다행이란 생각도 듭니다.

가끔 저의 친생부모에 대해 생각해보면 솔직히 '나를 버렸다'는 원망이 듭니다. 그런 이야기를 꺼낼 때마다 엄마는 그게 아니라 저를 지키기 위해, 피치 못할 사정이 있었기 때문에 저를 보낸 거라고 말씀해 주십니다. 솔직히 잘 이해가 되지는 않습니다. 제가 어른이 되면 이해할 수 있는 날이 오겠지요. 그럴 때 또 이런 생각도 해봅니다. '내가 친생부모와 살았어도 지금만큼 행복하고 즐겁게 살 수 있었을까?' 그럴 수도 있었겠지만 친생부모와 살아도 그렇지 못한 경우들을 많이 봐왔기에 저는 다행이라고 생각합니다. 그래서 요즘 저는 입양된 것에 대해 감사하게 생각하고 있습니다. 또한 나중에 어른이 되면 입양에 관한 일에 관심을 가지고 보탬이 되어보고도 싶습니다.

"엄마가 왜 없어?
너는 엄마가 두 명이나 되는데?
그 애들은 엄마 한 명밖에 없지.
입양은 부끄러운 게 아니야."

(5) 함께 사는 우리, 서로 닮는 우리

김하선 (청년, 여)

안녕하세요? 강릉에 사는 김상훈, 윤정희의 둘째 딸 김하선입니다.

제가 어렸을 때는 많이 아파서 중환자실에도 장시간 있었고, 서울대병원에도 오래 입원해 있었습니다. 당시를 떠올리면 병원에 계시는 의사 선생님과 간호사 선생님, 주사나 항생제 같은 기억이 많습니다. 그래서 제가 지금 간호사를 하고 있지 않나 싶기도 합니다. 제가 병원에 입원했을 때 부모님의 지인분들이 병문안을 오셨었는데, 올 때마다 맛있는 것을 사오시고 용돈도 주셨습니다. 간호사 선생님들은 제가 예쁘다고 많이 사랑해 주셨습니다. 당시 병원이라는 곳은 제 소원을 다 이뤄주는 곳 같았습니다. 사실 병원에 오래 입원한 아이들은 성장하여 직업을 갖게 되면 병원과 연관된 일을 하지 않는다고 하는데 제가 간호사가 된 걸 보니 좋은 기억이 자리 잡고 있었기 때문인 것 같습니다.

당시 저희 가족은 대전에 살고 있었습니다. 둔산동에 31평 아파트 한 채가 있었는데 그것을 팔아서 병원비를 냈다고 엄마가 자주 얘기를 해줍니다. 지금은 제가 남자친구가 없지만 나중에 결혼하면 본인한테 집 한 채 사주고 가라고, 31평 아파트 사달라고 얘기하세요. 그래서 저는 결혼을 하지 않고 아빠 엄마랑 평생 같이 살 작정입니다! 저는 아빠를 매우 좋아하지만 엄마랑은 좀 싸우는 편입니다. 이렇게 아빠를 사랑하면서 엄마랑 토닥거리며 사는 게 오히려 결혼보다 행복하지 않을까 라는 생각도 듭니다.

제가 어릴 때는 솔직히 잘 몰랐습니다. 언젠가 입양된 아이라고 친구들이 놀린 적도 있었는데, 그땐 그냥 저희 집이 평범했으면 좋겠다고 생각했습니다. 제가 사춘기에 접어들면서 엄마가 방송을 하는 것이 불편했지만 동생들이 계속 방송을 하자고 해서 어쩔 수 없이 동참하게 되었어요. 나중에 엄마에게 솔직히 방송하고 싶지 않았고, 방송이 싫다고 말씀을 드렸습니다. 엄마는 제 얘기를 듣고 제 마음을 알아주지 못해서 미안하다고 하셨습니다.

그때 제가 느낀 것은 엄마에게 솔직하게 말을 하지 않아서 엄마가 몰랐구나 하는 것이었습니다. '제가 입양되지 않았다면, 우리 아빠 엄마가 나한테 없었다면, 나는 어떻게 지내고 있었을까?' 제 모습을 상상하며 저를 돌아보는 시간을 갖게 되었습니다. 저에게 사과하는 엄마의 모습을 보면서 이런 게 소소한 행복이라는 것도 경험하게 되었습니다.

모든 순간을 인정하고 나니 오히려 제 자신에게 당당해졌고, 자신감도 생겼습니다. 저는 공개입양이 자녀들을 키울 때 자아가 더 건강해지고 자신감을 기를 수 있는 비결이라고 말씀드립니다. 물론 사람마다 다를 수 있겠지만 아이들이 성장해서 입양 사실을 아는 것보다 어려서부터 입양이라는 것에 대해 알고 성장하는 게 아이들의 정서 발달에 더 좋다는 겁니다. 저희 동생들도 입양이라는 단어를 아무렇지 않게 말하고 표현했기에 건강하게 성장했습니다.

저에게는 언니가 있습니다. 첫째 딸 하은 언니는 저랑 같은 핏줄로 태어난 친언니입니다. 그러다보니 주변에서 언니랑은 남다르지 않느냐고 물어보는 경우가 많습니다. 정확히 말씀드리고 싶은 건 언니랑 저는 정말 안 맞고 오히려 여동생 하민이와 있는 것이 편하고 좋습니다. 하은 언니는 지금 캐나다에서 살고 있는데 어렸을 때부터 많이 떨어져 있어서 그런지 언니는 저와 다르게 모범적이고 차분하며, 엄마와도 싸우거나 다투지 않습니다. 그런 모습이 비교가 되어 오히려 떨어져 있는 게 낫다고 생각합니다. 사실 제가 하은 언니 이야기를 꺼낸 이유는 진짜 가족이란 함께 사는 이들임을 말하고 싶기 때문입니다. 서로 부딪히면서 함께 산 시간이 많은 이들이 귀하고 소중합니다.

언젠가는 아빠 엄마가 제게 절 낳아주신 분을 찾고 싶으면 찾아주겠다고 하셨습니다. 그때 제가 이렇게 말씀을 드렸습니다.

> "나와 함께 좋은 것이든 힘든 것이든 살아온 사람들이 내 가족이지
> 낳기만 해준 사람들은 가족이라고 생각하지 않아요."

저는 알지도 못하는 생부모와 무언지 모를 감정으로 엮이고 싶지 않았고, 부모님과 만족하며 살고 있기에 찾고 싶지 않다는 표현을 그렇

게 한 겁니다.

제가 살면서 신기한 경험을 하나 한 게 있습니다. 같이 살면 닮는다는 말이 진짜더라고요. 제 친구가 밥을 먹으러 어느 식당을 갔는데 저에게 전화를 하더니

"나 너네 엄마와 정말 닮은 사람을 봤다."

라고 하더군요.

"너 도대체 어디 식당에 있길래 그런 소리를 하느냐"

라며 식당 이름을 물었습니다. 그리고 바로 엄마한테 전화를 해서 혹시 그 식당에 계신지 확인해보니 엄마가 정말 그 식당에서 점심을 드시고 계셨습니다. 나중에 친구에게 물었습니다.

"너 우리 엄마 어떻게 알아봤어?
우리 엄마 사진도 본 적 없고, 얼굴도 모르지 않아?"

그랬더니 친구가 하는 말이

"그냥 너랑 닮아서 그랬어."

라고 얘기를 하더군요.

그 일 이후 며칠 뒤에 엄마와 제가 어디가 닮았는지 싸우다시피 얘기를 한 적이 있었습니다. 저는 저처럼 예쁜 애가 엄마를 어떻게 닮을 수 있냐고 말하며 엄마에게 따졌습니다.

"엄마는 오십이 훌쩍 넘은 아줌마고,
나는 파릇파릇한 20대인데 어떻게 닮을 수가 있어?"

그랬더니 엄마는

"그때 그 친구한테 내가 너처럼 못생겼냐고 꼭 좀 물어봐."

라고 말해서 둘이 얼마나 웃었는지 모릅니다.

그러면서 결론도 나지 않는 기싸움을 하며 서로 마주 보고 웃는데 정말 그 순간 엄마의 얼굴을 보면서 '내가 엄마랑 매우 닮긴 닮았구나.' 하고 생각했습니다.

서로 닮았다는 것 그리고 닮아가고 있다는 것이 우리가 돈독한 가족이 되는 비결이 아닐까 합니다.

"너 우리 엄마 어떻게 알아봤어?
우리 엄마 사진도 본 적 없고, 얼굴도 모르지 않아?"

"그냥 너랑 닮아서 그랬어."

Q. 애완동물 키우는 가정은 입양이 어려울까요?

집에서 고양이를 키우는 교회 권사님 댁에 갔다가 계기가 되어 새끼고양이를 키우게 되었습니다. 동네 공터에 홀로 방치된 새끼고양이를 집으로 데려와 키우다보니 정이 들었고, 지금은 가족처럼 지내고 있네요. 오늘 전화로 입양 상담을 했는데 고양이를 키운다고 하니 조금 부정적인 대답을 하셨습니다. 애완견이나 애완묘를 키우는 가정은 입양이 거절되거나 진행 가운데 불이익을 받게 될 수도 있나요?

A. 입양 기관(입양정책위원회)은 아동의 안전과 건강을 최우선으로 고려합니다. 면역력 증강, 교감을 통한 유대감 형성, 정서적 안정감 등 애완동물이 아이에게 미치는 긍정적인 영향이 있습니다. 반면에 알레르기, 청결 관리, 안전 문제 등은 유의해야 할 사항입니다. 특별히 알레르기 질환을 갖고 있는 아이라면 각별한 보호가 필요합니다. 오늘날의 우리 사회는 애완동물을 키우는 인구 천만 시대를 맞이했습니다. 입양 관련 업무를 맡고 계신 분 중에도 애완동물을 키우고 계신 경우가 적지 않습니다. 애완동물을 얼마나 잘 관리하고 있는지, 가정이 깨끗하고 안전한지 등이 중요합니다. 애완동물을 책임감 있게 돌보고 있는 가정이라면 긍정적인 평가를 받을 수 있을 것입니다.

한기선 도란도란 1

성경은 하나님께서 자신의 백성들을 친히 택하셔서 자녀로 '입양' 하신 이야기를 담고 있습니다. 우리는 예수 그리스도를 통해 하나님의 영원한 가족이 되었습니다. 입양은 하나님으로부터 시작되었고, 그리스도를 믿는 자들은 모두 하나님께 입양된 존재입니다. 성경은 우리에게 '입양은 복음이다'라는 메시지를 끊임없이 던져주고 있습니다.
<성경으로 본 입양 > 이야기 한 번 들어보실래요?

하나님은 자기 백성을 구원하시려 지도자를 선택하시고 준비하시는 방법의 하나로 입양이라는 방법을 사용하십니다.

구약성경에 나오는 인물 중 입양된 대표적인 남자는 누구일까요? 모세입니다. 모세는 태어난 지 6개월 되었을 때 바로의 딸에게 입양되어 이집트의 왕자로 자랐습니다. 그리고 그의 나이 80세 때, 하나님의 부르심을 받았습니다. 하나님은 그에게 자기 민족을 해방시키라는 사명을 주셨습니다. 그는 광야생활 38년 동안, 200만 이상 되는 이스라엘 백성들을 잘 이끈 훌륭한 지도자가 되었습니다.

입양된 대표적인 여자는 누구일까요? 에스더입니다. 그녀의 일족은 바벨론의 느부갓네살왕의 명으로 포로로 잡혀갔습니다. 에스더는 아름답고 귀여운 소녀로 잘 자랐습니다. 그러던 어느 날 에스더의 부모가 죽자 에스더와 사촌 지간인 모르드개는 에스더를 자기 딸처럼 양육했습니다. 얼마 후, 에스더는 왕후가 되었습니다. 그리고 자기 민족을 죽이려는 원수들로부터 자기 민족을 구원하는 큰 역할을 하게 되었습니다.

하나님은 신약성경에서도 믿는 사람들을 구원하시기 위한 방법으로 입양이라는 방법을 사용하십니다. 예수님의 이름을 믿는 자들에게 '하나님의 자녀가 되는 자격' 즉 입양을 하십니다. 이들이 하나님의 자녀가 된 것은 좋은 가문에서 태어난 사람들이어서가 아닙니다. 또한 어떤 사람들의 계획이나 바람에 의해서, 또는 그들의 조상으로 말미암아 하나님의 자녀가 된 것도 아닙니다. 다만, 그들은 하나님 자신이 그들의 아버지라는 사실 때문에 하나님의 자녀가 된 것입니다.

그러나 그분께서는 그분을 받아들인 사람들,
곧 그분의 이름을 믿는 자들에게는 하나님의 자녀가 되는 특권을 주셨다.
이처럼 그들이 하나님의 자녀가 된 것은 혈통으로나,
육체적 욕망으로나, 사람의 뜻으로 된 것이 아니라,
오직 하나님의 뜻으로 말미암은 것이다.

(요 1:12-13, 쉬운성경)

성령 하나님은 우리를 다시 두려움에 이르게 하는, 노예로 만드는 영이 아니라 우리를 하나님의 자녀가 되게 하는 영이십니다. 그래서 우리는 그 성령을 의지하여 하나님을 "아바, 아버지"라고 부를 수 있는 것이다. 성령께서는 친히 우리의 영과 함께 우리가 하나님의 자녀라는 것을 증언하십니다. 자녀라면 또한 상속자이기도 합니다. 우리는 하나님의 상속자이며 또한 그리스도와 공동의 상속자입니다.

> **이처럼 우리가 하나님의 자녀이므로, 또한 하나님의 상속자이기도 합니다. 우리가 그리스도의 영광을 함께 받으려고 또한 그분과 더불어 고난을 함께 받는다면, 우리는 그리스도와 함께 공동 상속자가 되는 것입니다.**
>
> **(롬 8:17, 쉬운 성경)**

이로 보건대, 입양은 하나님으로부터 시작되었고 믿는 자들은 모두 하나님의 입양자들입니다.

그러므로 믿는 자들이 하나님의 사랑에 빚진 마음으로 또한 사랑의 마음으로 부모가 없는 이들에게 부모가 되어준다면 하나님께서 얼마나 기뻐하실까요? 하나님께서 얼마나 칭찬하실까요?

입양아를 가족의 일원으로 받아들이고 복음과 하나님 말씀을 가르치며 모범과 사랑으로 양육한다면 이 얼마나 값지고 복된 일일까요? 오늘을 사는 우리가 이 사회를 위해, 하나님 나라를 위해 이 일을 하면 어떨까요?

우리가 하나님의 은혜로 창세 전에 이미 선택받아 하나님의 자녀가 된 것처럼 이번에는 우리가 하나님께 기도하고 고아들을 선택하여 내 자녀로 삼고, 하나님의 자녀로 양육하길 소망합니다. 입양은 하나님의 방법이고 하나님과 동역하는 일입니다.

크리스천 여러분, 기도하고 이 일을 행합시다!

2
형제자매 이야기

(1) 작은 천국

안예닮 (중등, 여)

안녕하세요. 저는 예준이 예솜이를 입양한 입양가족의 첫째 안예닮입니다. 저희 가족은 4남매로 2013년에 셋째 예준이와 2018년에 넷째 예솜이를 만나 가족이 되었습니다. 처음 예준이가 집에 왔을 당시 5살이었던 저는 너무 어려서인지 입양에 대해 잘 이해하지 못했던 것 같습니다. 부모님께서 설명해 주셨지만 저에게는 그저 새로운 동생이 한 명 더 생기는 일이었습니다. 입양이 정확히 무엇인지, 어떻게 이루어지는지 그때는 잘 몰랐지만 신기하게도 처음 동생을 만난 그 순간부터 우린 남들과 똑같은 가족이 되어 살아가게 되었습니다.

부모님은 예준이가 온 그날부터 '입양'이란 단어를 노래처럼 계속해서 이야기하셨습니다. 알아듣지도 못하는 아기 예준이에게도 날마다 이야기하셨습니다.

"하나님이 예쁜 예준이를 우리 가정에 선물로 주셨어.
꼭 뱃속에서 나오지 않았어도 괜찮아.
누가 뭐래도 예준이는 엄마 아빠의 귀한 아들이고 선물이야."

그래서일까요? 우리 가족에게 입양 이야기는 꺼내기 어렵거나 조심스러운 말이 아니라 언제 어디서나 궁금하면 묻고 답하는 단골 이야기 주제였습니다.

그렇게 시간이 지나 저도 예준이도 입양이라는 단어를 조금씩 이해할 때쯤, 매일 부모님 차를 타고 어린이집에 등·하원을 하던 예준이에게 엄마는 언제나처럼 입양 이야기를 꺼내셨다고 했습니다. 평소 같았다면 웃으면서 대답했을 예준이가 그날은 아무 말도 없이 창밖만 보고 있더니 자기도 누나 형아처럼 엄마 뱃속에서 나오고 싶다며 엄마 아빠가 두 명인 것도 싫고 입양 이야기도 하기 싫다며 엉엉 울었다고 했습니다. 처음 있는 일이라 너무 놀라고 당황한 엄마는 뭐라고 이야기 해줘야 할지 몰라 예준이와 함께 차 안에서 부둥켜안고 울었다고 했습니다.

또한 그 시기에 저는 학교 친구에게 입양한 동생은 진짜 동생이 아니라며 놀림을 당하기도 했습니다(다행히 엄마의 설명을 들은 친구는 입양을 이해하게 되었고 미안하다고 사과를 해주었습니다). 그런 상황 가운데에서 저는 왜 엄마와 아빠는 동생을 직접 낳지 않고 입양이라는 길을 선택했을까 늘 궁금했습니다. 그러면서 처음으로 입양이라는 것에 대하여 곰곰이 생각해 보며 관심을 가지게 되었습니다.

가끔은 평범한 길을 선택하지 않고 굳이 입양이라는 길을 선택한 엄마와 아빠를 향해 속으로 원망 아닌 원망을 하며 긍정적이지 못한 생각을 할 때도 있었습니다. 그러나 하나님께서 우리 가족을 입양가족으로 세우신 이유가 궁금해진 저는 하나님의 뜻을 구하며 나아가기로 결정했습니다. 어린 나이였지만 엄마 아빠를 따라 매주 수요 예배, 금요 예배에 나가서 하나님께 기도했습니다. 우리 가족에게 예준이를 보내심으로써 이루실 일들을 알게 해달라고, 우리 가족을 통하여 세상 가운데에서 역사하실 하나님의 선하신 뜻을 알게 해달라고 구하며 기도했습니다.

그렇게 기도로 나아갈 때 하나님께서는 아빠 엄마를 통하여 저에게 응답하셨습니다. 배로 낳지는 않았지만 마음으로 낳은 가족. 피가 섞이지는 않았지만 말씀으로 하나되는 가족. 이것이 바로 하나님께서 저희 가정을 통해 세상에 나타내고자 하신 뜻이라는 것을 알게 하셨습니다. 저는 우리 가정을 통해 입양이 무엇인지 잘 알지 못하는 사람들이 입양에 대해 긍정적인 인식을 갖게 되길 바랍니다. 또한 우리 가정에 부어주신 하나님의 사랑을 보고 느끼며 사람들이 우리 가정에서 작은 천국을 발견하길 소망하게 되었습니다.

이런 마음을 갖게 된 후, 처음에는 너무 좋았습니다. 하나님께서 우리 가정을 특별한 가정으로 부르셔서 이렇게 귀엽고 사랑스러운 아이를 제 동생으로 삼게 해주심에 매일이 행복하고 즐거웠습니다. 말을 좀 안 듣고 말썽을 부리긴 했지만, 저에게는 너무 특별하고 소중한 동생이었습니다. 하지만 두 명의 동생을 둔 누나로 살아간다는 것은 꽤 쉽지 않았습니다. 내가 가장 좋아하는 초콜릿도 세 개로 나누어 먹어야 했고, 엄마 아빠에게 받던 사랑과 관심 또한 저 혼자일 때보다 적어짐을 느꼈습니다. 하루는 예준이가 사인펜으로 제 방 곳곳을 칠하는 것을 보고도 엄마에게 말하지 않아 제가 예준이 대신 혼난 때도 있었습니다.

이처럼 두 명의 동생을 두고 살아가는 일에는 사소하지만 제가 가진 것의 일부를 포기하고 양보해야 하는 희생이 필요했습니다. 하지만 이런 희생쯤은 잊고 살아갈 만큼 저에게 있어 예준이는 없으면 안 될 존재였습니다. 예준이는 사랑스러운 미소와 애교로 저희 가족에게 매일 웃음이 끊이질 않게 했고 저는 동생들에게 제가 가진 것들과 사랑을 나누는 법을 배울 수 있게 되었습니다.

그렇게 저는 셋째 예준이가 저희 집에 온 것이 하나님의 크신 은혜임을 깨닫고 넷째 동생도 입양하고 싶다는 생각을 하게 되었습니다. 아빠 엄마에게 동생을 또 입양하자고 조르며 그때는 여동생이면 좋겠다고 했던 기억이 있습니다. 다시 만날 네 번째 동생을 기다리며 온 가족이 함께 기도하러 다니기 시작했습니다. 매일 저녁 식사를 마치고 교회로 가서 기도할 때, 저는 하나님께 예쁜 여동생이 우리 집에 오게 해달라고 기도했습니다. 엄마 아빠가 여동생이 오면 공주님이 너 하나가 아니라 둘이 될 텐데 괜찮겠냐고 물으실 때에도 저는 예준이를 통해 얻은 행복과 기쁨이 희생보다 컸기에 오히려 저보다 예쁜 동생이 오기를 바란다고 대답했습니다.

그렇게 간절히 원했던 기도를 하나님께서 들으셨는지 저희 집에 너무나 사랑스럽고 예쁜 네 번째 동생 예솜이를 선물로 보내주셨습니다. 저는 예솜이를 처음 만났을 때 감동과 벅참이 아직도 생생하게 기억에 남습니다. 태어난 지 50일밖에 되지 않은 예솜이의 똘망똘망한 눈을 볼 때 저는 정말 세상을 다 가진 기분이었습니다. 예솜이는 커가며 귀엽고 사랑스러운 아이로 모든 사람에게 사랑을 받으며 자랐습니다. 그런 예솜이의 모습을 보며 예솜이의 언니로 살아가게 하신 하나님께 매일매일 감사가 절로 나왔습니다.

동생이 셋인 지금, 하나일 때보다 더 많이 양보하고 나누며 살아가야 합니다. 때로는 동생들을 돌보는 것이 귀찮고 힘들 때도 있지만 함께 함으로써 힘듦을 나누고 기쁨을 나누며 서로 간에 오고 가는 사랑이 배가 되는 것 같습니다. 하나님께서는 저희 가정의 쓸 것을 아시고 때마다 친히 부족한 것을 채워주셔서 오히려 나누며 살아가게 하셨습니다. 또한 그리 아니하실지라도 부족하면 부족한 대로 그 가운데에서 깨닫게 하시는 것들이 있었기에 매일을 기쁨과 감사로 나아갈 수 있었습니다. 이처럼 예준이, 예솜이로 인해 저희 가정은 매일 웃음이 끊이질 않고 북적이는 화목한 가정으로 살아가고 있습니다.

입양을 통하여 하나님의 사랑 안에서 하나가 되는 경험이, 저희 가족이 누려온 최고의 축복인 것 같습니다. 앞으로 저희 가정이 세상 가운데 빛과 소금의 역할을 감당하며 입양가족의 행복과 기쁨을 알리는 가정이 되기를 소망합니다.

배로 낳지는 않았지만 마음으로 낳은 가족.
피가 섞이지는 않았지만 말씀으로 하나되는 가족.
이것이 바로 하나님께서 저희 가정을 통해
세상에 나타내고자 하신 뜻이라는 것을 알게 하셨습니다.

(2) 열 명 입양하시면 어때요?

이하리 (중등, 남)

"사람들이 우리를 도둑이라고 생각하면 어떡하지?"

6살이던 어느 날 가족회의에서 내가 했던 말이다. 아빠 엄마는 입양에 대한 나와 동생의 생각을 물어보시기 위해 가족회의를 소집했다. 입양에 대해 한참 설명을 들었지만 당시에는 아빠 엄마가 말하는 입양에 대한 개념이 없었다. 그저 다른 사람에게서 아이를 데려오는 것 같이 느껴진 것이다. 다시 한번 엄마가 차분히 설명해 주셨다.

"입양이란 가족이 필요한 누군가에게 우리가 가족이 되어주는 거란다."

무언가 가슴 속에 따뜻한 마음이 생겼다. 가족이 필요한 누군가에게 기꺼이 가족이 되어준다니, 왠지 멋있어 보였다. 그래서 단숨에 이렇게 대답했다.

"그럼, 우리 10명 입양하자!"

갑자기 아빠 엄마는 당황하신 듯 어색한 미소를 보이셨다. 아, 내 대답이 너무 극단적이었구나. 어쨌든 난, 새로운 동생이 온다는 것 자체가 굉장히 설레었다.

입양은 오케이! 그럼 이제 다음 고민이 생겼다. 남동생이냐 여동생이냐 그것이 문제였다. 엄마 아빠의 제안은 남동생이었다. 우리는 모두 아들만 있으니, 남동생이 오면 오히려 좋지 않냐는 이유였다.

하지만 내 생각은 달랐다. 나는 여동생이 있었으면 했다. 왜냐하면 남동생과 살아본 결과 너무 에너지가 넘치고 귀찮게 해서 언제나 기가 빨렸기 때문이다. 이런 남동생이 또 온다면 그건 상상하기만 해도 힘든 일 같았다. 대부분 여동생은 얌전하니까. 엄마 아빠는 나의 의견을 적극적으로 들어주었고, 결국 여동생 러블린이 우리 가족이 되었다.

러블린과 가족이 되는 과정은 단순하지 않았다. 입양을 결정한 뒤로도 시간이 걸렸다. 그러던 어느 날 아빠가 이제 여동생을 만나러 간다고 하셨다. 2016년 겨울, 러블린을 처음 만난 날, 러블린의 얼굴에 웃음이 거의 없어 걱정스러웠지만 그래도 '설레면서 기다린 내 동생이 바로 이 아이구나'라는 생각에 기분이 너무 좋았다. 짧은 첫 만남 후, 동생과 집에 같이 가는 줄 알았는데 아니었다. 또 기다려야 한다고 했다. 러블린은 이미 내 동생인데 왜 못 데려가는지 이해하기 힘들었다. 나중에 안 사실이지만, 러블린은 이 기간 목이 많이 상했다고 한다. 엄마 아빠 품을 경험한 러블린이 우리를 그리워해서 밤새 울었다고 들었다. 빨리 우리집에 오게 해주지.

우리 가족은 러블린을 만나고 많은 것이 바뀌었다. 먼저는, 우리 가족이 웃을 수 있는 이유가 생겼다. 러블린의 작은 행동 하나에도 우리는 웃었다. 다음으로는, 러블린 덕분에 입양가족이라는 선물이 생겼다. 지금 함께 하고 있는 한기선도 러블린 덕분에 만난 인연이다. 또 하나는 러블린이 조금 느리게 커가다 보니 가족 기도를 더 많이 하게 되었다. 입양한다고 기도하고, 가족이 되어서 잘 자라도록 기도하고, 속상한 일이 있을 때도 기도하고. 물론, 큰오빠인 나는 조금 더 힘들어진 부분도 있다. 여동생도 여동생 나름인데, 러블린은 남동생 하루처럼 장난도 많이 치고 승질도 박박 내고 에너지도 넘치는 아이였다. 아무래도 동생이 둘이 됐으니 힘든 것도 더블, 행복도 더블이 되는 건가 보다.

러블린도 많이 바뀌었다. 앞서 말했듯 러블린은 입양기관에 있을 때 웃음이 별로 없었다. 걱정이 될 정도로. 하지만 우리 집에 온 후 러블린은 웃음도 많아졌고 행복이 넘쳐나는 아이가 되었다. 내 동생 러블린은 우리 가족에게 행복을 나눠주는 요정인 것 같다.

러블린이 우리 가족이 된지 벌써 10년이 다 되어간다. 첫 만남의 설렘과 기대감, 떨림과 같은 건 지금은 없다. 가족이 필요한 누군가에게 가족이 되어준다는 멋진 말도 지금 나에겐 특별한 이야기가 아니게 되었다. 솔직하게 말하면 러블린이 짜증을 내거나 나를 귀찮게 할 때도 많아서 때론 다투기도 한다. 엄마 아빠가 막내딸이라고 동생 편을 들 때면 화도 난다. 그런데 생각해보면 이게 가족인 것 같다. 입양한 여동생 러블린이 아니라, 그냥 내 동생 러블린이 되어버렸으니까. 10년 전

으로 돌아가

"우리 입양할까?"

이 질문을 다시 듣는다면, 나는 또다시 좋다고 말할 것이다. 아니, 무조건 하자고 조를 것이다. 그리고 20년 뒤 내가 아빠가 된다면 나 또한 내 아들에게

"우리 입양하자!"

이렇게 말할 것 같다.

마지막으로 입양을 고민하는 분들이 있다면 주저 없이 이렇게 말해 드리고 싶다.

"입양 고민하지 마세요. 너무 좋아요. 꼭 하세요!
그리고 열 명 입양하시면 어때요?"

생각해보면 이게 가족인 것 같다.
입양한 여동생 러블린이 아니라,
그냥 내 동생 러블린이 되어버렸으니까.

(3) 우리에게 온 최고의 선물

서한주 (청년, 여)

안녕하세요? 저는 경남 김해에 살고 있는 요한이의 첫째 누나 서한주입니다. 저희 가족 이야기를 소개하려고 합니다. 저희 가족은 엄마, 아빠, 첫째 한주(25), 둘째 한빈(20), 막내 요한(8)이 이렇게 다섯 식구입니다. 그중 가장 많은 사랑을 받는 요한이는 8개월 아가 시절에 우리 가족과 처음 만나 어느덧 책가방을 메고 혼자 등교할 수 있는 초등학교 1학년이 되었습니다.

저희 부모님은 오랜 기간 입양의 소망을 품고 기도로 준비 해오셔서 저는 어릴 때부터 입양에 대한 이야기를 자연스레 듣고 자랐습니다. 저희 가정의 입양 이야기는 저희 아빠의 대학시절부터 시작되었습니다. 저희 아빠는 막막하고 가장 힘들었던 대학교 시절에 예수님을 뜨겁게 만났고 예수님과의 만남을 통해 참된 사랑을 느끼게 되었습니다. 받은 사랑을 나누기 위해 보육원 봉사를 시작했던 아빠는 그 때의 경험을 계기로 입양에 대한 마음을 품게 되었다고 합니다. 아빠가 가장 힘들었던 대학시절에 예수님의 사랑을 통해 아빠의 삶이 살아나고 회복되었던 것처럼 외롭고 어려운 상황에 있는 아이들이 예수님의 사랑을 통해 회복되기를 꿈꿨었던 것 같습니다. 아빠가 대학시절에 가졌던 그 꿈은 엄마와의 만남을 통해 한 가정의 꿈이 되었고 저에게도 전해졌습니다.

그래서 저에게 입양 동생이 생긴다는 것은 설레면서도 어쩌면 당연한, 그리고 오랜 기간 기도하며 꿈꿔왔던 것이 응답받는 일처럼 느껴졌습니다. 부모님의 소망을 시작으로 저와 제 동생 한빈이까지 오랜기간 입양을 두고 함께 기도했지만 엄마의 건강으로 인해 입양은 꽤 오랜기간 미루어졌고, 마침내 제가 18살이던 2019년에 드디어 요한이가 저희 집으로 오게 되었습니다.

그 당시에 저는 해외에 있었기 때문에 요한이가 저희 집에 오고 8개월 정도의 시간이 지나서야 드디어 요한이를 실물로 만날 수 있었어요. 제가 처음 봤던 요한이는 사진에서 봤던 것보다 훨씬 더 귀엽고 사랑스러운 아이였고 아직도 그 모습이 생생합니다. 타국에 있다가 1년만에 집에 돌아왔던 날, 가족들이 격하게 저를 반겨줬지만 제 눈에는 요한이만 보일 정도로 작고 사랑스러운 아이가 저를 누나라고 부르며 서 있었습니다.

오랜기간 기도로 준비한 만남이라서 그랬을까요? 아니면 제가 타국에 있는 동안 요한이가 이미 저희 가정에 적응을 한 상태에서 저와 만났기에 그런 것일까요? 저도 이유는 잘 모르겠지만 저는 요한이를 처음 만났을 때부터 요한이가 입양동생이 아니라 제가 타국에 있는 동안 부모님께서 낳으신 동생처럼 느껴졌습니다. 그리고 지금까지도 저에게는 입양동생이라는 사실이 가끔 낯설게 느껴지곤 합니다.

요한이는 사진에서는 빙그레 웃기만 할 것 같았던 조용한 아기로 보였는데, 생각보다 훨씬 밝고 목소리도 크고 씩씩한 아이였습니다. 엄마가 말씀해 주시기로는 요한이가 우리 집에 처음 왔을 때는 표정도 별로 없고 많이 어두웠는데 제가 사진에서 보았던 것처럼 점점 더 밝아지고 활기찬 아이가 되었다고 합니다. 요한이는 아기인데도 어른들이 말을 할 때면 항상 눈을 동그랗게 뜨고 어른들의 말을 다 이해하는 것처럼 듣고 있었습니다. 그런 요한이를 보면서 저는 누나로서 말과 행동을 조심해야겠다는 생각도 자주 했고, 저의 철없는 모습들을 요한이한테 들킬까봐 살짝 떨리기도 했습니다.

요한이는 저희 가정에 꽤 많은 변화를 가져다 주었습니다. 철없는 첫째였던 저는 요한이와의 만남을 시작으로 첫째 누나로서의 역할을 고민하게 되었습니다. 저의 말과 행동, 감정의 변화가 동생들에게 주는 영향이 생각보다 크다는 것을 느끼고 말과 행동을 더 조심하게 되었습니다. 막내를 키우시는 나이 많은 부모님에게 힘이 되는 첫째가 되어야 할 책임감도 느끼게 되었고, 요한이를 함께 양육하면서 제가 더 많이 성장하는 계기가 되었습니다.

저희 아빠는 원래도 가정적인 분이셨지만 요한이가 오고 난 이후로는 가정에 더 많은 시간을 들이시는 노력을 보여 주셨습니다. 회사일로 바쁜 중에도 가정이 최우선이라는 것을 삶으로 보여 주시는 아빠의 헌신과 사랑을 저와 둘째도 함께 느낄 수 있었습니다. 아빠가 요한이를 정성으로 키우고 사랑해 주시는 모습을 보면서 제가 어린 시절 아빠에게 가졌던 오해도 풀게 되었습니다. 제가 어렸을 때 저희 아빠는 잦은 출장으로 많이 바쁘셔서 가족들과 시간을 함께하지 못할 때가 많았습니다. 저는 그 시간에 대한 아쉬움이 늘 마음 한켠에 자리 잡고 있었고, 시간이 지나서도 어린 시절에 대한 아쉬움이 여전히 남아 있었습니다. 하지만 아빠가 요한이를 사랑해 주시는 모습을 보면서 '내가 어릴 때도 우리 아빠는 저렇게 날 예뻐하셨겠구나.'라는 생각을 하면서 어린 시절 아빠의 마음에 대한 오해를 풀 수 있었습니다.

요한이를 통해 저의 어린 시절을 제3자의 입장으로 바라보는 듯한 경험을 통해 제가 따뜻한 가정 안에서 얼마나 큰 사랑을 받고 자랐는지 느끼며 저는 정말 사랑받는 사람이었다는 것을 확신할 수 있었습니다. 둘째 동생은 어쩌면 저보다 요한이에게 더 각별한 것 같습니다. 둘째 한빈이와 요한이가 함께 찍은 사진과 영상들을 보면 한빈이는 항상 아기띠를 하고 요한이를 안고 있습니다. 애착이 형성되는 시기에 형아와 함께한 시간들이 지금까지 요한이에게는 따뜻하고 행복한 기억으로 남아 있는 것 같습니다. 그 시기를 생각해 보면 한빈이가 부럽기도 하고 제가 그 자리에 함께하지 못해 아쉽기도 하지만 형제의 사랑이 예쁘게 느껴져 저도 흐뭇한 마음입니다. 저희 엄마는 요한이를 키우며 점점 더 씩씩해지고 멋진 엄마가 되어가시는 것 같습니다.

요한이가 점점 고집이 생기면서 저는 요한이의 고집에 당황할 때도 있고 어떻게 반응해야 할지 주춤할 때가 꽤 많습니다. 그럴 때도 엄마는 화를 내기보다 따뜻함으로 기다려 주시고 일관되고 명확하게 교육하시는 모습을 보면서 그저 대단하시다는 생각이 듭니다. 평소에도 저는 주변에서 롤모델이 누구냐고 물어보면 우리 엄마 아빠라고 대답합니다. 그런 저는 요한이를 양육하시는 엄마 아빠를 보면서 모든 것을 품는 사랑의 의미가 무엇인지를 배우고, 하나님의 사랑으로 자녀를 양육하시는 부모님의 모습을 보며 저 또한 이런 사랑을 받고 자랄 수 있음에 감사하다는 생각을 항상 하게 됩니다.

마지막으로 요한이와 저의 가장 특별한 이야기를 소개하고 싶습니다. 어쩌면 가장 힘들었지만 요한이가 있어서 아픈 것을 잊고 더 많이 웃을 수 있었던 감사한 시기였습니다. 2년 전 제가 23살이었고 요한이는 6살이었을 때, 저는 백신 부작용으로 인해 심하게 아프게 되었고 그즈음 갑작스럽게 암 진단까지 받게 되며 큰 수술과 4개월의 항암을 견뎌야 했었습니다. 예고도 없이 닥친 상황에 저와 저희 가족은 너무 정신없고 힘든 시기를 보냈습니다.

저희 가족뿐 아니라 주변의 모든 지인이 가슴 아파했던 힘든 시간이었지만, 감사하게도 주변의 많은 분들이 간절하고 애타는 심정으로 함께 기도로 동역해 주셨고, 저희 가족 또한 신앙 안에서 하나님의 뜻을 신뢰하며 그 시간을 평안과 감사로 보낼 수 있었습니다. 지금 돌아보면 그 고통스러운 시간을 어떻게 감사와 평안함 안에서 보낼 수 있었는지 오히려 지금 이 시기에는 이해가 되지 않지만 신기하게도 그 당시에는 하나님의 놀라운 은혜와 보호하심이 저희 가정을 덮었던 것 같습니다. 저희 가족은 힘든 중에도 함께 웃고 작은 것에도 감사를 누리며 지냈었습니다.

그리고 그 시기를 돌아보면 저에게 가장 큰 웃음을 안겨 준 사람이 바로 요한이었습니다. 항암이 끝나고 집으로 돌아오면 아무것도 먹지 못하고 아무것도 할 수 없는 정말 힘든 상태였는데 요한이 덕분에 그 시간 속에서도 웃음을 놓치지 않고 기쁨을 잃지 않을 수 있었습니다. 요한이의 넘치는 에너지가 저에게도 전해져 우울함 없이 웃음으로 그 시간을 채울 수 있었던 것 같습니다. 요한이는 어린 나이임에도 불구하고 누나를 생각하는 마음의 크기는 어른 못지않게 깊고 크다는 것을 투병 기간 내내 말과 행동으로 느끼게 해주었습니다.

제가 아프고 나서 식단을 시작했기 때문에 못 먹는 음식이 정말 많아졌는데 그런 저에게 요한이는 항상 무엇을 먹을 때마다

"누나 이거는 먹을 수 있어?"

라고 물어보았고, 만약 제가 못 먹는 음식이면

"누나 나중에 나으면 내가 다 사줄게."

라고 말하곤 했습니다. 누나가 가장 먹고 싶은 음식이 무엇인지 항상 물어보고 나중에 자기가 다 사주겠다는 그 말이 저에게는 얼마나 큰

사랑으로 느껴지는지 모릅니다.

또 제가 항암치료 하는 기간에 모자를 쓰고 다녔는데 항상 모자를 쓰고 외출하는 누나가 안쓰러웠는지 최근에도 요한이는 제가 모자만 쓰면

"누나 다 나았는데 왜 모자 써?
아무도 신경 안 쓰니까 이제 모자 쓰지 마."

라고 말할 때가 종종 있습니다. 요한이는 정말 섬세하고 따뜻한 아이입니다.

복학 후 2-3달에 한 번씩 집에 내려오면 누나의 수술 흉터가 얼마나 아물었는지, 누나 머리는 얼마나 길었는지 항상 그것부터 확인하는 그런 요한이입니다. 요한이가 저를 걱정해 주는 모든 말과 행동을 통해 저는 사랑의 의미를 다시 느끼곤 합니다. 그저 철없는 막내인 줄 알았던 요한이가 깊고 섬세한 마음을 가진 아이라는 것을 가장 힘들고 아픈 시기를 통해 느낄 수 있었기에 저에게 투병의 기간은 그저 아픔으로만 남지 않았습니다. 이렇게 따뜻하고 예쁜 마음을 가진 요한이가 저의 동생이라는 사실이 저에게 있어 얼마나 큰 선물처럼 느껴지는지 모릅니다. 따뜻하고 섬세한 요한이를 통해 많은 사람이 위로와 힘을 얻고 그 안에서 하나님의 사랑을 느낄 수 있길, 요한이가 그렇게 쓰임 받을 수 있길 소망하는 마음입니다.

요한이는 사랑입니다. 요한이는 저희 가정 최고의 선물이고 축복입니다. 요한이가 제 동생이어서, 제가 요한이 누나여서 저는 너무 행복합니다.

누나가 가장 먹고 싶은 음식이 무엇인지

항상 물어보고

나중에 자기가 다 사주겠다는 그 말이

저에게는 얼마나 큰 사랑으로 느껴지는지 모릅니다.

(4) 특별하게 위대한 방법

이하겸 (청년, 남)

저희 가정은 2남 2녀로, 저와 남동생 예겸이, 여동생인 성겸이, 보겸이 이렇게 사남매입니다. 성겸이와 보겸이가 저희 가족 품으로 오기 전 저희 가정은 어머니와 아버지 그리고 저와 예겸이로 이루어진 4인 가족이었습니다.

제가 7살쯤 되었을 때 어머니께서는 저와 예겸이를 부르시더니 할 말이 있다고 하셨습니다. 저와 예겸이는 그 당시 '무언가 우리가 사고를 쳤나 보다.'라고 생각하면서 반쯤 두려운 마음으로 어머니 말씀을 들으러 갔습니다. 그때 어머니께서는 저희에게 여자 동생이 저희 가족 품으로 올 거라고 하셨고 비록 어머니가 직접 낳지는 않으셨지만 우리 가족 모두가 마음으로 낳은 아이라며 예겸이와 제게 새 여동생을 소개해 주셨습니다.

그때는 새 여동생이 생겨서 마냥 기쁘기만 했었고, 여동생이 생기면 정말 잘해줘야겠다는 생각만 들었습니다. 그때는 많이 어렸기 때문에 입양에 대한 개념을 제대로 이해하지 못했었고, 또 입양에 초점을 두기보다는 제게 여동생이 새로 생긴다는 것에만 관심을 가졌던 것 같습니다.

저희 가정에 처음 여동생 성겸이가 왔을 때 저는 아이가 너무 귀엽게 느껴졌습니다. 처음 성겸이를 보자마자 '내게 여동생이 생겼구나.', '이제 내가 오빠가 되는구나.'라는 생각이 들어 마냥 기분이 좋았습니다. 성겸이가 집에 오고 나서부터 저희 집은 삼남매가 되었고 이후 2년 뒤 막내동생인 보겸이가 왔을 때에도 성겸이가 저희에게 왔을 때와 마찬가지로 '또 동생이 하나 더 생겼구나' 정도의 생각만 들었습니다.

이렇게 저희 집은 사 남매가 되었고, 이전보다 조금 더 시끄러워지고 조금 더 난장판이 되었지만 화목하고 사랑 넘치는 가정이 되었습니다. 여동생들이 저희 가정으로 오고 나서부터 저는 성겸이와 보겸이를 예겸이와 저와 마찬가지로 한 가족, 제 친동생이라고 생각했습니다. 아마 부모님께서 저희들을 대하실 때 넷 다 동등하게 양육하신 게 큰 이유였던 것 같습니다.

제게 입양은 '사랑'입니다. 진부한 표현이라고 생각할 수도 있겠지만 입양은 최고의 사랑이자 위대하고 특별한 사랑의 열매입니다. 혈육으로만 이루어지는 자녀 관계, 가족 관계도 충분히 아름답고 가치 있는 존귀한 사랑입니다. 그러나 입양은 혈육 관계를 넘어 마음으로 맺어진 가정을 만든다는 점에서, 하나님의 섭리 속에서 하나님께서 맺어주신 가정이라는 점에서 위대하고 더 특별한 사랑이라고 생각합니다.

성겸이와 보겸이는 저와 혈육이 아닙니다. 그러나 혈육이 아니라는 사실이 저와 성겸이, 보겸이를 가로막는 장벽이 되지는 않습니다. 오히려 입양이라는 방법을 통해서 동생들과 제가 더욱 돈독하고 특별한 오빠와 동생이 되었다고 생각합니다. 또한 이 과정을 통해 우리 가족이 더욱 화목하고 사랑 넘치는 가정이 되었다는 것을 느낍니다.

제가 앞에서도 말씀드렸다시피 어머니께서는 성겸이와 보겸이를 마음으로 낳으셨다고 했습니다. 이렇게 입양은 혈육으로 이루어지는 가정과 방식은 다르지만 부모님이 낳으시고 가족 모두가 동일한 사랑을 주고받는다는 점에서 혈육 가정과 다르지 않습니다.

자라면서 동생들이 입양이라는 과정으로 인해 상처를 받을 수도 있다고 생각합니다. 그러나 그것은 단지 성겸이와 보겸이만의 상처가 아니라 저희 가정 전체가 공유하는 상처일 것입니다. 저희 가족 전체가 함께 아파하고 그 상처를 보듬어 준다면 그 상처는 가정을 더욱 견고하고 화목하게 하는 통로가 될 것입니다. 이처럼 입양은 가족을 이루는 아주 특별하게 위대한 방법이자 사랑의 통로입니다. 이러한 가정을 주신 하나님께, 성겸이와 보겸이가 제 동생이 되게 만들어 주신 하나님께 감사드립니다.

입양은 최고의 사랑이자
위대하고 특별한 사랑의 열매입니다.

입양 QnA 2

Q. 맞벌이 부부도 입양을 할 수 있나요?

맞벌이 부부입니다. 입양을 원하지만 양육에 대한 고민이 큽니다. 시어머니는 요양원에 계시고, 친정 식구들은 장사를 하고 있어서 양육의 도움을 받을 수 없고요. 제가 일을 그만두기도 어렵습니다. 그렇다고 저나 남편이 육아휴직을 쓰기엔 눈치가 많이 보이고요. 아이를 바로 어린이집에 보내면 되겠지만 너무 이기적이고, 욕심을 부리는 것 같아요. 출석하는 교회에는 입양가족이 없어서 물어볼 수가 없네요. 맞벌이 부부는 어떻게 하는 것이 좋을까요?

A. 맞벌이 부부로서 입양을 고려할 때 현실적인 고충이 있음을 이해합니다. 일과 양육의 양립 가능한 방향을 위해 부부는 입양 후 일정 기간 동안 어떤 방식으로 육아를 할지, 각자의 역할 분담(양육자와 보조양육자) 등 많은 대화를 나눕니다. 현재 시가와 친정에서 도움을 받기 어려운 상황이기에 지역사회의 육아 지원 및 시간제 아이돌봄 서비스 등 여러 방안을 마련합니다. 어린이집을 미리 알아보고 상담을 통해 초기 적응 기간 및 등원의 시기 등 정보를 얻습니다. 근무하는 회사에 미리 알리어 최대한 효율적으로 유연근무제나 재택근무 등을 활용할 수 있는지도 알아봅니다. 입양 업무 담당자분께서 맞벌이 부부의 다양한 상황과 적절한 조언을 해줄 수도 있습니다.

한기선 도란도란 2

한기선에 진행하는 행사 중에서 가장 으뜸이 되는 '입양 청소년 캠프 & 단기선교'는 그 뜨거움이 한층 더해가고 있습니다. 청소년 여러분! 언제든지 환영합니다.

6년 전 한국기독입양선교회를 설립할 때 우리 입양 부모들은 오직 한 가지만 봤습니다.

'우리의 아이들'

우리의 아이들이 주님 안에서 건강하게 성장하고 좋은 어른들의 사랑과 관심을 받아 사랑에 배고프지 않은 아이로 잘 자라기만을 바랐습니다. 오직 우리의 아이들이 이 안에서 즐겁고 행복한 청소년기를 보내고 건강한 자아로 사회에 나가길 바라는 마음에 방학이면 청소년 캠프를 열었습니다.

해마다 20명 정도의 청소년들이 낮에는 강릉 바닷가에서 수영을 하고, 저녁에는 성경 묵상과 예배, 청소년 성교육 특강, 입양과 예수님 및 기독교에 대한 강의 등을 들으며 알찬 시간을 보냈습니다. 코로나 기간에는 한 공간에 열 명 이상 모이지 말라는 지침에 열 명씩 나누어 여름방학에 두 차례 청소년 캠프를 진행하면서 지금까지 결코 쉬운 적 없이 청소년 캠프를 진행하고 있습니다.

코로나가 잠잠해지고 하늘의 문이 열리면서 우리 한국기독입양선교회 청소년들은 해외로 지경을 넓혀 2023년 8월에 말레이시아 청소년 단기 캠프를 계획하였습니다. 미얀마에서 넘어온 난민학교의 학생들에게 한국의 전통 민속 놀이를 알려주며 하나님이 함께하심을 증거하는 사역도 하였고, 올해 2024년에는 23명의 선교팀이 단독으로 방과후 학교를 열어 난민학교 92명의 학생들에게 부채춤, 아트공예, 풍선공예, 수화찬양, 마술공연, 태권도, 축구, 리코더, 멜로디언을 가르치기도 했습니다. 마지막 날에는 말레이시아 선교역사에 없던 현지 이슬람 아이들이 찬송가를 틀어놓고 부모님들 앞에서 공연을 하는 놀라는 순간들을 경험하기도 하였지요.

이슬람권 아이들이 '예수님이 좋은 걸 어떡합니까' 찬양에 맞춰 우리 나라 전통 부채춤을 추는 걸 보면서 하나님께서 그 자리에 함께 하고 계심을 경험하는 시간을 보내며 우리 청소년들의 믿음도 성장함을 알게 되었습니다.

올해는 '한라에서 백두까지'라는 행사를 통해 참여한 청소년들이 모두 끝까지 포기하지 않고 한라산을 등반했고, 내년에는 백두산을 올라 한.청.캠의 깃발을 꽂고 올 예정입니다.

한국기독입양선교회는 오직 하나님께서 원하시는 대로 사회적인 약자를 보호하고, 잃은 양의 비유를 통해 알려주신 신앙 공동체 내의 '작은 자'들을 먼저 돌아보라는 하나님의 뜻을 실천하고자 애쓰고 있습니다. 작은 자, 연약한 자들은 항상 길을 잃고 세상의 유혹 속에서 위험에 처할 수 있기에 늘 깨어서 사랑과 관심을 가져야 함을 기억하며 나아갑니다.

그래서 우리 한국기독입양선교회 공동체는 입양 청소년들이 예수님의 한없는 사랑의 품 안에서 바르게 성장하도록 손을 잡고 함께 걸어가고 있습니다.

한국기독입양선교회가 존재하는 이유가 바로 우리 아이들 때문이니까요.

3

위탁 가족 이야기

(4) 사랑하며 살도록 주신 선물

박선희 (엄마)

<민하를 만나기 전>

결혼 전 아이를 낳는다면 입양도 하겠다고 하나님께 기도했었습니다. 그러고 보면 입양이라는 것이 많이 알려진 때도 아니었는데 지금 생각해보니 이미 하나님의 계획이 있으셨던 것 같습니다.

1997년 결혼을 하고 두 아들을 낳고 평안하게 예배의 기쁨을 누리며 지내다가 2004년 하나님께서 세 번째 아들 민혁이를 주셨습니다. 민혁이는 아주 특별한 아이였습니다. 희귀질환으로 자라지 못하고, 항상 아기천사 같은 아이었습니다. 혼자는 앉지도, 말도 못하는 아이었지만 찬양을 좋아하는 정말 천사 같은 미소를 지닌 소중한 아이었습니다. 제 삶의 가장 행복한 시간은 그 아이를 하나님께서 제게 맡기셨던 시간이었습니다. 자는 시간 외에는 저의 모든 시선이 이 아이에게 향해 있었습니다. 합병증으로 소아당뇨도 있어서 저혈당이 오면 경기가 오기도 해서 항상 눈을 뗄 수가 없었습니다. 언젠가는 꼭 걸을 수 있을 것이라는 소망을 품고 낮에는 재활치료를 받고 오후가 되면 초등학교에서 돌아오는 형들과 함께 했습니다. 바쁜 하루하루였지만 정말 행복한 시간이었습니다.

아이들이 엄마는 잘 때도 웃고 잔다고 말했던 기억이 납니다. 주변 분들은 어떻게 그렇게 행복할 수 있냐고 했었는데 하나님의 은혜였던 것 같습니다. 아이가 희귀질환이고 퇴행성질환이라 오래 살 수 없을 거라는 이야기를 듣고 많이 힘들었지만 "하나님, 이 아이를 후회하지 않도록 마음껏 사랑하게 해 주세요."라고 기도했었거든요. 정말 하나님께서 그 마음을 주셨던 것 같습니다. 어려서부터 아이들을 워낙 예뻐했던 터라 제가 사랑이 많아서인 줄 알았는데 정말 아니었어요. 하나님께서 아버지의 마음을 제게 부어주셨던 것임을 이제는 압니다.

아이가 일어서야 할 나이가 되어도 일어서지 못하다보니 고관절이 약해져 탈골되고 점차 그 고통이 커질 수 있다고 해서 기도하며 고관절 수술을 받기로 결정했습니다. 고관절 수술을 받으면 설 수 있을지도 모른다는 기대도 있었습니다. 9시간의 큰 수술을 받았습니다.

일주일 만에 퇴원을 하고 밀린 회사일을 잠깐 보려고 어머님께 아이를 부탁드리고 회사를 잠깐 다녀왔습니다. 집에 왔는데 아이의 눈빛이 초점이 없는 것 같았어요. 뭔가 이상하다고 생각이 들어 바로 병원으로 갔습니다. 큰 수술을 잘 견딘 줄 알았는데 워낙 약하다보니 뇌수막염이 온 것 같다고 하셨고 마음이 무너졌습니다. 그렇게 아이는 중환자실로 들어가게 되었고, 아이를 혼자 병원에 둘 수가 없어 병원 로비에서 잠을 자고 아침저녁 30분도 채 안 되는 면회시간만 기다리기를 수개월이었습니다.

매일 울며 지내던 병원 생활이었지만 모든 순간 하나님께서 함께하셨음을 너무도 잘 알고 있습니다. 아마 평생에 흘릴 눈물을 그때 다 흘린 것 같습니다. 의사 선생님들께서도 위험한 고비를 몇 번씩 넘길 때마다 민혁이는 하나님이 지켜주시는 것 같다고 말씀하실 정도로 기관삽입을 할 때도 투석을 할 때도 아이는 잘 견디어 주었습니다. 집에만 데려가면, 함께 있을 수만 있다면 뭐든 다 할 수 있을 것 같았습니다. 그래서 열심히 석션하는 법도 배우고 침대도 바꾸고 산소통도 들여놓으며 집에 데려가는 날만을 손꼽아 기다렸습니다.

4월이 되자 드디어 아이가 일반실로 올라와 퇴원을 하게 되었습니다. 구급차를 타고 인공호흡기를 달고 그렇게 퇴원하는데 민혁이가 그리운 집에 가는걸 아는 것 같았습니다. 민혁이도, 동생을 너무도 사랑했던 형들도, 저희 부부도 너무 감사했습니다. 이렇게 집에 돌아올 수 있었던 것이요.

딱 하루를 새로 산 침대에서 저와 잠을 자는데 새벽녘 호흡기에 비상벨이 울렸습니다. 호흡이 갑자기 떨어지고 있었습니다. 하루만에 민혁이는 다시 중환자실로 돌아가게 되었고 두 달여 시간이 지난 후,

2012년 6월12일 하나님께서는 미소천사 민혁이를 품에 안으셨습니다.

병원에 있으면서 민혁이가 떠날 거라고는 한 번도 생각해본 적이 없었습니다. 꼭 집으로 오게 하실 거라 믿었는데 하나님은 민혁이를 품에 안으셨습니다. 민혁이를 살려달라고 그렇게 하나님께 기도하던 중에 이런 마음이 들었습니다. '그래, 하나님께서 나보다 더 민혁이를 사랑하시는데, 그래서 품에 안으신건데…' 순간 제가 민혁이를 하나님께 보낼 수 있는 마음이 생겼습니다. 하나님께서 저보다 더 우리 아이를 사랑하셨기에 주님 품에 안으셨음을 너무 잘 알 수 있었습니다. 하나님께서는 제게 민혁이를 보낼 수 있는 마음을 갖게 해주시려고 6개월의 짧지 않은 병원 시간을 주셨음도 너무 잘 알고 있습니다. 민혁이도 저를 위해 그 시간을 기다려 주었습니다.

민혁이를 떠나보내고 매일매일 아이를 보낸 공원에 인사하듯 다니며 그렇게 1년 넘는 시간이 지났고, 늘 천국을 꿈꾸며 지금 천국에서는 뭘 하고 있을까 생각했습니다. 천국을 그렇게 많이 상상해본 적이 없었던 것 같아요. 그러다가 하나님께서 저의 기도를 생각나게 하셨습니다. 입양에 대한 기도였습니다.

아픈 아기에게 온 마음을 주고 지내다보니 입양하겠다고 기도했던 생각은 까맣게 잊고 있었습니다. 살면서 단 한 번도 입양을 생각해보지 않았던 남편에게 결혼 전 입양에 대한 기도를 했었다고 이야기했습니다. 남편은 잠시 생각하더니 좋다고 이야기해 주었습니다. 사랑했던 동생을 보냈을 당시 초6, 중2였던 두 아들도 2년 후 다시 동생이 생기는 것에 동의해주었습니다. 그렇게 저희 가족은 2014년 7월 18일 저의 딸 민하를 만나게 되었습니다.

<민하를 만난 후>

민하는 백일이 조금 지난 아이였습니다. 민하를 처음 본 순간 하나님께서 또 동일한 기도를 하게 하셨습니다.

> "하나님, 이 아이가 제 눈에 너무너무 사랑스럽게 하시고
> 마음껏 사랑하게 해주세요."

그때 했던 기도처럼 민하는 매순간 저를 미소 짓게 하는 정말 귀엽고 사랑스러운 딸이 되었습니다. 당시 민하는 백일이 갓 지났었기 때문에 꽤 커보였습니다. 지금도 민하는 많이 큽니다. 항상 상위 1%일 만큼요.

건강하게 잘 자라주는 게 얼마나 감사한지 편식도 없이 잘 먹고 잘 잤습니다. 오빠들은 새벽 내내 자면서 수시로 깨서 육아기 때 제가 항상 잠이 부족했는데, 우리 민하는 밤에 깨질 않았습니다. 어떻게 이런 아기가 있지? 너무 신기했습니다. 얌전했던 오빠들과 왈가닥 딸이 바뀐 듯 우리 민하는 항상 파이팅이 넘쳤습니다. 워낙 에너지가 많다보니 민하가 오빠들 열 몫 한다는 말들도 많이 들었지만 저도 오빠들도 아빠도 모두 민하 모습 그대로 너무나 사랑스러워했습니다.

그렇게 사랑을 듬뿍 받고 자란 우리 민하가 드디어 초등학교에 입학하게 되고 세상이 만만치 않음을 알아가고 있습니다. 입양하면서는

아이들이 어렸을 때부터 입양에 대해 자연스럽게 이야기 해주라고 교육받지만 그건 정말 쉬운 일이 아니었습니다. 이렇게 해맑은 민하에게 입양에 대한 말이 입에서 떨어지지 않았어요.

오빠들도 굳이 이야기를 왜 해야 하냐며 많이 속상해 했습니다. 어린이집에서 배웠는지

"엄마, 민하도 엄마 뱃속에 있었지?"

하고 물을 때

"아니~ 민하는 하나님이 엄마에게 특별한 선물로 짠! 하고 주셨어."

라고 말해주면

"아! 나 무지개 타고 왔지~"

라고 말하곤 했었어요. 조금씩 크니 엄마 뱃속에 있지 않았다는 말을 뭔가 다르게 느끼는 것 같았고 더 시간이 지나면 안 될 것 같아 1학년 겨울방학 즈음 민하에게 입양에 대해 이야기 해주었습니다.

"요게벳의 노래처럼 민하도 엄마가 두 명인거야.
모세를 낳은 엄마가 모세를 키울 수 없는 사정이었던 것처럼
민하도 그랬고, 그래서 엄마가 민하 엄마가 된 거야.
모세도 나아준 엄마와 공주 엄마 두 명인 것처럼, 민하도 그런 거야."

그 후 가끔 자기를 낳은 엄마는 어떻게 생겼는지 궁금하다고 얘기하면서도 민하는 입양 사실을 나름으로 받아들이게 되었습니다. 어느 날은 공개 수업을 하는데 다른 친구 엄마가

"민하는 큰 오빠들이 있다면서요? 민하는 귀여움을 많이 받아 좋겠어요."

라고 하자 대뜸

"그럼 입양하세요."

라고 얘기해서 오히려 저를 당황하게 할 정도로 민하는 아주 마음이 건강했습니다.

한번은 2학년 학교 수업 중 다양한 가정의 형태가 있다는 수업을 듣다가, 민하가

"나도 입양가족인데?"

라는 말을 했었나봅니다. 그런데 친구들이 거짓말이라는둥 입양아이면 다리 밑에서 주워온 거라는둥 생각지도 못한 반응을 보여 민하가 크게 당황했던 적이 있었습니다. 큰오빠에게 자기 진짜 다리 밑에서 주워왔냐고 물어보더래요. 오빠가 절대 그렇지 않다고 이야기 해주었지만, 민하는 이제 친구들에게 입양 얘기를 안할거라고 하더라구요. 얼마 전에는 같은 반이었던 친구가 다른 친구에게 민하 엄마 가짜 엄마라고 이야기 해서 속상했던 일도 있었습니다. 선생님을 통해 그 친구에게 사과를 받긴 했지만, 많이 속상했습니다.

저는 세 아이를 낳았고 민하를 입양했습니다. 민하를 직접 낳지 못한 것만 빼고는 저는 민하의 진짜 엄마입니다. 무얼 해도 사랑스럽고 민하가 슬프면 함께 슬프고 눈빛만 봐도 민하의 마음을 알겠는걸요. 그 마음을, 그 사랑을 어떻게 말로 표현할 수 있을까요. 제가 민하를 얼마나 사랑하는지 알게 된 일이 있었습니다. 오빠들이 민하를 많이 사랑하지만, 나이 차이가 많다보니 나중에 민하가 외로울 수도 있겠다는 생각이 들었고 기도하는 중 위탁을 알게 되었어요. 민하와 4살 차이 나

는 여동생을 장기 위탁하게 되어 민하가 꿈에도 그리던 2층 침대를 사고 동생과 함께 할 방을 새롭게 꾸몄습니다.

신기하게 민하의 열 살 생일에 동생 보름이가 선물처럼 오게 되었습니다. 늦둥이로 가족들에게 늘 아기 같았던 민하가 동생을 보살피는 모습이 어찌나 어색하던지요. 그날 밤 보름이와 잠을 자겠다고 민하는 방으로 잘 갔는데 저는 너무 마음이 허전해서 잠을 잘 수가 없었습니다. 그동안 민하는 거의 저와 잠을 잤었는데 민하가 갑자기 언니가 되었다고 제 품을 떠나 보름이를 데리고 방에 가서 자니 제 마음이 허전하다 못해 너무 아파서 결국 잘 자고 있는 민하를 동생 몰래 깨워서

"민하야, 오늘만 엄마랑 자자."

하고 불러 왔습니다. 제가 민하를 너무너무 사랑한다는 사실을 그때 새삼 깨달았습니다.

민하는 갑자기 생긴 보름이와 투닥투닥 다투기도 하지만 그러면서도 보름이를 잘 챙겨주는 언니이자, 오빠들에게는 여전히 장난꾸러기, 엄마 아빠에게는 여전히 파이팅 넘치는 귀엽고 예쁜 딸입니다. 처음엔 동생이 생긴다고 좋아하더니 막상 보름이가 오고 나니 민하가 질투도 많아지고 힘들어하는 부분도 많지만 혼자가 아닌 둘인 게 제게는 무척 감사하게 느껴집니다.

사실 위탁으로 온 보름이는 지적장애가 있습니다. 처음엔 말을 잘해서 괜찮은 줄 알았는데 지내다보니 뭔가 이해하지 못하는 모습들이 많이 보이고 대화도 한계가 있어서 검사를 해보니 지적장애가 있었습니

다. 인지, 학습이 되지 않아 소통이 잘 안 될 때가 있지만 그러한 보름이의 모습을 보며 민하가 또 자기가 학교도 데리고 다니고 지켜주겠다고도 합니다. 하나님께서 민하에게 그러한 마음을 주신 거라 믿습니다.

<위탁아동 보름이를 만나다>

보름이를 위탁하게 된 건 여느 가정과 마찬가지로 민하가 외롭지 않게 형제를 만들어 주고 싶은 마음에서였습니다. 가끔 민하가 오빠들만 엄마가 낳고 자기만 안 낳았다고 서운해 하는 말이 참 안쓰럽게 들렸었습니다. 결혼 후 첫 아이를 낳고 처음엔 아이를 하나만 낳아 잘 기르자 생각했었습니다. 어느날 혼자 앉아 노는 아이의 모습이 어찌나 외로워 보이던지 동생을 낳아줘야겠다는 마음이 들었습니다. 그렇게 둘째를 낳고 또 셋째를 낳고 했던 것처럼 민하에게도 동생을 가슴으로 낳아 주어야겠다는 생각을 했습니다. 민하가 금세 커서 6살이 되니 어린 아기와는 나이 차이가 너무 많을 것 같고, 민하와 함께 자랄 수 있는 동생을 생각하다가 그룹홈을 생각하게 되었습니다. 그룹홈을 하기 위해 사회복지사 자격증도 땄습니다. 민하도 동생들이 2~3명 생길 수 있다고 하니 좋아했고 남편도 동의해 주었습니다.

그룹홈은 원가정과 집이 분리되어야 하는 조건이 있어서 과감히 살던 아파트를 매매하고 땅을 매입했습니다. 그런데 건축 직전 그 땅은 가정 외에 그룹홈 용도로 사용할 수 없다는 이야기를 듣게 되었습니다. 지금은 하나님의 때가 아닌가 보다 생각하고 마당 있는 집에서 살고 싶다는 민하의 소원만 성취된 채 저희는 새 보금자리로 이사하게 되었습니다. 그렇게 정말 좋은 집에서 지내게 되었지만 저는 그 기쁨을 누리지 못했습니다. 그냥 좋은 집에서 살려고 집을 지은 게 아닌데… 그룹홈을 하지 못하게 된 서운함이 기쁨을 제대로 누리지 못하게 했습니다.

그러한 저의 모습이 안타까우셨는지 얼마 지나지 않아 하나님께서 이런 마음을 주셨습니다.

"이 집은 내가 너에게 주는 선물이란다."

아, 그 순간 얼마나 감사하던지. '하나님 그럼 제가 조금만 누리겠습니다.'하고 아쉬운 마음을 내려놓을 수 있었습니다. 그렇게 2년 정도 지나 신애라씨의 간증을 들으며 위탁가정에 대해 알게 되었습니다. 순간 빛이 번쩍했습니다. 그룹홈을 위해 많이 기도하고 준비했던 터라 남편도 위탁에 동의해주었고 아이들도 엄마가 하고 싶은 대로 하시라고 동의해 주었습니다.

위탁교육을 받고 몇 개월 지나 위기아동이 발생하였는데 위탁이 가능한 가정이 있는지 문자가 왔습니다. 그렇게 연락이 된 아동이 바로 보름이였습니다. 처음 만난 보름이는 6살이지만 아주 작아서 4살 정도로 보이는 아이였습니다. 기관에서는 보름이 부모님이 모두 지적장애가 있으시고 외할머니도 지적장애가 있으시다보니 보름이도 지적장애가 발견될지 모른다고 걱정하셨지만 보름이는 조잘조잘 말도 잘하고 똘망똘망해 보였습니다. 처음 만난 날 저를 엄마라고 불러서 모두를 당황하게 했는데 그게 바로 장애유형 중 하나였습니다. 유아기 때 방임되는 아동들이 우울증을 보이는 것과 반대로 탈억제성 사회적 유대감 장애로 나타나는 경우도 있다고 합니다.

보름이는 모든 사람에게 자석이 끌리듯 친근하게 다가가곤 해서 때로는 위험에 노출될 수도 있습니다. 그래서 더 많이 주의를 주어야 하는 상황입니다. 허용적인 부모 유형이었던 제가 일일이 간섭하고 주의를 줘야 하는 상황이 쉽지는 않습니다. 보름이는 내년에 초등학교를 입학하게 되지만 현재는 3년 6개월 정도의 지적수준으로 판단되어 특수학급을 신청하고 기다리는 중입니다.

1년 넘게 언어 치료를 다니고 있고 어린이집도 통합반으로 옮겨 지내고 있습니다. 보름이가 잘 자라주어서 장애가 있는 부모님을 돌봐줄 수 있다면 한가정이 든든히 세워질 수 있을 거라는 작은 소망이 있었는데 보름이의 지적장애가 어느 정도까지 좋아질 수 있을지 모르겠습니다. 한글을 읽을 수 없을지 모르고 간단한 셈을 못할지도 모릅니다. 위험한 상황을 판단하지 못하고 본능적으로 행동해서 문제가 발생할 수도 있습니다. 하지만 미리 걱정하지 않으려 합니다.

보름이에게 안전한 울타리가 되어주고 제가 할 수 있는 작은 열심을 다하고자 합니다. 열심히 등교시키고 언어치료 다니고 두루 경험시켜주며 그렇게 가족이 되어 살아가다보면 민하와 그랬던 것처럼 눈빛만 봐도 알 수 있는 관계가 될 거라 믿습니다. 그러면 될 것 같아요. 보름이는 노래를 아주 잘 합니다. 한글도 모르고 어려운 말은 잘 따라하지 못하고 방금 가르쳐준 단어도 뒤돌아서면 기억하지 못 하지만 찬양은 한 번만 들어도 바로 따라하고 2절 정도 되면 곧잘 따라합니다. 보름이에게 주신 달란트인 것 같습니다. 기회가 된다면 보름이의 달란트가 빛날 수 있도록 해주고 싶은 소망을 갖게 되었습니다. 보름이가 할 수 없는 걸 보지 않고 할 수 있는 것을 보고 응원해주려 합니다.

11살 민하와 7살 동생 보름이가 앞으로 또 어떤 이야기를 만들어가며 지내게 될지 기대하며, 모든 것을 하나님께 맡기고 열심히 사랑하며 살아가겠습니다.

"엄마, 민하도 엄마 뱃속에 있었지?"

"아니~ 민하는 하나님이 엄마에게
특별한 선물로 짠! 하고 주셨어."

(2) 내 평생의 사명

전명옥 (엄마)

여느 때처럼 매일매일 바쁘고 힘든 날이었다. 두 아이는 이미 어미 품을 떠나 타지에서 기숙사생활을 하고 있어 40대 중반의 나는 여가생활을 즐기며 아주 평범한 일상을 누리고 있었다. 보육교사 20년 경력의 나는 아이들을 참 예뻐해서 마흔이 되기 전까지는 딸 하나 더 있으면 좋겠다는 생각을 했었다. 하지만 마흔이 지나면서 아이를 낳는다는 것은 거의 불가능하다 판단하고 더 이상 생각하지 않았다.

그날도 아주 바쁘게 일을 마치고 친구들을 만나러 나가는 길이었다. 시동만 켜면 나오는 라디오에서 광고 방송들이 흘러나오고 있었다. "가정이 필요한 아이에게 새로운 세상을, 도움이 필요한 엄마에겐 힘이 되는 손길을, 세계의 더 많은 아이들에게 꿈꿀 수 있는 기회를 선물할 수 있도록…" 홀트아동복지회의 광고였다. 아마도 수없이 들었을 텐데, 그날은 그 문구가 예사롭지 않게 들려왔다.

'나도 아이를 가질 수 있다는 것인가? 하나님 이게 무슨 뜻인가요?' 하며 차를 잠시 멈추고 두근대는 가슴을 붙들고 울고 있었다. "네가 원하던 예쁜 딸을 너에게 맡긴다."라고 하시는 하나님의 마음이 느껴졌다. 나와는 전혀 상관없는 두 글자 '입양', 생각해보지도 않았던 그 단어가 나에게 이렇게 큰 의미가 되다니 그날 모임은 어떻게 지나갔는지 알 수도 없었고 온통 머릿속은 '입양'이라는 두 글자로 가득했다. 집으로 돌아와 남편에게 있었던 일을 이야기하고

"여보 우리도 딸을 낳을 수 있대."

라고 했더니 낳자고 할 때는 할 일이 많다며 안 된다고 했던 사람이

"입양은 선교지."

라며 긍정적인 반응을 해왔다. 기쁘면서도 살짝 기분이 나쁘기도 했다.

"아이 낳자고 할 때는 늙어서, 돈 벌기 힘들다고 안 된다고 했었잖아.
근데 입양은 괜찮아?"

하면서 얼굴을 마주보고 웃었다. 나도 남편도 하나님 뜻임을 인정하기 때문이다.

그러나 '입양'은 우리 가족에게는 참 생소한 단어였고 어떻게 해야 하는지 어디에 물어봐야 하는지도 알 수 없는 일이었다. 그렇게 우리 가족은 아주 평범하고 당연한 일상이라는 방에서 나왔다. 포털사이트 검색창에 '입양'이라는 두 글자를 검색해보니 고양이 입양, 강아지 입양만 잔뜩 떠서 도대체 입양에 대해 어디에 물어봐야 하는지 막막했

다. 여기저기 가까운 보육원에 글을 남겨 놓기도 했지만 답이 없었다. 입양을 어떻게 하는지도 모르는 무지랭이가 방법도 모르면서 입양을 한다니, 한심했다. 그래도 길이 있을 거라는 희망을 품고 알아보던 중 〈홀트 아동 복지회〉라는 기관을 찾아냈다.

기관과 통화 후 충청지회로 연결해주셔서 상담 날짜를 잡았다. 남편과 둘이 휴가를 내고 홀트에 방문했다. 임신을 하기 위해 병원을 찾는 난임부부 같았다. 상담을 하다보니 우리 가족은 부적합에 더 가까운 조건이었다. 넉넉지 않은 형편에 보유재산도 없고 부양가족도 많고, 적지 않은 나이에 불가능할 것 같은 상황이었지만 반드시 이루실 하나님의 약속을 믿었기에 아브라함처럼 나아갔다. 집으로 돌아와 15가지나 되는 서류를 빠르게 준비하고, 주말을 맞아 기숙사에서 복귀한 대학생 큰아들, 고등학교 2학년 아들과 있었던 일을 나누며 입양에 대한 생각을 묻기도 했다. 두 아들 모두 찬성해 주었고 언제 만날 수 있는지에 대한 기대감을 표현했다. 1년 반 이상의 시간이 걸린다고 하니 놀라며 그럼 아직 이 세상에 태어나지도 않은 아이를 기다리는 것이냐며 의아해하였다. 그건 우리 부부도 마찬가지였다. 진정 태중에 아이를 품기 위한 노력이 시작된 것과 같았다.

서류제출을 완료하고 8월에 입양부모 교육을 받았다. 입양을 준비하면서 생긴 입양에 대한 정보는 교육을 통해 다시 정리되었다. 입양자녀의 말하기 시간, 입양부모들의 경험담, 입양을 보내는 친생부모에 대한 나의 생각을 바꿔주는 시간이었다. 입양 아동은 버림받은 것이 아닌 지켜낸 아이들이라는 것, 또한 입양은 아이에게 세상, 아니 우주를 선물하는 것이라는 것을 알게 되었고 친생부모의 아픈 마음까지 느껴보는 시간이었다.

집으로 돌아오는 길에 남편이 말했다.

"나 교육받으면서 아이를 위해 할 수 있는 일이 무엇일까 생각했어.
일단 넓은 집으로 이사하자. 아이에게 넓은 집에서 살게 해줘야지."

상상도 못했던 대답이었다. 우리는 바로 집을 알아보고 10월에 이사를 마쳤다. 이렇게 우리 가정은 임신 후 병원진료를 받고 교육을 받고 좋은 영양제를 섭취하듯이 시간을 보내고 있었다. 1차 가정방문이 끝나고 이제는 부모님께 말씀드릴 차례였다. 시어머님은 괜찮으셨는데 친정 엄마는 고생만 하고 산 딸이 안쓰러운지 반대를 하셨다.

"엄마 난 괜찮아.
그리고 다시 누군가의 엄마로 살 수 있다는 것에 감사해.
하나님이 이런 마음을 내게 주셨어."

3주 정도 지났을 때 엄마는

"언제 오는 거냐?"

라고 물으셨다. 내가 알고 있는 부분을 말씀드리고 같이 기다리며 기도해달라고 부탁드렸다. 기도의 동역자를 얻게 하신 하나님께 감사했다.

11월의 중반이 지날 즈음 2차 가정방문 날짜가 잡혔다. 한 아이가 있고 건강상태를 체크하고 있다고 말씀하시는데 지금 내 아이가 이 땅에 태어나 어딘가에서 엄마를 기다리고 있다는 말로 들려 마음이 많이 아팠다. 그 말만 듣고 기다리는 건 너무 힘든 일이었다. 임신 중 이상 증상이 있어 검사를 하고 결과를 기다리는 것과 비교되지 않는 불안함과 아픔이었다. 다행히도 낳아준 엄마가 한 달을 품었고 지금은 입양을 준비하며 위탁부모 가정에 안전하게 있다는 말을 들었다.

그러던 중 선보기 날짜가 12월 18일로 정해졌다. 선보기 당일 남편과 친정엄마 그리고 큰아들이 동행했다. 대기실에서 기다리는데 아주 작은 아이가 위탁모와 함께 들어왔다. 출산이 임박했을 때 태동검사도 하고 아이의 마지막 건강상태를 확인하고 출산 날짜를 잡는 것처럼 아이를 안고 아이와 인사를 나누었다. 얼굴에 붉은 태열기가 가득했고 동글동글 예쁜 얼굴은 아니었지만 내 아이였다. 그렇게 아기와 인사를 나누고 아이의 체온을 느끼고 있을 때 흐느끼는 한 명이 더 있었다. 바로 친정 엄마였다. 엄마에게 아기를 안겨드렸다. 아기를 안고서

"네가 내 손녀구나."

하시며 위탁모에게

"잘 키워줘서 고마워요. 잘 부탁드립니다."

라고 인사를 하셨다.

아이와 헤어질 때가 되어 복지사님이 들어오셔서 선보기에 대한 의견을 물으셨다.

"어떠세요?" "복지사님, 제 딸이에요. 최대한 빨리 만나게 해주세요."

"올해는 보내고 1월에 하면 어떨까요?"

라고 물으시는데

"올해는 넘기지 않았으면 해요. 성탄절 전에 만나게 해주세요.
아이의 첫 번째 크리스마스를 함께 보내고 싶어요."

라고 말씀드렸다.

내년에 만날 줄 알았던 아이가 내 바람처럼 성탄절 전에 온다는 연락을 받았다. 아이를 만나기 일주일 전부터 마음이 분주해졌다. 기저귀도 준비하고 우유병도 준비하고 아기 물품을 알아보고 주문하고 나눔을 받기도 하며 출산 준비를 마쳤다. 예수님 오시는 성탄에 생명을 선물받은 나와 우리 가족이었다. 아이를 데리고 오는 길에 "하나님 감사합니다."라는 고백을 계속하며 아이를 데리고 교회로 바로 갔다. 아이들이 성탄전야제 준비로 분주했다. 목사님 사모님과 성도님들이 아이를 환영해 주고 축복해 주었다. 아이들도 예쁜 아기를 보고 아기 예수님 같다며 이름을 물어봐 주기도 하였다. 이미 우리는 아이의 이름을 하음이라고 지었다. 입양을 통해 가족이 되는 길을 알게 하시고 그것이 하나님의 마음이라고 알려주신 것을 믿으며 하음이라고 지었기 때문이다. 우리 하음이를 통해 하나님의 마음이 주변에 전해지길 바란다.

아이는 뱃속에 있을 때가 제일 편하다는 말을 하며 육아를 전쟁처럼 생각하는 세상에서 육아가 안 힘들다면 거짓말일 테지만, 피곤과 힘듦보다는 기쁨과 감사가 날마다 채워짐에 행복한 우리 가정이었다. 아이가 우리 가정에 있다고 모든 게 끝난 건 아니었다. 또다른 시작이었다. 법원에 서류 접수 후 입양확정판결이 날 때까지 나는 입양을 전제로 한 위탁모일 뿐이었다. 3개월 정도면 되겠지 하고 기다리던 법원 절차 진행이 코로나로 연기되면서 계속 늦어지고 있었다. 45세 나이에

10년 넘게 다닌 직장에 무급휴가를 써본 것도 처음이고, 이 나이에 육아휴직을 쓰게 된 것도 기적이었다. 출산 전 휴가를 인정해 주지 않아 무급휴가가 부담스럽긴 해도 내새끼 얻는 대가라면 기꺼이 감당해야 할 몫이었다. 휴직이 3개월이 지나 5개월을 넘어서면서 나가야 할 고정지출은 계속되고 가정 경제는 어려웠다. 큰아들은 휴학을 하고 군입대 지원을 했다. 입대 전까지 알바를 하면서 생활비를 보태기도 하고 늦게 생긴 동생의 카시트를 사주기도 하였다. 동생을 돌봐주면서 너스레를 떨기도 했다.

"어떻게 학교를 보내? 내가 보디가드 해야 하나? 시집은 어떻게 보내?"

온 가족이 하음이로 인해 행복한 매일이었다.

그러던 어느 날 보정 명령이 나왔다. 너무 두려웠다. 법원 판결까지는 어떤 일이 벌어질지 모르는 일이라 악몽을 꾸기도 하였다. 친생모의 변심으로 다시 아이를 데려가는 꿈을 꾸기도 했다. 보정 명령 중에 형제들의 자필동의서 항목이 있었다. 하음이의 오빠들은 내민 종이에 아주 또박또박 글을 썼다.

"존경하는 판사님, 제 동생은 제가 책임질게요.
시간이 지나 부모의 부재가 생길 때에도
동생을 끝까지 사랑하고 돌보겠습니다.
하음이가 제 동생이 되게 해주세요."

아들의 각서를 보고 한참을 울었다. 이런 마음을 주신 하나님께 감사했다. 판사님도 감동하셨는지 보정 명령 제출 후 2주 정도 되었을 때 확정 판결이 났다. 확정 판결이 나는 날 큰아들은 입대를 했다. 아들을 훈련소에 데려다주면서 슬프기도 했지만 딸의 입양 확정 판결로 우리 가족은 안도와 감사로 함께 기뻐하고 있었다. 아들을 잘 보내고 집으로 돌아와 성만 바뀐 등본을 들고 개명신청을 했다.

하음이를 입양하고 하음이 동생을 입양하고 싶었다. 사후관리기간에 조심스레 복지사님께 말씀드렸는데

"친생 자녀도 둘이나 있고 시부모님도 계시는데,
하음이만 잘 키우시는 게 어떻겠어요?"

라고 말씀하셨다. 한마디로 어렵다는 뜻이었다. 월소득에 비해 부양가족이 많아서인 듯했다. 마음은 아팠으나 이것도 다 뜻이 있겠지 싶고 좀더 기다려보자 하는 마음으로 하음이와 즐거운 시간을 보내고 있었다. 입양을 준비할 때 위탁이란 단어를 알게 되었다. 내가 아는 위탁은 '입양 전 위탁'이었다. 하음이도 위탁모를 통해 내게로 왔으니, 또한 나도 법원 판결 동안은 위탁모의 자격으로 아이를 돌보았으니, 내가 아는 위탁은 그것이었다.

어느 날 지인이 위탁교육을 받았다는 것을 알고 입양 전 위탁을 준비하느냐고 물었더니 '일반 위탁'이란다. 일반 위탁은 나도 조건이 된다는 말에 가슴이 뛰었다. 기다려보자 하는 마음의 응답이 이것인가 하는 확신이 들었기 때문이었다. 바로 충남위탁가정지원센터에 문의하고 교육일정을 잡았다. 이어 바로 다음 달에 보육교사인 나는 전문위탁 양성교육까지 받게 되었다. 교육 후 간단한 서류제출과 가정방문을 마치고 매일같이 날아오는 문자들에 놀라지 않을 수 없었다. 생후 7일에서 고등학생까지 매일 발생하는 위탁대상 아이들의 신상에 마음

이 쓰여 잠을 잘 수조차 없었다.

워킹맘인 나는 '이 아이는 어렵겠어, 이 아이는 가능하지 않을까?' 나도 모르게 아이를 저울질 하듯 고르고 있다는 생각에 '이런 내가 위탁모라니…' 라고 자책하며 하루하루를 보냈다. 아이들의 결정은 어떻게 되었을까? 궁금하기도 하고 그래도 내가 할 수 있는 일이 있지 않을까? 하는 마음에 센터로 전화를 걸어 물어봤다.

"그때 그 아기는 어떻게 되었나요? 5학년 여자 친구는 어떻게 되었나요?"

다행히도 큰아이는 아이들의 의견을 반영하여 그룹홈으로, 작은 아이는 위탁 지원하신 위탁모에게 잘 배정되었다는 말씀을 들어 맘이 놓였다.

하나님은 그렇게 딱 적절하게 이끌어 가시는구나 하며 전화를 끊으려는 순간

"그런데 어머니, 60일 된 아기가 한 명 있어요."

하시며 남자아이를 소개하셨다. 솔직히 불편했던 마음 때문에 상담 중 누구든 안 된 친구가 있다면 내가 보아야겠다고 마음먹고 있었다. 하지만 처음엔 망설였다.

"그… 그래요. 그런데 전 100일은 지나야 볼 수 있을 것 같아요.
위탁이 처음이라 신생아는 겁이 나네요."

라고 했더니 100일까지 할머니께서 돌보아 주신다고 하시는 것이 아닌가.

"네, 알겠습니다. 저희 가정이 위탁할게요."

라고 말씀을 드리고 한 달 정도의 시간이 지나 아이가 100일이 되

는 날 예쁘고 멋진 시우가 우리 가정으로 오게 되었다.

어린 시우를 위해 할 수 있는 것은 5일의 휴가를 내고 100일된 시우를 안고 눈 마주치며 조금이라도 애착에 도움이 되길 바라며 시간을 보내는 것이었다. 4살 하음이도 시우를 예뻐하며 기저귀도 가져다주고 안아주기도 하며 누나로서의 역할을 잘 해내갔다. 휴가를 마치고 출근을 해야 해서 어린 시우를 카시트에 태우고 30분을 차로 이동하여 영아전담 어린이집에 데려다 놓고, 하음이를 데리고 출근하여 직장 내 어린이집에 아이를 맡기는 매일이 시작되었다. 아침 7시 반에 집에서 나가야 하기 때문에 새벽 예배 후 조금의 쉼도 없이 준비하고 출근하는 매일이 전쟁터와 같았다. 그래도 환하게 웃어주며 건강하게 자라는 하음이와 시우를 보며 엄마로서 해야 할 일을 당연히 해나간다고 생각했다. 미안한 마음에 안고 울기도 하고, 아이를 재우다 지쳐 잠들기도 하며 정신없이 시간을 보내는 동안 시우가 뒤집고 앉고 서고 걷는 것을 보며 힘들지만 참 잘했다는 생각이 가득했다.

시우의 원가정은 다른 가정에 비해 원만하고 친생부모 만남도 잘 이루어져 가끔 위탁모인 나에게 쉼을 주기도 하였다. 원가정 만남을 다녀오는 길에는 친생부모의 손편지가 들어있었는데 그 편지를 읽으면서도 얼마나 울었는지 모른다. 아직 어린 부모인데도 아이를 생각하는 마음이 깊고 앞으로의 계획들과 결심들을 이야기하며 잘 준비해서 예쁜 가정을 이루겠다고 약속의 내용을 담아 보냈다. 나도 기도하는 마음으로 원가정이 단단해지길 기도하며 시우가 그 날에 원가정에 잘 복귀하여 지난날이 힘듦이 아니라 아름다운 추억이 되길 바라는 마음으로 매일 사직도 찍어주고 편지도 쓰며 추억을 담아내고 있었다.

처음 위탁은 그렇게 시작했지만 시간이 지나다보니 위탁이란 두 글자는 사라지고 육아전쟁을 함께 하는 엄마와 아들일 뿐이었다. 그렇게 30개월이 지나갈 즈음 예상보다 8개월 빨리 시우의 복귀 일정이 잡혔다. 준비가 안 된 상태에서 그저 속상하고 안타까운 마음에 멍하니 시간만 보내기 일쑤였다. 내복도 사고 옷도 좀 사고 장난감도 사고, 그러면서 그거 붙들고 울기를 여러 날. 자식을 떼어내는 심정이 정말 이런 거구나 싶었다. 그렇게 두 달을 보낸 뒤 시우를 보내는 날 둘이 펑펑 울면서 헤어지고 그 뒤로 일주일은 병이 났었던 것 같다.

이후에 사진도 받고 영상통화도 가끔 하고 따로 두 번 정도 만나기도 했다. 아이가 원가정에서 잘 지내고 있고 건강한 것을 눈으로 보니 차츰 나도 제자리를 찾게 되고 그렇게 또 살아내고 있었다. 이별 후 다시는 위탁을 못 하겠다는 생각이 들었었는데 시우가 잘 지내는 모습을 보고 나니 아이들을 잘 지켜내어 그 아이가 부모와 만나 행복한 삶을 살아갈 수 있다면, 난 기꺼이 이별의 아픔을 딛고서라도 위탁을 해야겠다는 결심이 섰다.

시우를 보내고 남편과 아들들도 종종 시우의 안부를 물으며 잘 지내는걸 보더니

"우리가 참 잘했네."

하면서 살짝 불만이었던 위탁에 대해 다시 긍정적인 생각을 갖게

되었다. 사실 내성적인 하음이가 동생 시우가 생기면서 시우한테 맞아 울기도 하고 드센 개구쟁이 남동생한테 당하기만 하니까 하음이가 너무 힘들다는 등의 이유로 위탁을 꼭 해야 하는지 고민했었다.

조금 이른 감이 있었지만 센터에 연락을 해서 다시 위탁을 하고 싶다고 말씀드렸다. 우리 가족은 다시 뜻을 모아 친모의 이동으로 지역이 옮겨지면서 재위탁 가정을 찾는 26개월 여아를 만났다. 그렇게 8월 중반에 만난 새연이는 나의 손을 꼭 잡고 집으로 왔다. 울지도 않고 만난 시간부터 엄마 엄마하면서 잘 따르는 모습이 괜히 짠하기도 하고 잘 놀고 잘 웃고 잘 먹는데도 보고 있으면 마음 아픈, 우리집 소중한 막둥이로 잘 지내고 있다.

위탁 기간은 1년인데 잘 키워서 예쁘게 복귀할 수 있도록 기도하며 양육하려고 한다. 두 번째 위탁이다 보니 더 자신감도 생기고, 하음이랑 잘 노는 여자아이라 알콩달콩 시간을 보내고 있다. 새연이가 원가정에 복귀하는 그날까지 기도하며 몸과 마음이 건강한 아이로 자라도록 힘껏 돌보아야겠다. 이번 기회로 내 평생 위탁을 나의 사명으로 삼고 한 아이에게 따뜻한 가정을 선물하는 엄마가 되고 싶다.

시우가 잘 지내는 모습을 보고 나니
아이들을 잘 지켜내어 그 아이가 부모와 만나
행복한 삶을 살아갈 수 있다면,
난 기꺼이 이별의 아픔을 딛고서라도
위탁을 해야겠다는 결심이 섰다.

Q. 아이의 건강 상태를 듣고 걱정이 됩니다.

입양 진행 중입니다. 저희 부부는 아무 조건 없이 선택을 내려놓고, 그저 연결해 준 아이를 품겠다고 마음먹었습니다. 그런데 산모의 이력과 아이의 상태를 접하고 왜 이렇게 마음이 흔들리는지 모르겠어요. 그래도 건강한 아이가 왔으면 좋겠다는 기대가 솔직히 있었지요. 나중에 아이가 혹시 잘못 되거나 심각한 발달장애가 나타나면 어떻게 하나 은근히 걱정이 되네요. 믿음이 작은 저희 부부에게 조언 부탁드립니다.

A. 건강한 아기를 품고 싶은 마음은 예비 입양부부라면 누구나 기대하는 바일 겁니다. 입양을 기다리는 아이들 중에는 질병과 장애로 인해 전문적인 돌봄이 필요한 경우가 있습니다. 반면에 건강한 아이도 발달 과정에서 다양한 문제를 겪을 수 있고, 특별한 지원이 필요할 수도 있습니다. 몸과 마음이 아프지만 입양을 통해 한결같은 사랑과 보살핌이 부어져 건강을 회복하는 아이도 많습니다. 부담과 걱정을 내려놓고 순종의 마음으로 나아가십시오. 앞으로 아이의 건강상태를 살피고, 병원 진료와 치료를 어떻게 해 나가야 할지 조언을 구합니다. 입양은 많은 기쁨을 가져다줄 수 있지만, 동시에 예상치 못한 어려움도 동반될 수 있습니다. 모든 아이는 특별합니다. 엄마를 통해 아이의 특별함이 찬란하게 빛날 겁니다.

여호와의 말씀이니라 너희를 향한 나의 생각을 내가 아나니 평안이요
재앙이 아니니라 너희에게 미래와 희망을 주는 것이니라 (렘 29:11)

이 말씀을 붙잡고 용기를 내십시오!

한기선 도란도란 3

품(PUUM), 가정위탁, 입양 안내

1. 품(PUUM)

아기를 키우는데 필요한 수많은 정보와 지원을 담아낸 온라인 플랫폼입니다.

다양한 기관의 복지서비스 정보, 주거 정보, 아이와 부모가 아플 때 치료 받을 수 있는 정보, 일자리 정보, 현장전문가의 생존 가이드, 육아 정보, 각종 지원금, 커뮤니티 등 사회적 자원에 다가가기 어려웠던 10대, 20대 미혼모, 한부모, 청소년부모를 위한 소통의 창구입니다. App Store / Play Store에서 다운로드 가능합니다.

2. 가정위탁

(1) 일반, 일시 가정위탁

부모의 질병·가출·이혼·수감·실직·사망·학대 등의 사유로 친가정에서 아동을 키울 수 없을 경우, 위탁가정에서 일정 기간 아동을 양육했다가 다시 친가정으로 복귀할 수 있도록 지원하는 제도

(2) 전문 가정위탁

전문가정위탁 자격을 갖춘 위탁부모가 학대피해, 만 2세 이하, 장애, 경계선지능(종합심리감사 결과 경계선지능으로 진단) 등 전문적 보호가 필요한 아동을 가정과 같은 환경에서 보호하는 것

- 각 지역별 가정위탁 문의처

위탁가정 대표번호	1577-1406	아동권리보장원	02)6283-0200
서울	02)325-9080	강원	033)255-1406
부산	051)758-8801	충북	043)250-1226
대구	053)656-2510	충남	041)577-1226
인천	032)866-1226	전북	063)288-7770
광주	062)351-1206	전남	061)279-1225
대전	042)242-5240	전남 동부	061)279-1225
울산	052)286-1548	경북	054)705-3600
경기 북부	031)821-9117	경남	055)237-1226
경기 남부	031)234-3980	제주	064)747-3273

3. 입양

모든 어린이는 태어나면서 부모의 보호를 받으며 건강하게 성장할 수 있는 권리를 가지고 있지만, 부모가 없거나 부모가 있더라도 더 이상 보호할 수 없는 아동이 많은 것이 현실입니다. 입양제도는 이러한 아동들에게 새로운 가정을 찾아주고, 가정이라는 틀에서 성장할 수 있도록 도와주어, 아동의 정신적·사회적 욕구를 충족시켜 주기 위한 제도입니다.

아동권리보장원 홈페이지 - 소통과참여 - '가정형 보호(가정위탁, 입양) 모집'에 접속하면 대한, 동방, 홀트, 성가정, 꽃동네, 광주 영아 임시보호소 등 다양한 입양기관과 각 기관의 주소, 전화번호를 확인할 수 있습니다.

참고로 「국내입양에 관한 특별법」과 「국제입양에 관한 법률」이 제·개정됨에 따라, 2025년 7월 19일부터는 현재 입양기관에서 수행 중인 입양업무 전반에 대해 국가와 지방자치단체의 책임이 강화됩니다.

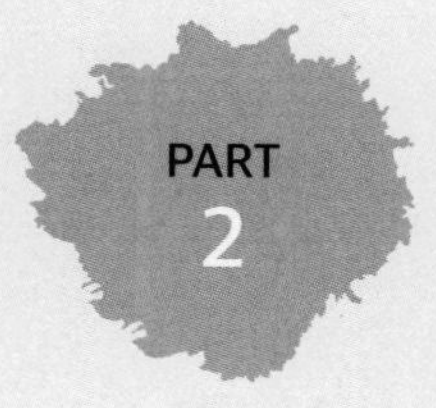

난임(불임) 가족 이야기

4

남아 입양가족

(1) 태태맘 이야기

장혜실 (엄마)

<약속하신 아이를 왜 안 주시는 걸까요?>

모태신앙으로 믿음의 가정에서 자랐지만, 복음과 종교 사이에서 방황하던 시기에 하나님을 믿지 않는 남편을 만나 결혼하게 되었습니다. 주일에는 교회를 같이 가주는 성실한 남자였기에 결혼생활은 만족스러웠고 사회에서도 좋은 직장과 직업을 가진 꽤 안정적인 삶을 살아가고 있었지만, 아이가 생기지 않는 불안함으로 수차례의 시험관 시술을 하게 되었습니다. 그렇게 수년이 흐르고 계속되는 실패에 남편은 여러 가지 상황을 통해 세례를 받고 성경을 읽으며 하나님의 사람이 되어갔습니다. 남편을 부르시는 과정으로 아이가 안 생겼다고 생각한 저는 그 이후 더 열심히 시험관 시술과 새벽기도를 한 것 같아요. 새벽예배에서 얻은 확신은 반드시 저희 가정에 아이를 맡기신다는 거였습니다.

그러던 어느 날 결혼 11년차에 아기를 임신하고 첫 임신의 기쁨과 축하, 입덧의 고통을 몇 개월 경험하고 난임 병원을 졸업하는 마지막 검사 날 아기의 심장이 멈췄다는 얘기를 들었습니다. 그날, 남편과 제 마음에 입양이라는 단어가 들어왔습니다. 이 아이를 낳지 못했다는 상실감과 분명히 주신다고 했던 아이가 이 아이가 아니라는 실망감 그리고 그 어떤 뜻을 찾던 갈구들이 저희를 예배의 자리로 이끌었고 모든 예배와 기도의 장소에서 저희 부부는 입양의 음성을 듣게 되었습니다. 오랫동안 아이를 기다렸던 저희 부부에게 양가 부모님을 비롯한 가족들은 입양의 방법도 좋으니 아이를 한번 키워보는 것에 찬성표를 던지며 응원해 주었습니다. 그렇게 유산을 하고 2달 만에 우리 첫째 사무엘(태윤)을 만나 행복한 육아를 시작하게 되었습니다.

아이를 품에 안고 매일 밤 기도할 때면 제 귓가에 들리는 잔잔한 음성이 있었습니다.

"잘 참아줘서 기특하다. 맡아줘서 고맙다. 사랑한다 내 딸아."

난임의 시간을 겪으면서 주변에서 가장 많이 들었던 말이

"둘이서 재미나게 잘 살아라."

였습니다. 부부가 성격이 잘 맞고 사랑하며 즐겁게 지내는데 아이가 없으면 어떠냐. 충분히 이해가 되는 말이었지만, 하나님을 진하게 만나고 그 형상을 닮아가고 있는 남편을 누군가의 아빠로 만들어주지 않으면 하늘나라의 크나큰 손해라는 생각이 들었어요. 결국 내가 포기

하지 않은 건 임신이 아니라 육아였습니다. 하나님의 메시지를 바로 알아듣지 못해 돌아왔지만 그래도 잘했다고 말씀해 주시는 주님의 격려로 매일 힘을 냈던 것 같습니다.

<내 길은 너희 길보다 높고 내 생각은 너희 생각보다 높다.>

정말 지극 정성으로 사랑을 부어가며 태윤이를 양육하면서 점점 부모가 되어갔고, 하나님 앞에서 내가 얼마나 부족한 인간인지, 위로부터의 은혜가 아니면 그 어떤 것도 할 수 없는 자라는 걸 매일의 삶에서 느끼게 되었습니다. 아이를 만나기 위한 10년이 넘는 시간 동안 저희 부부를 만들어 가시며 만나주시고 준비시키셨던 하나님의 섭리가 느껴져서 그저 감사할 수밖에 없었습니다. 이렇게 사랑스러운 아이를 맡겨주셨는데 이 아이를 잘 키우는 건 당연한 거고, 난 주님께 또 뭘 할 수 있을까 매일 은혜를 갚고 싶은 심정으로 나아갔습니다.

그러던 어느 날부터 너무나 사랑스러운 아이의 자고 있는 모습을 바라보며 가정이 아닌 곳에서 누워있을 또 다른 사무엘들로 인해 마음이 어려워지고 있다는 걸 알았습니다. 내가 빨리 입양을 했더라면, 더 어린 나이에 한 명이라도 더 내 품에 품을 수 있었을 텐데…. 이미 너무 늦어서 그냥 한 아이 키우는 즐거움만 맛보고 그 은혜를 주신 하나님의 걱정은 덜어 드릴 수가 없다는 생각이 계속 올라왔고 둘째를 향한 기도가 시작되었습니다. 하지만 40대 중반의 나이, 이제 막 창업한 회사, 둘째를 반대하시는 시부모님 등 안 되는 이유가 더 많은 현실에서 남편도 저도 힘을 잃을 수밖에 없었습니다. 힘을 잃었지만 포기는 되지 않는 어정쩡한 상황에서 저희 부부는 한기선 캠프에 참여하게 되었고, 객관적으로는 저희보다 더 안 될 이유가 많은 가정에서 더 많은 아이들을 품는 걸 보면서, 하나님의 뜻은 단순하다는 걸 깨달았습니다. 나의 생각, 나의 길보다 높은 그러나 단순명료한 예수님의 마음, 그냥 품으라는 것이었습니다.

〈너희를 보호하사 거침이 없게 하시고〉

첫째를 입양한 지 4년이 넘어가는 시점에 또다시 육아를 시작하고 무엇보다 시부모님의 반대를 넘어서야 하는 부담감이 컸습니다. 남편은 누구보다 효자였고, 또 믿지 않는 부모님과 형제들에게 복음을 전해야 할 사명을 가진 자였기에 반대하시는 어떤 일을 하는 건 참 어려웠습니다. 그러나 우리 부부가 둘째를 품어야 할 명백한 이유가 복음에서 비롯되었다면, 언젠가 저희 행동과 삶을 바라보는 믿지 않는 가족들이 이 일을 통해서 하나님을 볼 수 있게 되지 않을까, 그 일을 하나님께서 이루어 주실 것이라 믿고 둘째 입양신청을 진행했습니다.

입양이 참 힘든 시기였는데 미리 계획되어 있는 일이 펼쳐지기라도 하듯, 물 흐르듯 원만하게 둘째 다니엘(태규)을 만났습니다. 둘째는 정말 너무 사랑스러웠어요. 이게 말이 되나 싶을 정도로 내 안에서 나오는 사랑과 기쁨은 온 가족을 행복하게 만들고 첫째와 우리 부부 모두에게 찐 선물이 되었습니다. 입양전제 위탁으로 아이를 데려오고 1주일 만에 시부모님께 전화로 둘째가 왔으니 이름을 달라고 충격 고백을 했습니다. 처음에는 온갖 모진 말과 벼락같은 화를 내셨지만, 며칠 후 아이 이름을 보내주셨습니다. 어쩌면 이 일로 저희 부부가 진짜로 '부모를 떠나 한 몸'이 되는 사건을 경험한 거 같습니다.

둘째는 그 자체로도 예뻤지만, 형과 같이 지내는 형제 투 샷은 정말 환상이었습니다. 물론 부모의 모든 관심을 한 몸에 받던 태윤이가 힘들어하면서 일부 퇴행도 오고 약간의 이상행동을 하던 시기가 있었지만, 둘째가 태어난 대부분의 가정이 그러하듯 이리 구르고 저리 구르며 가족이 되어가고 있습니다. 반대하셨던 시부모님은 당연히 둘째를 너무 예뻐하십니다. 영상통화 속에서 한순간이라도 더 눈에 담기 위해 애쓰시는 게 눈에 보일 정도로 손자 사랑에 푹 빠지셨어요.

출산도 아이의 건강을 확신할 수 없지만, 여러 가지 불확실한 상황에서 태어난 우리 아이들은 아픈 경우가 많은데, 태규는 처음 만날 때 약간의 건강문제가 있었고, 이로 인해 대학병원에서 검사를 받다가 슈퍼박테리아에 감염되어 있다는 것을 알게 되었습니다. 일주일에 두 번씩 병원에 가서 소변, 대변 검사를 하며, 어쩌면 앞으로 태규에게 쓸 수 있는 항생제가 없을 수도 있다는 충격적인 소식을 들었습니다. 처음에는 너무 놀라서 온갖 검색과 수소문으로 할 수 있는 의학적 치료들을 알아봤지만, 하나님께서는

"내가 맡긴 거 확실하지?"

라고 계속 말씀하셨습니다. 사실 이런 내용을 태규를 만나기 전에 담당기관에서 알았다면 바로 입양 대상이 되지 않았을 수 있고 저희 집에 오지 못했을 거예요. 하지만 하나님의 응답은

"내가 특별히 너에게 보낸 아이 맞지? 그러니 걱정하지 말라."

는 것이었습니다. 태규는 교회공동체와 가족들의 기도와 사랑 속에서 슈퍼박테리아도 이겨내고 모든 의학적 이슈를 말끔하게 지워버렸습니다.

이런 상황들을 겪으며 우리 부부와 아이들은 더욱더 단단해지고, 입양이 축복임을 그리고 하나님의 계획임을 고백하지 않을 수가 없어요.

<끝나지 않은 이야기>

사실 이 글을 쓴다는 것은 불특정 다수에게 우리 아이들의 이야기를 공개하는 것이기에, 저희 부부가 처음에 생각했던 공개입양의 '공개의' 범위가 너무 커졌다는 생각이 들기도 했습니다. 그렇지만 저희 부부도 누군가의 입양스토리를 간증으로 듣고, 책으로 읽고 입양을 결정했고 그 복을 누리고 있으면서 나만, 우리 부부만, 우리 가족만 좋을 수는 없다는 생각으로 이렇게 이야기를 꺼내둡니다. 나중에 이 글을 읽을 아들들, 혹시 사춘기 때라면 이런 글을 왜 썼냐고 투덜댈 수도 있겠지만, (넓은 마음으로 아빠엄마의 결정을 이해해 주길 바란다.) 우리의 사랑이야

기는 예수님과 함께 지속되고 해피엔딩일 것이라는 확신으로 이 글을 씁니다. 기쁨과 고난이 뒤섞인 크고 작은 많은 일들이 우리 앞에 기다리고 있겠지만, 예수님이 이 세상에서 저희 부부에게 맡겨 주신 아이들과 함께 그 손 놓지 않고 푯대를 향해 나아갑니다.

객관적으로는 저희보다 더 안 될 이유가
많은 가정에서 더 많은 아이들을 품는 걸 보면서,
하나님의 뜻은 단순하다는 걸 깨달았습니다.
나의 생각, 나의 길보다 높은
그러나 단순명료한 예수님의 마음,
그냥 품으라는 것이었습니다.

(2) 땅 속에 감춰진 보화

박세원 (아빠)

그 거룩한 처소에 계신 하나님은
고아의 아버지시며 과부의 재판장이시라
(시 68:5)

20대 중반 아르바이트를 찾던 중 지인을 통해 학원 강사로 잠시 일하게 되었다. 거기서 4살 연상의 아내를 만났다. 그 학원은 일반적인 학원들과는 달리 저녁시간이 되면 강사와 학생들이 다함께 모여 저녁을 먹곤 했다. 알고 보니 보육원에서 오는 친구들, 학원이 없는 시골지역에 먼 거리를 오가는 아이들을 위해 저녁을 함께 먹는 것이었다. 그래서인지 학원이라는 생각보다는 가족 같다는 생각이 들었다. 그러면서 아내에게 점점 더 관심이 생겼던 것 같다. 특별히 아내가 가지고 있었던 비전에 마음이 끌린 것이었다.

아내는 하나님께서 자신에게 고아와 과부에 대한 긍휼한 마음을 주셔서 40대에는 그들을 섬기며 살고 싶다고 이야기했다. 나도 그렇게 살고 싶다고 동의하고 4년간의 연애 후 결혼하게 되었다. 결혼 후 3번의 유산을 통해 아픔을 견디며 살아가던 중 결혼 전 이야기한 입양에 대해 논의하기 시작했다. 당시 MBC 〈휴먼다큐 사랑〉이라는 프로그램에 '붕어빵 가족'이 소개되었다. 아내와 함께 곧장 강릉으로 달려가 김상훈 목사님과 윤정희 사모님, 그리고 입양한 아이들을 만날 수 있었다. 그리고 대구로 내려와 동방사회복지회를 통해 입양을 신청하게 되었다. 우리와 똑 닮은 아기가 있다고 반가워하시며 연결해 주셨다. 지금까지도 주변 사람들이 밖에서 낳아 온 아이가 아니냐고 할 정도로 똑 닮은 아들을 주셨다.

첫째 하람이를 입양하는 과정 속에 축하해 주시는 분들도 있었지만, 걱정하시는 분들도 있었다. 젊은 부부가 좀 더 노력을 해야지 왜 입양을 하냐고 하시던 어떤 분의 말은 내가 신대원 졸업논문을 쓰게 되는 계기가 되었다. 교회 안에서도 여전히 입양에 대한 편견과 잘못된 혈통주의가 남아 있는 모습을 보게 된 것이다. 그리하여 '혈통과 편견을 뛰어넘은 하나님의 은혜와 사랑'이라는 주제로 입양 논문을 쓰게 되었다. 하나님을 아버지로 부르게 되고 구원 받은 것이 얼마나 큰 은혜이자 축복인지를 확인하는 시간이 되었다. 신대원 4년간 배웠던 학문을 삶으로 실천할 수 있는 기회를 주신 거라 확신했다.

그리고 8년간 섬기던 교회를 사임하고, 고향인 문경에 개척을 하게 되었다. 개척 당시 '왜 시골인 문경에서 개척하느냐? 사람이 많은 신도시에서 개척해야지.'라는 권유가 많이 있었다. 그럼에도 불구하고 문경을 개척 장소로 결정한 이유는 사고로 몸이 불편한 처남과 함께 예배드리고 싶어서였다. 처남은 고등학교 제주도 수학여행을 떠났다가 폭포에서 떨어지는 사고로 경추를 다쳐 17년 동안 누워서 지내야만 했다. 3년간의 재활과정을 지나면서 병원에서 장모님과 처남은 하나님을 만나게 되었다. 인생의 광풍은 하나님의 나라를 소망하게 만들었다. 마지막 3년 동안 함께 울고 웃으며 지내다가 하나님의 부르심을 받고 먼저 천국에 입성하였다.

지금도 마음 한구석이 허전하다. 그렇게 한 생명을 거두어 가시고 둘째 하준이가 우리 가정으로 오게 되었다. 윤정희 사모님이 하람이 입양 당시 하람이에게 줄 수 있는 최고의 선물은 동생이라고 하셨던 말이 계속 맴돌았다. 입양을 하고 보니 그 말이 옳았다. 지금 돌이켜보니 아빠, 엄마가 줄 수 없는 형제간의 끈끈한 무언가가 있는 것 같다.

어느덧 우리의 나이가 40대 중후반으로 넘어가고 있다. 결혼 전 아내와 '40대에는 고아와 과부들을 위해 우리의 삶을 드리고 싶다.'라고 했던 비전을 다시 꺼내들었다. 요즘 아내와 이런 주제로 종종 이야기하게 된다. 이 시대의 고아와 과부는 누구인가? 고민하고 있던 중 10여 년 만에 다시 강릉을 찾게 되었다. 하람이를 입양할 당시 강릉을 찾았다가 그 아이가 12살이 되어 만나게 되었으니 10여 년의 시간이 흐른 것이다.

그러나 늘 교제하고 있었던 것처럼 강릉의 품은 따뜻했다. 우리 가정 뿐 아니라 한기선 청소년들이 말레이시아 단기선교를 위해 함께 모였던 것이다. 2024년 강릉의 여름은 뜨거웠지만 그보다 더 뜨겁고, 때로는 시원한 사랑과 섬김으로 2박 3일이 쏜살같이 지나갔다. 윤정희 사모님과 대화하던 중 하나님은 그동안 우리 부부가 고민하고 있었던 '이 시대의 고아와 과부는 누구인가?'라는 질문에 명쾌한 해답을 주셨다. 이 시대의 고아와 과부를 돕는 것은 입양으로 아이들을 품고 미혼모를 돌아보는 삶이라는 것을 알게 하셨다. 아울러 나그네를 돌보는 것은 보호종료 아동을 섬기는 삶이라고 덧붙여 주셨다. 듣고 보니 이해가 될 뿐 아니라 그동안 고민해 왔던 것들에 대한 응답으로 다가왔다. 마치 땅 속에 감춰진 보화를 발견한 기쁨이었다.

과거를 회상하며 그동안의 상처와 아픔은 앞으로 우리가 돌보고 섬겨야 할 이 땅의 소외받은 자들을 위함이라고 해석되는 감격이 있었다. 먼저는 하나님께서 우리 가정에 맡겨주신 하람이와 하준이를 믿음 안에서 온전한 하나님의 사람으로 양육해야 할 사명을 주셨다. 동시에 한기선 안에 있는 청소년들과 함께 자라가야 하는 미션도 수행해야 한다. 하나님께서 이 모든 것을 아시고 10여 년 전부터 필리핀 선교를 준비하셨다.

대구에서 치과선교를 하시는 집사님을 통해 시작된 필리핀 선교로 매년 겨울만 되면 캐리어를 들고 해외에 나가게 되는 은혜를 누리고 있다. 그 결과 초등학생이었던 아이들이 청년이 되어 청소년들을 섬기는 아름다운 공동체가 형성되었다. 교회와 교단을 뛰어넘어 선교를 통해 참된 하나의 교회를 세워가게 된 것이다. 생명력과 섬김이 있는 아름다운 공동체에서 사랑하는 두 아들과 함께 필리핀 선교를 하고 있다.

내년부터는 한기선 청소년들이 필리핀 선교에 합류하여 더 건강하고 아름다운 공동체를 세워가고자 하는 꿈을 주셨다. 나는 확신하고 기대한다. 그동안 많은 청소년이 선교를 통해 하나님을 인격적으로 만났다. 자신들이 가진 문제와 상처보다 더 크신 하나님을 만났을 때 참된 비전을 발견하게 되었다. 상처와 아픔이 회복된 청년, 청소년들이 여전히 고통 중에 있는 누군가를 섬기고 회복하는 일에 쓰임 받게 될 것이다. 이 가슴 뛰는 일에 우리 가정이 쓰임 받기를 열렬히 소망한다. 알코올 중독자의 집안에서 태어나 아무런 소망 없이 살아갈 인생을 만나주시고, 목사로서의 삶을 살아가도록 인도하신 하나님께 감사를 드린다. 외모도 아름답지만 하나님이 주신 비전이 더 아름다운 아내를 만나 두 아들을 선물로 허락하신 하나님을 찬양한다. 그리고 앞으로 선교를 통해 사랑하는 두 아들(하람, 하준)을 포함해 한기선 청소년들이 그들의 참된 부모이신 하나님을 인격적으로 만나게 되는 그날을 기도하며 기대한다.

이 시대의 고아와 과부를 돕는 것은 입양으로 아이들을 품고
미혼모를 돌아보는 삶이라는 것을 알게 하셨다.
아울러 나그네를 돌보는 것은 보호종료 아동을 섬기는 삶이라고 덧붙여 주셨다.
듣고 보니 이해가 될 뿐 아니라 그동안 고민해 왔던 것들에 대한
응답으로 다가왔다. 마치 땅 속에 감춰진 보화를 발견한 기쁨이었다.

(3) 내가 배운 사랑

김연실 (엄마)

누구나 결혼을 하면 임신을 하고 출산을 하며 아이를 양육하는 기쁨을 누릴 것이라고 당연하게 생각했다. 난임이라는 사실이 내 인생에 찾아올 줄 몰랐다. 하지만 난임이라는 신호는 나의 인생에 있어서 하나님을 바라보도록 하는 이정표가 되었다. 그동안 나만 열심히 하면 나의 바람대로 어느 정도는 결과가 따라와 주었다. 열심히 노력하면 안 되는 것이 없을 것이라고 믿고 달리기만 했던 나에게 노력해도 안 되는 일이 일어난 것이다.

병원을 다니며 아이를 갖기 위해 노력했다. 그것은 내가 갖지 못한 그 무엇에 대한 미련이었고 노력의 일환이었다. 하지만 하나님께서는 생명의 주권자는 오직 하나님 한 분뿐이라는 것을 깨닫게 해주셨다. 한 생명이 잉태되기까지 이토록 수많은 신체적·정서적인 조건이 준비

되어야 하며 엄마 뱃속에서 숨을 쉬며 뼈가 자라며 세상에 나오기까지 조물주의 절대적인 주권과 섭리가 없으면 불가능한 것이구나. 하나님은 한 영혼이 천하보다 귀하다는 말씀을 몸소 깨닫게 해주셨다. 난임으로 인해 생명의 주권자이시며 창조주이신 하나님을 다시 바라보게 된 것이다. 나의 문제를 해결해 주는 그런 하나님이 아니라, 창조주이자 전능하신 하나님의 속성에 대해 처음으로 눈이 열리는 순간이었다.

난임의 노력은 실패로 끝났고 배우자의 권유로 입양을 생각하게 되었다. 2년간 고민하며 기도했고 여러 입양과 관련된 책들을 읽고 입양가족모임에 참석하여 입양가족의 이야기도 들어보며 준비하는 시간을 가졌다. 입양을 해도 되겠다는 마음의 확신을 가지며 하나님께서 인도해 주실 것이라는 막연한 믿음으로 우리 가정은 두 아이를 입양하게 되었다. 하지만 입양은 문제의 해결책이 아니라는 것을 한참 후에 알게 되었다. 입양은 나의 난임을 해결해 주는 것도 아니며, 내가 원한 아이를 대신할 수 있는 일도 아닌 것이다. 또한 내가 그토록 원했던 부모 노릇을 하기 위한 필요조건이 되어서도 안 되는 것이다. 입양의 더 고귀한 축복은 '가족'이 되는 그 자체보다 부모 자신이 한 아이로 인해 성장하며 하나님의 우리에 대한 사랑을 배우고 알아가는 데 있다는 것을 알게 되었다.

입양은 해결책이 아니라 새로운 시작이자 출발점이며 하나님이 창조하신 귀한 한 영혼을 품는 일이다. 하나님은 사망에 놓인 자격 없는 나를 조건 없이 사랑해 주셨고 기다려 주시며 외롭게 내버려두지 않으셨다. 나의 자녀를 입양하지 않았더라면, 아이를 키우지 않았더라면 하나님의 이런 속성과 성품을 과연 마음이 완악한 내가 이해조차 할 수 있었을까?

나는 입양 당시 아이를 사랑하겠노라고 선포하며 부모 노릇을 하기로 결정했다. 하지만 막상 입양가족이 되고 나서 처음으로 맞닥뜨린 부부간의 양육 태도 차이로 인한 갈등과 이로 인한 괴로움, 그리고 나 자신의 깊고도 깊은 어둠의 구렁텅이에서 헤어 나올 수가 없었다. "주님 저는 죄인입니다. 저를 떠나소서."라는 베드로의 이해할 수 없었던 고백이 나의 고백이 되는 순간이었다.

아이를 사랑하겠노라 선언하였건만, 아이가 나의 뜻대로 되지 않을 때면 내 삶에 하나님의 은혜는 온데간데없고 육신을 힘으로 삼고 아등바등 살아가는 모습을 보며 자책감을 느끼기 일쑤였다.

> "주님, 저는 사랑을 모릅니다.
> 사랑을 안다고 생각했고,
> 사랑할 수 있을 것이라고 생각했습니다. 저를 불쌍히 여겨주소서."

기도밖에는 답이 없다는 것을 알고 있었지만, 육아라는 인생의 중대 과제를 잘 수행하려는 나의 향방 없는 열심은 하나님께 향하지 않았다. 더 잘해보려고 애쓸수록 시간이 틀린 채 끊임없이 돌고 있는 고장 난 시계가 된 느낌이었다.

더 이상 버틸 수가 없었다. 기도의 자리에 가지 않고는 살 수 없었다. 나는 하나님께로 다시 나아갔다. 어떤 기도를 해야 할지도 몰랐다. 그저 그 자리에 서있는 것뿐이었다. 그런데 찬양을 계속하는 가운데 하나님께서 사랑을 속삭여주셨고 나를 어루만져 주셨다. 그런 너를 여전히 사랑하고 있다고 말씀해 주시는 하나님의 응답에 나는 순간적으로 내 몸을 주체할 수 없었다. 온몸이 울고 있었다. 모든 찬양의 멜로디가 하나님의 응답이었으며 그 찬양을 내 입술로 부를 때 내 안에 생기를 불어넣어 주시는 느낌이었다. '주님, 사랑을 배우겠습니다. 사랑할 수 있는 법을 알려주세요.'라는 기도가 절로 나왔다. 위대한 사랑은 오직 하나님께 배울 수 있고, 그런 위대한 사랑을 받고 있음을 깨닫게 되니 구원이 어떤 의미인지 와닿아 감격으로 벅차올랐다.

지금 우리 가정의 자녀는 8살, 5살 아들 둘이다. 아 아이들을 바라보는 따뜻한 사랑의 시선을 하나님께서 열어주고 계신다. 하나님께서는 지금도 한 영혼에 대한 위대한 사랑을 하고 계시며 우리에게도 그러한 사랑을 베풀라며 끊임없이 말씀하시고 보여주신다.

"그 누가 뭐라 해도 난 너를 사랑할 거야. 난 네 편이야."

이 세상에 누군가가 나를 이렇게 사랑해 준다면 정말 행복하지 않겠는가!

누가 우리를 그리스도의 사랑에서 끊으리요 환난이나 곤고나 박해나 기근이나 적신이나 위험이나 칼이랴 기록된 바 우리가 종일 주를 위하여 죽임을 당하게 되며 도살 당할 양 같이 여김을 받았나이다 함과 같으니라 그러나 이 모든 일에 우리를 사랑하시는 이로 말미암아 우리가 넉넉히 이기느니라 내가 확신하노니 사망이나 생명이나 천사들이나 권세자들이나 현재 일이나 장래 일이나 능력이나 높음이나 깊음이나 다른 어떤 피조물이라도 우리를 우리 주 그리스도 예수 안에 있

는 하나님의 사랑에서 끊을 수 없으리라

(롬 8:35-39)

사랑에 눈을 뜨게 해주신 하나님께서 언제나 나의 삶 속에, 우리 곁에 함께 하고 계심을 믿는다. 이후로도 우리를 향한 하나님 사랑의 너비와 길이와 높이와 깊이를 깨달아 가는 삶이 되기를 간절히 소망하며 하나님께 감사와 찬미를 올려드린다.

입양의 더 고귀한 축복은
'가족'이 되는 그 자체보다
부모 자신이 한 아이로 인해 성장하며
하나님의 우리에 대한 사랑을
배우고 알아가는 데 있다는 것을 알게 되었다.

(4) 하나님이 주신 '슈퍼 파워'

김지인 (엄마)

오늘도 두 아이가 운동을 하러 뛰어나가고 나서야 고요와 평화가 찾아온 집에서 글을 쓸 수 있게 되었습니다. 두 초등생 아들이 머문 자리마다 어지러이 흩어진 블록들이 바닥을 점령하고 있고, 뒷걸음질 치다 밟기라도 하면 그 고통이란…. 이런 집안 풍경조차 몇 년 뒤엔 그리운 추억이 될 것을 생각하면 솟구치려던 짜증도 곧 진정이 되곤 합니다.

어느새 둘째 동주마저 초등학생이 되었습니다. 10년 전, 이제 막 가족이 된 동하를 양육하며 친정엄마에게 이것저것 여쭤보면 그 중 절반은 기억이 잘 안 난다는 대답을 듣곤 했습니다. 어떻게 기억을 못하실 수 있냐고 했었는데, 저조차도 아기 동하, 동주를 키운 과정들을 누군가 물어본다면 절반은 기억해내지 못할 것 같습니다.

둘째 동주의 입양을 준비하며, 힘들었던 육아를 반복해야 한다는 사실에 두려움마저 느꼈던 그 시간들도 점점 희미해져 갑니다. 하루하루 반복되던 고생과 힘듦은 잊혀지고 그저 시간의 속도만 체감할 뿐입니다. 제 어머니와 제가 각자 자녀를 만난 방법은 달랐지만 어쩌면 육아가 원래 이런 것일지도 모르겠습니다.

처음 동하를 만날 때 저는 아무것도 준비되어있지 않았습니다. 입양 결정도 미리 계획했다기보다는 갑작스러웠고, 아들을 입양하기로 하면서 진행도 더욱 빨랐습니다. 아이를 만나기까지 1년 이상 대기를 해야 할 것으로 알고 갔는데 두 달 만에 동하를 데려오게 되었기 때문입니다.

초보 엄마였던 저는 얼마나 미련했는지 모릅니다. 남편 없이 동하를 데리고 외출했다 돌아온 주차장에서 우는 아이부터 안고는 남은 한 팔로 트렁크의 유모차를 꺼내지 못해 쩔쩔매다 울음을 터뜨린 적도 있었습니다. 늘 통잠을 자다가도 가끔 밤을 새는 동하와 함께 밝아오는 새벽을 함께 맞으며 눈물짓던 날도 여럿입니다. 하지만 이러한 몇 가지 기억을 제외하면 아이가 못하던 것들을 스스로 하게 되고, 새로운 단어를 말하는 소위 '자라나는 아이를 지켜보는 즐거움'이 지난 10년의 대부분을 차지하고 있습니다.

그렇지만 저와 남편의 난임 사실을 막 알게 되었을 땐 상상하지 못했던 시간들이기도 합니다. 당시 의사 선생님에게 처음 난임 진단을 듣고 나서 예상 못한 상황이 놀랍긴 했지만 저는 의외로 담담했습니다. 엄마가 되는 것, 즉 출산과 육아에 대한 막연한 두려움이 있었기 때문입니다. 의사 선생님의 선고는 적어도 저에겐 충분히 감당할 수 있는 일이라고 생각했습니다.

그러다 제 솔직하지 못한 마음을 알게 되는 일이 있었습니다. 가까운 지인이 유산을 했다는 소식을 전해왔을 때였습니다. 많이 기다렸던 아이였기에 지인 부부의 상심은 매우 컸습니다. 어떻게 위로할지 몰라 최선의 말을 찾고 있던 중 제 마음에 '그래도 임신은 했잖아. 좋겠다.'라는 생각이 스쳐 스스로에게 매우 놀랐던 기억이 있습니다. 난임 진단 이후 주어진 시간과 재정을 우리 부부를 위해 사용할 계획만을 세우고 있었는데, 제 깊은 내면에는 결국 '엄마가 되고 싶은 마음'이 있었다는 것을 인정하게 되었습니다.

가족들과 상의 끝에 홀트아동복지회에 입양 신청을 하였지만 누군가를 자녀로 받아들이고 사랑한다는 것이 무엇인지 경험해보지 못한 탓에 많이 불안했습니다. '사랑할 수 있을까, 받아들일 수 있을까, 그리고 아이를 위해 희생과 헌신할 수 있을까', '이 모든 것을 자발적으로 할 수 있을까' 하는 걱정으로 아이를 만나기 전까지 내내 흔들렸습니다.

그러나 하나님의 섭리에 놀라지 않을 수 없는 것은 아이를 돌보는 시간을 통해 이미 예비하신 모성을 발견하게 하시더군요. 아이를 만나고 함께 집으로 오는 순간부터 '입양'이란 것은 그저 관념에 지나지 않게 되었습니다. 그간의 염려가 무색하게 저는 엄마만이 가진다는 소위 '슈퍼 파워'를 발휘하기 시작했습니다.

한번 잠들면 밤새 무슨 일이 있어도 절대 깨지 않던 제가 동하의 작은 뒤척임에도 눈을 뜨고, 아이가 배고플 시간이 되면 알람 없이도 일어나 수유를 했습니다. 동하의 표정만 보아도 쉬야를 했는지, 응가를 했는지 알아채기도 하고 냄새만 맡고도 변의 상태를 짐작하기도 했습니다. 아이를 안고 볼을 부비고, 사랑이 쏟아지는 아이의 눈빛을 받으며 부모가 되지 않았다면 몰랐을 큰 경험을 하게 되었습니다.

첫 아이인 동하를 키우며 둘째도 키울 수 있겠단 생각이 들었고 둘째 동주의 입양은 물 흐르듯 자연스럽게 가족 계획에 의해 진행되었습니다. 어릴 때부터 몸이 약해 병원 단골 환자였던 동하는 어느덧 초등학교 4학년이 되었고 책 읽기와 레고를 좋아하고 역사에 관심이 아주 많은 아이로 자랐습니다. 살이 포동포동하게 오른 얼굴과 팔다리로 모두를 놀라게 했던 동주는 지금 어릴 때 얼굴을 찾아볼 수 없을 만큼 인물이 달라졌고 식물과 아이스하키를 좋아하는 소년이 되었습니다.

동주의 위탁 어머니께서는 동주를 양육하며 매일 찬송가를 들려주고 기도하시기를 '믿음의 가정'을 만나게 해달라고 하셨다고 합니다. 동주의 얼굴을 처음 보던 날 제게 교회를 다니는지 조심스럽게 물어보시기에 그렇다고 대답했더니 "할렐루야"를 외치며 기뻐하셨던 기억이 납니다.

입양을 준비하며 가까운 이들에게 기도를 부탁했지만 정작 저는 기도로 준비하지 못했습니다. 부족했던 저는 아이를 만나기 전까지 기도 대신 불안함과 싸우고 있었으니까요. 아이를 키우면서 어느 날 문득 남편과 마지막으로 갔던 괌 여행지의 사진을 보고 있었습니다. 연초에 갔던 여행으로 그때만 해도 입양은 생각도 못하고 있었던 때였습니다. 첫날 사진을 보는데 촬영 날짜가 동하가 태어난 날이었습니다. 저와 남편이 여행지에서 추억을 만드는 동안 동하의 친모가 동하를 포기하지 않고 태어나도록 애쓰고 계셨구나, 하나님이 동하를 만나기 전 온전히 둘만의 시간을 만들어주셨구나 하고 감격했던 기억이 납니다.

부모로서 조금도 준비되지 않았던 저희 대신 하나님이 앞서 준비하셨고 모든 일정과 과정 속에 세상 사람들이라면 우연이라 불렀을 계획들로 아이들을 한 명 한 명 제게 보내주셨습니다. 모든 것이 은혜였다고 고백합니다.

아이를 만나고 함께 집으로 오는 순간부터
'입양'이란 것은 그저 관념에 지나지 않게 되었습니다.
그간의 염려가 무색하게 저는
엄마만이 가진다는 소위 '슈퍼 파워'를
발휘하기 시작했습니다.

Q. 부모님에게 입양에 대해 어떻게 말씀을 드려야 할지 모르겠어요.

결혼 후 오랜 시간 동안 자녀 없이 지낸 저희 부부는 마음을 먹고 작년 겨울에 입양 상담을 받았습니다. 오래 걸린다는 말을 들었기에 무작정 기다리고 있었지요. 그런데 담당자로부터 연락이 온 겁니다. 다음 주에 오라고요. 어안이 벙벙했죠. 사실 저희 부부는 양가 부모님에게 아직 입양 진행 과정을 구체적으로 말씀을 드리지 못했거든요. 믿음이 없으신 양가 부모님은 입양을 반대하거나 걱정하는 입장이세요. 어떻게 하면 좋을까요?

A. 부부가 양가 부모님께 왜 입양을 결심했는지 입양의 중요성과 입양 과정 등을 진솔하게 말씀드릴 수 있도록 준비합니다. 양가 부모님께서 우려하는 부분을 경청하고 이해하며 공감을 표현합니다. 다만 입양을 통해 행복한 가정을 이룬 긍정적인 사례를 공유하여 부모님의 걱정을 덜어드리는 것이 필요합니다. 평생 자녀 없이 둘이서 살아가는 삶보다 아기 웃음소리를 들으며 한 아이의 엄마 아빠로 살아가고 싶다고 말씀드립니다. 부모님이 보여주신 지고지순한 사랑의 대를 이어 한 아이에게 따듯한 가정을 선물하고 싶다는 마음을 전합니다. 만약 부모님과 원활한 소통이 이루어지지 않거나 갈등이 생긴다면 하나님의 때를 기다리며 기도합니다. 입양가족 중에는 부모님의 반대를 겪었지만 나중에 아이를 부모님의 품에 안겨드린 후에는 부모님이 응원과 지지를 보이셨던 경험들이 적지 않습니다.

한기선 도란도란 4

코로나19 확산에 따라 모임이 제한될 당시 한기선에서는 온라인 이벤트를 진행했습니다. 아빠 육아사진 공모전, 가족 성탄 찬양대회, 성경암송대회, 요리경연대회, 부부 연애사진 공모전, 기도 이어달리기, 부부 데이트, 편지 쓰기, 입양 자작시 등 여러 가지 이벤트 행사가 있었습니다. 이중에서 '입양 자작시'에 우수상으로 뽑힌 김윤정 엄마의 시 한 편을 소개합니다.

제목 : 엄마 아빠가 되는 줄 알았습니다

사랑하는 남자를 만나
서로를 알아가며 하나님이 주신 짝꿍으로
가정을 이룰 때
당연히 엄마 아빠가 되는 줄 알았습니다

두 사람이 한 가정을 이루고
좋은 아빠와 엄마가 되기 위해
그리고 누구나 그러하듯이
부부가 꿈꾸던 행복한 가정을 위해
어여쁜 부부만의 소중한 천사가 찾아와서

당연하게 부모가 되는 줄 알았습니다

하나님께 두 손 모아
이쁜 천사를 우리의 품에 품을 수 있도록
오랫동안 기도를 했습니다.
한 해 두 해 그리고 오랜 시간 동안
부부의 간절한 소원이 응답 되길 기도하면서
엄마 아빠가 되길 기도했습니다

부부의 기도는 어느새
하나님 앞에 눈물이 되었고
부모가 되고 싶은 간절함이
부부를 향한 하나님의 계획과 뜻을 묻는 기도로 바뀌게 되었습니다

홀로 슬픔과 애통 속에서 흐느껴 울며
하나님의 인도하심을 바랄 때
아버지께서는 다른 계획을 부부에게
보여주셨습니다

하나님의 작은 천사를 통해
부부의 간절함이 응답 되어

가족이라는 커다란 울타리가 되었고
사랑, 웃음 그리고 기쁨을 주고 나누고 배우는 부모가 되었습니다

부부는 부모가 되어가는 것을 배웁니다.
아이를 통해서
수없이 사랑을 줘야 하고
기다려야 하고
때론 훈육을 통해 아버지의 마음도 배우고
아이의 앞날을 위해
아버지를 향해 두손 들어
지혜롭고 현명한 부부가 되도록
오늘도 선한 영향력이 있는 부모가 되길 기도합니다

5

여아 입양가족

(1) 가장 좋은 것을 주시는 하나님

이지현 (엄마)

"존재만으로도 소중한 우리 아가! 엄마, 아빠한테 와줘서 정말 고마워!"

주변에 공개입양 가정이 없었음에도 남편과 자연스럽게 입양에 관해서 이야기하게 되었고 입양으로 가족이 되는 것도 자연스럽게 받아들였다. 막상 입양기관에 전화하려고 할 때는 두근두근 가슴이 떨리고 걱정이 되었다. 혹시 입양 신청이 안 되면 어떡하지? 조건이 안 되는 건 아닌가? 여러 가지 두려움과 고민이 많았지만, 하나님께서 우리 가정에 자연스럽게 심어주신 마음이라서 그런지 별 탈 없이 입양 신청을 하고 진행을 할 수 있었다.

입양 신청을 하고 2차 가정방문까지 마치고 4개월 정도의 시간이 지났다. 금요기도회 시간에 기도하는데 하나님께서

"예쁘고 건강한 아이가 올 거야!"

라고, 말씀하셨다. 그리고 1-2주 후 아이와 매칭이 되었다고 연락이 왔다. 11개월의 여자아이이고 자세한 건 선보기 때 알려주시겠다고 하셨다.

아기를 만나러 기차를 타고 가는데 '가장 좋은 것을 주시는 하나님'이라는 찬양이 들려왔다. 찬양을 들으면서 설레기도 하고 어떤 아이가 우리에게 올까? 하는 기대감이 생기게 되었다. 떨리는 마음으로 대구에서 서울에 있는 동방사회복지회까지 가게 되었다. 아기와 만나기까지 시간이 얼마나 더디게 가는지 시간이 멈춰 버린 것 같았다. 드디어 아기와 만나는 시간! 첫 만남에 남편은

"나 어릴 때랑 똑같이 생겼어!"

라고 말했다. 복지사님은 꼭 이 아이를 하지 않아도 된다고 부담갖지 말라고 이야기했었지만 가장 좋은 것을 주시는 하나님, 예쁘고 건강한 아이를 보내주시겠다는 하나님의 말씀을 떠올렸다. 그리고 입양을 준비하면서 만난 한기선 모임에서 입양 선배들의 말씀이 첫 아이를 선택하지 않으면 후회한다는 것이었다. 우리는 실수하지 않으시는 하나님을 믿고 그렇게 아기를 품에 안게 되었다.

아기를 맞이하기 전부터 고민하면서 이름을 생각했다. 내 핸드폰 화면에 '서서히 평온하게, 성공보다는 섬김의 삶을…'이라는 글자가 평소보다 더 눈에 띄게 들어왔다. 아! '서온'으로 하면 되겠구나! 베풀 서, 따뜻할 온. 하나님, 엄마, 아빠 사랑을 듬뿍 받고 그 받은 하나님의 따

뜻한 사랑을 베풀면서 살아가라는 의미에서였다.

첫 만남에는 아이가 많이 울고 어색해하였다. 통통하지만 눈도, 코도, 입도 모두 작은 아이였다. 여러 아이의 모습을 생각했지만, 생각했던 아이와 다른 아이였다. 아이의 배경도, 첫 만남의 이미지와 느낌도. 하지만 그런 부분은 우리가 서온이와 가족이 되는 것에 전혀 문제가 되지 않았다. 서온이와 선보기를 한 후 집에 오기까지는 3주라는 시간이 걸렸다. 그 시간이 정말 길고 긴 시간이었다. 선보기 때 15분간의 짧은 만남 중 사진을 더 찍어오지 못 했던 것이 아쉬웠다. 몇 장 안 되는 사진을 보고 또 보면서 우리는 서온이를 가족으로 맞이할 준비를 하였다.

드디어 서온이와 함께 집으로 오는 날. 서울에서 대구로 오는 긴 시간이지만 처음 만났을 때 걱정과 다르게 서온이는 걱정했던 것만큼 울지 않고 집으로 오게 되었다. 집에 오자마자 집에 있는 장난감을 보고 씩씩하게 걸어가서 장난감을 만지며 놀이를 하다가 금방 잠이 들었다. 낯선 환경에 힘들었을 텐데 적응도 잘 하고 많이 웃어주는 아이였다. 서툰 엄마, 아빠지만 하나씩 하나씩 맞춰 가면서 어색함에서 편안함으로 그리고 이제는 서로 없으면 안 되는 가족이 되었다.

"엄마"라는 말을 할 줄 알고 만났지만 서온이가 우리를 보고 "엄마, 아빠"라고 불러 줄 때는 기쁨과 감격이 정말 너무 컸다. 엄마가 되고 싶었고, 이제는 엄마가 되어 "엄마"라고 불러주는 아이가 있음에 그 행복을 말로 표현할 수 없었다.

서온이가 예뻐서, 많이 웃어주어서, 울지 않고 잘 놀아서 그런 이유로 아이가 예쁘고 사랑스러운 것이 아니었다. 서온이는 서온이 존재 자체로, 우리 가족에게 온 것만으로도 너무너무 소중하고 예쁜 아이였다. 그런 아이를 우리 가정에 보내주신, 아니 맡겨주신 하나님께 너무 너무 감사했다.

존재 자체로 사랑스러운 내 딸! 서온이를 통해서 하나님의 마음을 알 것 같았다. 젊은 시절 나는 종종 '하나님은 부족한 나를 사랑하실까? 나보다 더 가진 재능이나 은사가 많은 사람들이 있는데 이런 나를 사랑하실까?'라는 생각을 했었다. 하지만 하나님은 나라는 존재 자체로 나를 사랑하셨다는 것을 서온이를 키우며 알게 되었다. 나를 있는 그대로 사랑하셨고 지금까지 인도해 주셨다는 것, 외적인 것이 중요한 것이 아니라 무엇을 잘해서가 아니라 나라는 존재를 있는 모습 그대로 하나님께서 너무 사랑하고 기뻐하셨다는 것을 알게 되었다.

서온이와 함께 하면서 하나님께서 우리의 기도에 신실하게 응답하셨으며, 우리 가정에 꼭 맞는 아이를 보내주셨다는 것을 느낄 수 있었다. 건강하고 예쁜 아이를 보내주시겠다고 하셨는데 서온이는 감기 말고는 병치레 없이 건강하고 씩씩하게 자라고 있으며 볼수록 더 예쁘고 사랑스러운 아이가 되어갔다. 부족한 엄마, 아빠라서 그리고 첫 아이라서 아주 예민한 아이면 어떡하지? 라고 우려했었는데 사람을 좋아하고 적응이 빠르며 흥이 많고, 잘 먹고, 잘 자고, 잘 놀아주는 아이였다. 관찰하거나 주변을 살펴볼 때는 예민함이 있어서 쉽게 변화를 알아차리지만, 우리가 양육할 수 있을 만큼의 예민함이었다.

서온이 아빠는 입양에 대한 부정적인 이미지는 없었으나 아이를 좋아하지는 않았다. 친한 지인이 아이를 낳아도 아이가 예쁜지 모르겠다고 했었다. 하지만 서온이가 집에 오자 달라졌다. 아이를 너무 예뻐하는 것이다. 아이를 좋아하지 않던 서온이 아빠는 3명 입양한 가정이 너무 부럽다고 하면서 우리도 적어도 2명은 입양했으면 좋겠다고 이야기한다. 서온이 동생이 있으면 더 행복할 것 같다고 말이다. 서온이는 아빠와 참 많이 닮았다. 우리가 입양가족인줄 아는 사람들은 너무 닮아서 놀라기도 하지만, 지나가는 사람들도

"아빠랑 똑같이 생겼네!"

라고 이야기한다. 그 이야기를 들을 때마다 서온이 아빠는 자주

"나랑 서온이랑 닮았어?"

라고 물으며 너무 행복해한다. 하나님께서 남편을 닮은 아이를 일부러 보내주신 것 같았다. 그래서 더 많이 사랑하고 품을 줄 알게 되도록 하신 것 같다.

서온이를 입양하면서 한 가지 더 간절히 기도했던 기도 제목이 있었다. 우리가 서온이에게 하나님의 사랑을 흘려보내고 서온이를 통해서 할머니, 할아버지 또 우리 가족이 하나님의 사랑을 알아가는 것, 가족 모두가 구원받는 것이었다. 할아버지, 할머니는 서온이를 많이 사랑하고 예뻐해 주신다. 서온이로 인해서 웃을 일이 더 많아지고 있으며 행복한 일도 더 많이 생겨나는 것 같다. 소중한 우리 서온이를 통해서 우리 가족이 모두 예수님을 믿고 구원받을 뿐 아니라 서로 축복의

통로가 되어서 하나님 나라를 위해서 살아가는 가정이 되길 기도하고 기대해 본다.

처음에 입양할 때는 엄마가 되고 싶었고, 한 아이에게 엄마가 되어주는 삶이 행복한 일이라고 생각했다. 하지만 엄마가 되어주었기 때문에 행복한 것이 아니라 딸이 우리 가정에 와 주어서 우리가 더 많이 행복하다는 것을 알게 되었다. 서온이가 없었으면 알지 못했던 행복들이 참 많다. 서온이가 우리 가정에 와서 내려놓아야 하는 영역들이 많아졌다. 모든 부모가 그러하듯이 아이의 시간과 리듬에 부모의 시간을 맞춰야 하고, 식단도 아이 우선, 여행을 가도 아이가 가고 싶어 하는 곳 또는 갈 수 있는 곳으로 가야 하는 것 등 사소한 모든 것에서 아이가 중심이 되었다. 하지만 그 삶이 너무너무 감사하고 행복하다. 서온이가 행복하면 우리 부부도, 가족도 행복하다는 것을 알게 되었다. 부부가 함께하는 삶도 행복하지만, 하나님께서 자녀를 왜 허락하셨는지, 왜 자녀는 하나님께서 주시는 선물인지 서온이를 통해서 많이 느끼게 된다. 하나님 마음도 같으시겠지? 내가 행복해하면 하나님도 행복해하시겠지? 서온이를 통해서 머릿속에 있던 하나님의 사랑을 가슴으로 느끼는 순간들이 참 많다.

나의 있는 모습 그대로를 사랑하시는 하나님처럼, 나도 서온이의 있는 모습 그대로를 사랑할 줄 아는 부모로 성장하고 싶다. 내가 원하는 아이로 자라는 것이 아니라 하나님이 기뻐하시는 아이로 자라는 서온이가 되었으면 좋겠다. 앞으로 자라는 과정 속에서 나의 욕심과 바람이 많아질 수도 있겠지만 그럴 때마다 처음 서온이를 만났을 때 마음을 떠올려야겠다. 성공보다는 섬김의 삶을 살 수 있도록, 서온이가 받은 사랑을 세상에 나눠 줄 수 있는 아이로 자랄 수 있도록, 모든 것을 하나님께 맡겨드리고 서온이가 하나님의 귀한 딸로 자라도록 기도하는 부모가 되고 싶다. 세상에 나아갈 때까지 힘이 되어주고 버팀목이 되어줄 수 있는 부모가 되고 싶다. 무엇보다 서온이가 하나님의 기쁨이 되는 아이, 하나님 마음에 합한 자로 살아가길 기도한다.

하나님은 나라는 존재 자체로
나를 사랑하셨다는 것을
서온이를 키우며 알게 되었다.

(2) 받은 사랑을 흘려보내며

임경훈 (아빠)

한 여인의 남편이자 두 아이의 아빠로 이 글을 쓰게 될 줄은 생각하지 못했다. 우리 부부는 2002년도에 중매 반 연애 반으로 1년 교제 후 2003년도에 결혼했다. 모든 가정이 꿈꾸듯 우리 부부도 평범하게 살면서 평범한 가정을 꾸리길 소망했다. 결혼 후 2-3년이 지나도 자녀는 생기지 않았고 양가 부모님의 손주에 대한 열망은 우리 부부의 기대 이상으로 높아져 갔기에 양가 부모님께 불효 아닌 불효를 저지르고 있는 건 아닌지 고민이 되었다. 이 당시에 문득 떠오른 것이 입양이었다.

그러나 이때는 우리 부부가 젊은 30대 나이였기에 자녀에 대한 간절한 소망이 없었던 것 같다. 주님께서 우리 부부에게 자녀를 주시든 주시지 않든 이 또한 하나님의 뜻으로 받아들이겠다고 현실을 담담하게 받아들였던 것 같다. 입양이라는 단어 역시 공허한 메아리처럼 들렸다. 우리가 젊은 나이이니 현실 속에서 최선을 다해보고 그 결과는 하늘에 맡기자는 마음으로 인공수정을 시도해 보게 되었다. 2차례 인공수정을 시도했으나 우리 부부의 기대와는 다르게 실패하였고 그 뒤로는 마음을 접고 현실에 만족하며 살아온 것 같다. 세월은 속절없이 흐르고 우리 부부가 결혼한 지 18주년이 됐을 무렵 우연히 TV에서 방영되는 인간극장 프로그램을 통해 '바보 가족' 입양가정 이야기를 시청하게 되었다.

이 방송을 보면서 순간적으로 태어나서 처음 겪어보는 온몸의 전율과 무한한 존경심이 마음속에 물밀듯이 밀려왔다. 다복하면서도 행복과 웃음, 사랑이 넘치는 행복이네 가정을 보면서 이 시대 가장 모범적이고 훌륭한 가정이라는 느낌을 받게 되었다. 이 가정을 통해 막연하게만 생각했던 '입양'이라는 단어를 다시 한번 떠올리게 되었고 이상이 아닌 현실로 '입양'을 통해 하나님께서 우리에게 주신 사명인 "이웃을 내 몸과 같이 사랑하라"는 계명을 실천하기로 결단하는 계기가 되었던 것 같다.

'입양'은 나 혼자서 계획하고 실천할 수 있는 일이 아니므로 조심스럽게 아내에게 의사를 물어보게 되었고 아내는 나의 말을 기다렸다는 듯이 흔쾌히 찬성해 주었다. 물론 본가 식구들, 처가 식구들 또한 우리 부부의 의견을 존중해주고 격려해 주셨다. 한 아이의 아버지, 한 아이의 어머니가 된다는 것, 소중한 한 아이의 부모가 된다는 것은 결코 쉬운 결단이 아니었다.

새벽기도를 통해 주님께 간구하였으나 특별한 응답은 들을 수 없었다. 하지만 기도하면 할수록 무언가 내 마음 깊은 곳에서 '입양'이라는 단어가 맴돌았고 그동안 내가 살아오면서 받았던 수많은 사랑과 관심을 사랑과 돌봄이 필요한 아이들에게 베풀어야겠다는 생각이 떠올랐다.

이제껏 살아오면서 과연 나는 우리 이웃들과 남을 위해 얼마나 사랑을 베풀고 살아왔나 생각해볼 때 한 것이 없다는 부끄러운 현실을 깨닫게 되었다. 남에게 인정받고 관심받고 사랑만 받으려고 했지, 나의 가진 소유물을 나눠주고 베풀고 사랑을 나눈 적이 없었다. 주님께서 우리에게 주신 사명 '이웃을 내 몸과 같이 사랑하라'는 계명대로 살아오지 못했다. 주님 앞에 나는 부끄러운 죄인이었다.

주님께서는 우리 부부를 불쌍히 여기시고 우리 가정에 귀한 두 자녀를 선물로 보내주셨다. 세상사 모든 일이 사람의 계획된 대로 이루어질 수 없음을 잘 알고 있기에 우리는 모든 것을 주님께 의지하며 기도로써 입양을 준비하고 진행하였다. 그 결과 주님께서는 2021년 7월경에 첫째 햇살이를, 2023년 3월경에 둘째 나예를 우리 가정에 선물로 보내주셨다.

주님이 계획하시는 일들은 우리가 생각할 수 없을 정도로 놀랍고 신비롭다는 것을 입양을 통해 느끼게 되었다. 주님께서는 2살 터울로 건강한 두 딸을 우리 가정에 보내주신 것이다. 우리를 하나님의 자녀 삼아주셨듯이 우리의 가정과 상황을 잘 아시는 주님께서는 우리의 기도를 들으시고 귀한 자녀를 선물로 주셨다. 두 자녀가 오기 전까지 우리 부부는 우리 생활이 전부인 양 우물 안 개구리로 살아왔던 것 같다. 주신 것에 감사하지 못하고 우리 부부 끼리 즐겁게 살다가 천국 가면 되겠지 하며 시간을 허비한 것 같다. 우리 부부를 향한 주님의 계획하심과 인도하심을 깨닫지 못하고 살았던 것이다.

첫째 햇살이를 입양하기 위해 대한사회복지회 상담과 입양부모 교육, 심리평가 등을 받으면서 한 아이의 부모가 된다는 것, 한 아이의 인생을 책임진다는 것의 무게를 이론이 아닌 현실로 체감하게 되었다. 지금도 햇살이와의 첫만남과 우리집으로 오던 날의 기억이 문득문득 떠오르곤 한다. 2021년 1월 26일 의정부 보육원에서 햇살이를 처음 본 순간, 주님께서 우리 부부에게 허락하신 아이라는 느낌을 받을 수 있었다. 하얀 피부에 맑은 눈동자, 방긋 웃으며 품에 안긴 햇살이를 보면서 주님께서 계획하신 깊은 뜻을 알 수 있었고, 이후에 우리 가족이 출석하고 있는 의정부 생명나무교회에 방문하여 유아세례도 받게 되었다.

햇살이가 우리집에 오고 나서 많은 변화가 있었다. 진정한 아빠 엄마로 변신하기 위해 말과 행동 등이 바뀌게 되고 모든 생활 패턴이 자녀 위주로 맞춰지게 되었다. 어느 날 햇살이가 갑자기

"아빠, 나 동생이 있으면 좋겠어."

라고 말했다. 순간 깜짝 놀랐다. 우리 부부는 햇살이 하나만 잘 키워야지 하는 생각을 갖고 입양을 했었고, 둘째는 계획에 없었다. 우리의 생각이 잘못됐다는 것을 입양 모임을 통해서 서서히 느끼게 되었고, 하나보다는 둘이, 둘보다는 셋이 아이와 부모에게 정서적으로 안정감

을 준다는 사실을 알게 되었다. 우리 부부는 고민 끝에 둘째를 입양하기로 결정했다. 우리가 자녀에게 줄 수 있는 선물이 무엇일까? 바로 의지할 수 있는 형제자매를 선물해주는 것임을 깨달았기 때문이었다.

2023년 3월, 둘째 나예가 우리 곁에 오면서 비로소 우리 가정이 균형 잡힌 입양가정으로서 더 성숙되고 변화되는 과정으로 진일보했다는 것을 느끼고 있다.

보라 자식들은 여호와의 기업이요 태의 열매는 그의 상급이로다
(시 127:3)

하나님께서 우리 가정에 허락하신 귀한 유산인 자녀를 우리의 뜻대로가 아닌 주님의 뜻대로 키우며 하나님의 거룩하신 귀한 자녀로 성장시키는 것이 우리 입양 부모의 사명일 것이다. 자녀는 가정에 있어서 가장 소중한 축복의 기초, 축복의 터가 됨을 믿는다.

기도하면 할수록 무언가 내 마음 깊은 곳에서
'입양'이라는 단어가 맴돌았고
그동안 내가 살아오면서 받았던 수많은 사랑과 관심을
사랑과 돌봄이 필요한 아이들에게
베풀어야겠다는 생각이 떠올랐다.

(3) 거꾸로 사는 삶

이연수 (엄마)

남들은 아이들 다 키우고 쉴 나이에 아이를 입양하였다. 결혼 24년차인 2023년 1월, 여러 입양기관에 전화하였다. 내 나이를 듣고 모든 기관이 냉담한 반응이었다. 결론은 불가능하다였다. 마지막으로 전화한 기관에서도 신규 입양 부모 상담은 하지 않는다며 지부 연락처를 알려 주셨다. 지부에서 전화를 받으신 선생님은 그래도 친절하게 전화를 받아주셨다. 현재 대기하시는 분들도 많고 안 될 수도 있지만, 대기자 명단에 올려 주시겠다고 하셨다. 참 감사했다.

그리고 3개월이 넘었는데도 연락이 없어 다시 전화를 드려 "저 잊지 않으셨죠?"라고 말씀드리고, 저는 성별도 친부모 조건도 베이비박스 아이도 모두 괜찮다고 했다. 단, 제가 나이가 있으니 장애만 없으면 된다고 했다. 사회복지를 전공하고 장애인 시설에서 일했던 나는 장애 부모에게 얼마나 많은 체력이 필요한지 알기에, 먼저는 아이에게 너무 미안하고 기관에도 죄송하지만 이 부분만 부탁드리고 모든 가능성을 열어 놓았다. 이후 3개월이 지난 6월, 연락이 왔고 이때부터 모든 것이 빠르게 진행되었다. 그 많은 입양 관련 서류 준비부터 입양교육과 기관 방문 상담 및 가정방문 상담까지 물 흐르듯 자연스럽게 진행되었다.

그런데 상담 중 남편이 갑자기 여아를 원한다고 했다. 입양 담당 선생님은 그럼 늦어질 수도 있다고 했지만, 남편은 괜찮다고 했다. 그래서 올해는 힘들 수 있겠다고 생각했는데 11월에 연락이 왔다. 베이비박스 여아가 있는데 만나보시겠냐는 전화였다. 남편과 난 좋다고 했다. 가슴이 뛰었다. 남편과 아이를 만났는데 머리를 보고 좀 놀랐다. 장애가 의심될 정도로 상태가 심각했다. 기관 선생님도 2-3일 생각해 보시라며 꼭 이 아이를 하지 않아도 된다고 하셨다. 난 하나님께 여쭙고 싶었다. 3일 새벽기도를 갔다. 이튿날부터는 남편도 깨워서 같이 갔다. 기도하는데 눈물이 났고 하나님께서 그 아이를 데려오라고 하셨다. 바로 기관에 전화하여 남편과 나의 뜻을 전했다. 선생님은 아이가 머리에 이상이 있는지 뇌 검사를 해주시겠다고 했다. 그리고 두상 교정 헬멧이 있는데 그것도 기관에서 지원해 주시겠다고 했다. 아이의 머리 상태는 이 정도로 심각했었다.

그러나 남편과 난 우리 아이가 생긴 기쁨에 바로 아이 이름을 지었다. 우리 집에 주신 하나님의 선물이라는 생각에 그 뜻이 담긴 이름이 좋겠다고 생각하고 히브리어와 헬라어에서 찾기 시작했다. 그래서 '선물'이란 뜻의 히브리어 '민하'를 찾아냈다. 민하는 히브리어를 우리말로 읽었을 때 나는 발음이다. 남편과 난 계속 부르면서 정말 딱이라고 생각했다. 하나님의 선물, 민하가 드디어 2024년 1월 2일 우리에게 왔다. 머리에 대한 걱정도 잠시, 하루가 다르게 변해가는 민하를 보며 남편과 난 웃음이 떠나지 않았다. 처음 해보는 육아로 잠도 못 자고 육체적으로 힘들었지만, 그 힘듦을 이기고도 남는 기쁨과 즐거움이 있었다.

민하와 함께 다니면 예쁘다, 귀엽다, 인형이다, 어떻게 저런 아이가 있을까, 귀가 너무 잘생겼다 등 남녀노소 모두 칭찬에 칭찬을 아끼지 않았다. 민하를 보느라 집에 가기 싫다는 분들도 있었다. 이렇게 민하는 우리의 염려와 걱정을 뒤로 하고 갈수록 예뻐졌다. 우리 딸 민하는 엄마의 체력을 걱정해 얌전하고, 조심성이 많고, 아빠를 닮아 장난을 좋아한다. 우리 딸 민하는 얼굴은 아빠를 닮고, 손가락 발가락 긴 건 엄마를 닮았다.

정말 언제나 우리 하나님은 오차가 없으시고 정확하신 분이다. 우리 가정에 딱 맞는 아이를 보내주셨다. 민하가 우리 집에 왔을 때 하나님께서 주신 또 하나의 마음은 '그래서 너희 가정에 온 것이다. 너에게 오려고 머리가 그랬던 것이다.'였다. 민하는 너무 사랑스럽고 예쁜 아이인데, 처음부터 이러했다면 딸을 원하는 입양가정이 너무 많아 우리 가정에 오기 전에 다른 가정에 갔을 것이다. 이 생각을 하니 또 눈물이 났다. 민하를 입양해 우리 호적에 자녀로 입적하고 개명신청을 하기까지, 어느 것 하나 막히거나 분란 없이 모든 것이 순조로웠다. 이것이 바로 하나님이 계획하신 최고의 때에 최고의 방법으로 주시는 복이요 은혜임을 고백해 본다.

사실 어려운 환경에서 자란 남편과 난 결혼할 때 양가의 도움 없이 두 사람이 모은 돈과 대출만으로 가정을 시작하였다. 그래서 외식도 하지 않았고 열심히 앞만 보고 일만 했었다. 그렇다고 아이를 낳지 않으려고 한 건 아니었지만 노력해도 아이를 가질 수 없었다. 병원에서 다양한 검사를 했지만, 남편과 나 누구에게도 이상은 없었다. 마지막으로 시험관까지 했지만 성공하지 못했다. 그때 남편과 입양을 이야기했지만, 당시 남편은 반대했었다. 그리고 차선으로 선택한 것이 후원이었다. 한국 컴패션을 통해 두 명의 아이에게 후원하였다.

그리고 세월이 흘러 친구들은 손자를 볼 나이에 나는 입양을 결심했다. 그러나 오차가 없으시고 정확하신 하나님을 믿기에 지금이 내 삶에서 입양에 가장 적합한 시기였음을 믿는다. 젊어서 입양했다면 하나님의 생각이 아닌, 내 생각대로 내 뜻대로 아이를 양육했을 것이다. 경제적으로도 힘들었기 때문에 지금처럼 남편과 내가 아이에게 집중하지 못했을 것이다. 지금은 남편이 사업을 하는데 집이 사무실이기 때문에 가정에서 육아를 함께 하고 있다. 남편도 아이가 자라는 모습을 처음부터 함께 할 수 있어 기쁘다고 한다. 모든 것이 하나님의 은혜이며 하나님께 감사와 영광을 올려드린다.

끝으로 무엇보다 입양 과정 가운데 한국기독입양선교회가 큰 도움이 되었다. 입양을 진행하면서 개인적으로 도움을 많이 받고, 여러 입양기관과 전문 상담사 및 법원에서도 한국기독입양선교회의 역할을 여러모로 인정해 주고 계셨다. 이 또한 하나님의 예비하심이고 축복이라고 생각한다. 입양 부모 교육 중에 한 가정에 입양되어 이제는 대학생이 된 아이의 간증이 기억난다. 학교 친구들과 잘 지내고 관계도 좋지만 그래도 속 깊은 이야기는 입양가족 모임에서 만나는 친구와 하게 된다는 말이었다. 입양된 아이에게 입양가족의 모임은 삶을 살아감에 있어 큰 힘이 됨을 다시 한번 알 수 있었다.

이런 만남의 축복을 주신 하나님께 감사드리며, 민하와 함께 하는 우리 가정이 앞으로도 끝까지 함께 서로 사랑하며 살아가길 기도한다.

세월이 흘러 친구들은 손자를 볼 나이에
나는 입양을 결심했다.
그러나 오차가 없으시고 정확하신 하나님을 믿기에
지금이 내 삶에서
입양에 가장 적합한 시기였음을 믿는다.

Q. 입양은 어떤 마음가짐으로 해야 하는 걸까요?

불임 판정을 받고 아이를 갖기 위해 병원을 다닌지가 오래 되었습니다. 지인이 추천해준 한약도 몇 차례 먹으며 임신을 위해 할 수 있는 것들은 적지 않게 시도했지요. 아기를 원하지만 결과가 실패로 돌아갈 때면 얼마나 우울한지 모릅니다. 교회에서 임신과 출산 소식을 접할 때마다 마음이 너무 힘듭니다. 남편은 입양을 얘기하지만 왜 이리도 미련이 남고 망설여지는지 모르겠네요. 입양을 떠올리면 '내가 정말 자격이 있을까? 아이를 사랑으로 잘 키울 수 있을까?' 등 이런저런 고민과 걱정이 밀려오네요.

A. 입양하기로 마음먹고 결정하기까지 느끼는 많은 감정과 고민은 매우 자연스러운 일입니다. 특히 불임 판정을 받고 오랫 동안 임신을 위해 시도한 과정은 매우 힘든 시간임에 분명합니다. 그러나 꼭 기억해야 할 사실은 시간이 계속 흘러가고 있다는 겁니다. 앞서 불임(난임) 부부가 입양을 통해 아이를 품게 되면서 동일하게 고백하는 것이 하나 있습니다. "더 일찍 입양을 할 걸". 어찌보면 입양은 슬픔과 좌절의 겨울을 지나 새로운 가족을 형성하는 봄을 거쳐 서로의 감정과 필요를 이해하는 여름 이후 사랑과 인내로 결실을 맺는 가을로 이어지는 여정이라 볼 수 있습니다. 하나님께서 선물로 보내준 한 생명을 사랑하고자 하는 마음이 있다면 이미 자격을 갖춘 겁니다. 앞으로 어떤 선택을 하든, 자신의 감정을 돌보고 주님의 마음에 깊이 접속될 수 있기를 바랍니다.

한기선 도란도란 5

한기선 가족들과 함께 하고 있는 한 청년의 보육원 아동결연 이야기, 한번 들어보실래요?

글쓴이 : 신혜연

저는 어렸을 때부터 입양, 보육원 이러한 단어에 관심이 많았습니다. 어느 정도였냐고 물으시면 제가 초등학생 시절, 인간극장 <바보 가족>을 보고 난 후 그 방송의 주인공 부부께 다짜고짜 메일을 보냈을 정도였습니다. 방송 잘 보았다고, 가정을 위해 기도하겠다고, 늘 행복하셨으면 좋겠다고, 언젠가 만나고 싶다는 내용이었습니다. 그 주인공은 현재 대한민국에서 입양을 가장 많이 하신 부부이자 지금은 제게 두 번째 엄마 아빠이신 강릉 엄마 아빠 윤정희 사모, 김상훈 목사입니다. 그 때부터 성인이 된 지금까지 강릉 엄마 아빠에게 늘 하는 말이 있습니다. "나 강릉 엄마처럼 내 능력이 닿는 데까지 입양할 거야. 힘든 길인 거, 쉽지 않은 길인 거 누구보다 더 가깝게 봐서 잘 알아. 그래도 엄마의 길을 내가 따라갈 거야. 지켜봐줘. 그리고 엄마 아빠 집에 내새끼들 우르르 데리고 갈 거야."

그러면 돌아오는 강릉 엄마의 답. "이놈아 쉽지 않은 길이야. 그래도 네가 원한다면 엄마는 늘 뒤에서 기도하며 있어줄게. 네 말대로 네 자식들 우르르 데리고 들어와." 그렇게 저는 고등학생이 되었고 보육원 아이들에게 내가 무엇을 해줄 수 있는지 찾아봤지만, 주변 보육원은 성인부터 봉사활동이 가능하다고 해서 집에서 조금 먼 보육원의 홈페이지를 보게 되었고, 2살이 된 남자아이가 눈에 들어왔습니다.

지금 당장 가진 돈은 고작해야 용돈 몇만 원. 결연 후원을 하고 싶었지만 '내가 매달 후원금을 낼 수 있을까? 처음 한두 번은 가능하겠지만 이러다가 어느 날 갑자기 용돈을 다 써버리면 어떡하지?' 같은 걱정 앞섰습니다. 제가 할 수 있는 건 그 아이를 마음속에 품으며 그저 건강하고 씩씩하게 자라길 바라는 오직 기도뿐이었습니다.

시간이 흘러 저는 대학생이 되었지만, 그 몇만 원은 여전히 저의 고민이었습니다. 여전히 수입은 없고 얇은 지갑 사정에 쉽사리 용기를 내지 못했습니다. 그렇게 대학교 4년이 흘러 졸업을 했고 어느새 제 나이 24살이 되었습니다. 수입이 있다면 바로 결연 후원을 할 수 있다는 걸 알지만 취업이 바늘구멍이라는 현실을 핑계로 취업문을 두드려보지도 않았습니다. 사실 백수 생활이 너무 즐겁고 편안하고 행복했거든요.

2월에 졸업해 10월이 될 때까지 저는 취업 준비생 생활을 이어가고 있었습니다. 그러던 어느 날, 갑자기 주변의 보육원을 다시 검색해보게 되었습니다. 속으로는 '나 아직 수입이 없는데?' 하면서도 열심히 보육원을 찾아보았습니다. 그러다 집에서 가까운 보육원이 눈에 띄었고, 이번에는 보육원에 전화를 걸어보았습니다. "결연 후원에 대해 문의드리고 싶어서 전화드렸습니다.", "혹시 아동과 매칭이 되면, 외출도 가능한가요?" 궁금했던 것들을 조심스럽게 여쭤보았습니다.

전화를 받으신 직원 분께서는 너무나도 친절하고 밝은 목소리로 답변을 해주셨습니다. "후원자님께서 원하시는 아동의 성별이나 나이대가 있으실까요?", "네, 아동과 원내 만남을 통해 친밀한 관계를 맺으면 외출도 가능합니다." 저는 편하게 응대해 주심에 감사했지만, 한편으로 너무 갑작스러웠습니다. '내가 아동을 선택할 수 있다고?' 여쭤보니 후원은 후원자님의 마음으로 하는 거기에 후원 대상을 어느 정도 자신의 선호에 맞추면 더 좋을 거라는 답변을 주셨습니다.

'그것도 맞겠구나.' 싶었습니다. 살면서 결이 맞는 사람, 잘 통하는 사람은 금방 마음도 열리는 법이니까요. 저는 어렸을 때부터 운동을 해와서 몸 부딪히며 노는 남자아이를 대하는 게 조금 더 잘 맞다는 생각이 들었습니다. 그리고 어린아이라야 편하게 안아주며 관계를 형성할 것 같아서 미취학 남자아이를 말씀드렸습니다. 그 순간 전화기 너머로 저 멀리, 분명 작은 소리였지만 저에게는 큰 음성으로 누군가의 목소리가 들렸습니다. "주원이 하면 되겠다!"

사실 전 지금까지도 그 음성이 주님의 음성임을 믿습니다. 그렇게 회의를 잠시 하고 매칭이 되면 아동 소개서를 보내주신다고 하셨습니다. 전화를 끊고 나니 궁금증이 밀려왔습니다. '어떤 아이일까, 몇 살일까, 이름은 뭘까, 쌍꺼풀이 있을까 없을까, 또래보다 작은 아이일까 큰 아이일까, 운동을 좋아하는 아이일까, 책을 좋아하는 아이일까, 목소리는 어떨까?' 매칭이 되는 시간은 그리 길지 않았지만, 제게는 굉장히 더디게 느껴졌습니다. 그러던 순간 메일 한 통이 왔습니다. 아이의 이름과 나이, 이곳에 언제 입소하였으며 어떤 사연이 있는지, 왜 저와 매칭이 됐는지가 담겨있는 메일이었습니다.

'너였구나…'

내가 지난 5년이 넘게 그토록 기다리고 기다렸던 아이가 너였구나. 너와 만나기 위해 내가 어른이 되기까지 기다리며 주님께서 이제야 너와 나를 연결해 주셨구나. 입소된 지 1년이 채 되지 않은 아이였습니다. 매칭이 된 10월의 그날, 덜컥 걱정이 들었습니다. '주님, 주원이와 매칭이 됐어요. 그런데요, 전 지금 수입이 없는데요? 저는 돈으로만 하는 후원 말고 주원이와 직접 만나 또 하나의 가족이 되어주고 싶어요. 주원이를 만나는 건 욕심일까요? 아이스크림도 사주고 싶고, 키즈카페도 가고 싶고, 어떡하죠? 아직 원내 만남 신청하는 건 이를까요?'

그간 실제로 취업이 어려운 분위기도 있었지만 사실 제 스스로 취업을 너무 두렵고 무서워했습니다. 그래서 아예 그 문을 두드려보지도 않았던 것 같습니다. 그런데 주원이와 매칭이 되고 며칠 후부터 저는 컴퓨터 앞에 앉아 채용 공고들을 자세히 찾아보기 시작했습니다. 그러다 두 군데 회사에 서류를 넣게 되었고, 먼저 넣은 한 곳에서 서류에 합격했으니 다음 주에 면접을 보러 오라고 연락이 왔습니다. 그리고 면접을 보러 다녀온 그날 저녁, 합격 연락을 받았습니다. 분명 면접자들도 많았고 딱 1명 뽑는 자리였는데요. 11월부터 바로 출근하라고 하셨습니다. 이 모든 게 2주 만에 일어난 일이었습니다.

이제 수입이 생길 예정이니 바로 주원이와 원내 만남을 신청했습니다. 원내 만남 날짜가 다가올수록 설렘보다는 걱정이 앞섰습니다. '날 싫어하면 어떡하지?' '낯을 심하게 가리면 어떡하지?' 그렇게 원내 만남이 있는 날. 약속 시간에 맞춰 보육원에 가서 마련해주신 공간에 앉아 주원이를 기다렸습니다. 적막이 흐르는 공간에 쿵쾅거리는 제 심장 소리만 들렸습니다. 그러다 복도 끝에서 쫑알쫑알 아이의 목소리가 들려왔습니다. 문이 열리며 과장님의 손을 잡고 있는 아이와 마주했습니다. 생각과 다르게 작고 작은 아이. 나를 보며 씩 웃는 아이. 과장님이 "이모한테 안녕하세요 해야지." 하니까 배꼽 위에 손을 올려 인사하던 아이.

그렇게 과장님과 마주 앉으려고 할 때 주원이가 "이모 옆에 앉을래요." 하였습니다. 그 순간 머리를 띵하고 맞은 기분이었습니다. 먼저 손을 내민 주원이의 모습에 그렇게 하지 못한 제가 부끄러웠던 순간이었습니다. 과장님께서 윗층에 조그마한 놀이방이 있는데 그곳에서 주원이와 단둘이 있어보는 건 어떠시냐고 해서 좋다고 하였습니다. 그렇게 자리에서 일어나는데 주원이는 또 한 번 "이모 손잡고 갈래요."라고 말하며 제게 다가왔습니다. 주원이의 손을 처음 잡고 걸어 나가는데 이 작고 작은 아이를 제가 어떤 수를 써서라도 지켜주고 싶었습니다. '이모는 지금 잡은 두 손, 절대 놓지 않을게. 먼 훗날 필요 없다고 느껴지면 그때 네가 놓아. 네가 놓기 전까지 이모는 꼬옥 잡고 있을게. 이렇게 만난 우리, 정말 진하게 알아가며 사랑하자.' 놀이방으로 가는 길에 마음속으로 기도했습니다.

그렇게 첫 만남을 시작으로 매주 방문하여 주원이와 함께 했습니다. 일정 기간 원내 만남을 이어간 후 크리스마스 즈음, 주원이와 첫 외출을 할 수 있게 되었습니다. 우리에게 주어진 시간은 약 5시간 남짓. 주원이가 먹고 싶은 메뉴로 맛있는 점심도 먹고 키즈카페에도 가고 디저트도 먹고 즐거운 시간을 보낸 뒤 정해진 귀가 시간에 맞춰 보육원으로 돌아왔습니다. 주원이의 방 앞에서 작별 인사를 하는데 주원이가 너무나도 쿨하게 "안녕히 가세요." 하며 쏙 들어갔습니다. 순간 당황한 저는 '나만 아쉽나? 주원이에게 나는 어떤 존재일까?'라는 생각이 들어 묘한 기분이 들었습니다.

그렇게 두 번째, 세 번째, 네 번째 외출까지도 주원이는 여전히 헤어질 때면 "안녕히 가세요." 하며 휙 제 방으로 들어가버렸습니다. 그간 저는 주원이에게 일부러 먼저 이름을 알려주지 않았습니다. 주원이가 물어보지 않았을뿐더러 제 이름을 알려주는 게 주원이에게는 나름대로 기억해야 하는 부담을 갖게 되는 일일 것 같았습니다. 그러다 다섯 번째 외출 때에야 슬쩍 "이모 이름 알아?" 했더니 그제서야 주원이가 이름을 알려달라고 하더군요. 그래서 "나는 혜연 이모야." 했더니 주원이가 저를 "혜연 이모~"하고 불렀습니다. 주원이 입에서 제 이름이 나오니 굉장히 뭉클했습니다.

다음 만남이었던 여섯 번째 외출 때는 주원이가 그토록 가보고 싶어 하던 놀이공원에 함께 갔습니다. 놀이기구 줄을 기다리며 주원이는 점점 제게 안겨있는 시간이 많아졌고, 실컷 놀고 저녁을 먹기 위해 놀이공원에서 나와 보육원 근처로 가는 지하철 안, 주원이는 제 품에서 잠이 들었습니다. 사실 주원이는 외출하는 동안 낮잠을 잔 적이 단 한 번도 없었습니다. 제 품에서 낮잠을 자는 주원이를 더 꼬옥 안으며 이 순간이 감사해서 눈물이 나오는 걸 꾹 참았습니다.

30분 정도 재우고 깨워 저녁을 먹인 후 집에 들어가는 길에 주원이에게 한 달 만에 다시 슬쩍 물어보았습니다. "이모 이름 기억나?" 주원이는 갑자기 웃으며 "혜연... 혜연 엄마?" 하는 것이 아니겠어요? 엄마라는 단어에 저는 너무 놀랐지만, 자연스레 웃으며 받아쳤습니다. "아들! 뭐라고? 이모가 아니라 엄마라고?" 주원이는 "혜연 이모! 아니, 혜연 엄마!" 하며 장난처럼 엄마라는 말을 자꾸 했습니다. 얼마나 엄마라는 단어가 고팠을까? 이모라고 굳이 다시 말을 안 하고 웃으며 넘겼습니다.

일전에는 키즈카페에서 나오는 길에 신발을 신으려고 하는데 주원이가 제 신발까지 챙겨서 앞에 딱 놓더라고요. 직원 분께서 "엄마 신발까지 챙겨주는 거야? 기특하네." 했는데 주원이는 "엄마가 좋아서요!"라고 대답했습니다. 주원이는 오고 가며 다른 사람들이 저를 '엄마'라고 불러도 절대 "이모에요."라고 고쳐 말하지 않고 그저 자연스레 행동했습니다. 처음에는 그 모습이 마음이 아프기도 했지만, 워낙 영리한 아이이기에 지금의 상황을 본인이 다 알고 있으면서도 엄마라는 말이 싫지 않아서 그렇게 행동하나보다 생각했었습니다.

그렇게 그날, 놀이동산에 갔다가 주원이를 보육원에 다시 데려다주던 밤이었습니다. 언제나처럼 저는 헤어지기 전 한 번 진하게 안아주고 "주원아 사랑해."라고 말해주었습니다. 아이는 그간 헤어질 때 별다른 말 없이 "네." 하고 돌아서서 가곤 했는데 그날은 "저도 사랑해요."라며 대답을 하였습니다. 그 순간, 주원이에게 저라는 존재가 진심이 통했고 신뢰가 쌓였다는 생각이 들었습니다. 그리고 주원이의 처음 보는 모습을 보게 되었죠. 갑자기 이모랑 헤어지기 싫다며 주원이가 울기 시작했습니다.

'너 그동안은 조금 긴장했지? (오늘 처음으로 낮잠 잤다고 담당 엄마께 말씀드리는데 원래 잠이 많은 아이라고 하셨습니다.) 그래서 잠이 와도 안 자고 버틴 거고, 사랑한다는 말에도 별 대답도 안 한 거고, 이모와 노는 시간보다 집에 도착한 게 더욱 안심이 되어서 바로 들어간 거지? 그래, 얼마나 낯설었겠어. 어느 날 갑자기 이모라며 매주 찾아와서 1시간 놀고 금세 가버리고, 그러다가 한 달에 한두 번씩 단둘이 밖에 나간다고 하고. 미안하고 고맙고 사랑해. 주원아. 너에게 헤어짐이 없는, 믿을 수 있는 어른이 될게.'

그렇게 주원이와의 결연이 1년이 넘은 지금, 주원이의 표정은 더욱 다양해졌고 이젠 주원이가 직접 말합니다. "이모는 약속하면 꼭 오잖아요.", "이모, 나는 토요일이 제일 좋아요. 이모가 오잖아요.", "이모 사랑해요.", "(외출 중에) 시간 다 됐어요? 집에 가야 해요? 아… 나는 이모랑 헤어지는 게 제일 싫어요.", "눈물 날 것 같아요." 그리곤 헤어질 때마다 눈물을 한바탕 흘리고 들어갑니다. 그럴 때마다 저는 더욱 책임감이 들고 단단해지는 것 같습니다. 주원이가 눈물 뚝 그치는 모습을 보면 "우와! 눈물 뚝 그친 거야? 오구 씩씩해. 엄청 멋있는데~ 이제 이모 간다! 또 올 거 주원이도 알잖아, 그치? 먹고 싶은 거, 가고 싶은 곳 생각해둬!" 하며 돌아섭니다. 저는 반드시 다시 올 거니까요.

지금은 헤어질 때 아쉬움에 울기도 하지만, 믿음이 더욱 쌓여 헤어질 때에도 웃으면서 "이모 또 봐요!" 하고 씩씩하게 들어가게 되길, 오늘도 기도 중입니다. 주원이는 알까요? 이모도 집으로 가는 버스 안에서 눈물을 훔친다는 걸요. 저는 평소 낯을 굉장히 많이 가리는 성격이고 새로운 환경과 변화를 좋아하지 않는 사람입니다. 그런 제가 수입도 없으면서 어느 날 갑자기 결연 후원을 하고 싶어 전화를 걸었던 것도, 갑자기 취업 서류를 넣어 취업에 성공한 것도, 그저 매달 후원금만 입금해도 되는 결연 후원에 그치지 않고 아동과 원내 만남, 외출을 신청해 실행한 것도 모두 제 의지가 아닌 하나님께서 하셨다고 생각합니다. 저라는 사람에게는 그런 용기가 없거든요. 모두 하나님께서 하신 일입니다.

주님, 다음은 어떤 아이인가요? 그 아이를 만나기 전까지 지금 제게 온 두 번째 아이와 온 맘 다해 사랑하며 지내고 있을게요. 주원이와 만나게 해주심에 감사합니다. 또한 주원이에게 사랑을 주기 위해 만났는데 오히려 받고 오는 제 자신이 부끄럽기도 합니다.

아! 왜 두 번째 아이냐고요? 앞서 제가 고등학생 시절 찾아봤던, 먼 보육원의 2살배기 남자아이, 지금은 초등학생이 된 성훈이가 첫 번째 아이이기 때문입니다. 만난 적은 없지만 그 이후로 생일 때면 키다리 이모로 선물을 보내주며 지내고 있거든요. 첫 번째 아이도, 결연 후원 중인 두 번째 아이도 모두 밝고 씩씩하고 지금처럼 건강하게 자라길 소망합니다. 그저 평범한 2000년생인 제가 제 삶의 이야기를 책에 담고 싶다는 연락을 받았을 때 감히 해도 되는 일인가? 할 수 있는 일인가? 싶었어요. 하지만 "너의 용기와 사랑의 나눔이 이 시대에 필요할 것 같아." 이 말에 용기를 내어 글쓰기를 시작하였습니다.

보육원 아이들이 지금 가장 원하고 바라는 건 1:1 사랑과 관심이라 생각합니다. 제 글을 읽고 난 후, 한 아이라도 더 주말에 후원자 이모, 삼촌 손을 잡고 보육원이 아닌 세상 밖으로 나와 더 넓은 세상을 보고 느낄 수 있으면 좋겠습니다. 주원이를 주말에 만나러 갈 때면 주원이 뒤에, 집에 남아있는 또 다른 많은 아이들이 늘 언제나 눈에 밟히거든요. 태어나는 아기의 수는 줄고 있다지만 보육원 아이들은 늘고 있습니다. 모순이죠. 부디 많은 분들이 이 글을 읽고 저처럼 작은 용기를 내어 주님의 일을 함께 해주시길 바랍니다.

6

남매 입양가족

(1) 천국에서부터 가족이에요

여경미 (엄마)

저희는 스물여덟에 결혼해서 올해로 20년차 부부인 이희수, 여경미이며 하나님의 첫 번째 선물 19년생 아들 이하엘, 두 번째 선물 22년생 딸 이루야를 입양이라는 축복의 통로로 보내주셔서 천국부터 가족인 하엘, 루야 할렐루야 가족입니다.

저희의 입양 이야기는 결혼 2년차에 난임이 아닌 불임이라는 소식을 전해들은 일부터 시작합니다. 그날 병원에서 울고 바로 교회에 가서 남편과 기도하는 중 하나님께서 저희에게도 아브라함에게 보여주셨던 까만 밤하늘에 수많은 별들을 보여주시며 너희를 통해 이렇게 많은 자녀를 주시겠다고 말씀해 주셨습니다. 당시에 남편과 제게는 교회 학교와 교사로서 맡겨주신 수많은 아이들이 있었기에 그 아이들을 말씀하시는 거구나 생각하고 감사하는데 그 순간 에덴동산의 선악과가 떠올랐습니다. 우리 부부에게 아이를 지금 주시지 않음이 선악과의 의미처럼 느껴졌습니다. 에덴동산에 두신 선악과는 아담과 하와를 억압하려는 것이 아닌, 하나님께서 너희를 위해 모든 것을 준비했고 너희와 언제나 함께 하며 앞으로도 함께 하시겠다는 증표로서 세워 두신 거라는 것이 떠올랐습니다. 하나님은 이미 모든 것을 우리에게 주셨고 우리를 가장 좋은 길로 이끄실 것이라는 뜻으로 새겨졌습니다. 누군가에게는 절망의 소식일 수 있는 사실을 감사로 바꾸어주신 이 은혜는 우리의 삶의 방향을 주님께로 더욱 굳건하게 향하게 하는 계기가 되었답니다.

그렇게 남편과 제게 맡겨주신 회사에서의 직분과 교사로 또 선교사님들을 섬기는 사명들 앞에 감사로 살아가던 중 2019년 초여름 남편 왼쪽 가슴에 혹이 잡혔습니다. 주님께서 더 강건하게 해주시는 시간임을 믿고 감사하며 그러나 조금은 떨리는 마음으로 주변에 기도 부탁을 하던 중 친한 믿음의 친구가

"하나님께서 너희에게 이제 아이를 주시려는 신호인가 봐."

라고 말을 해주었습니다. 아멘 하며 남편은 MRI검사까지 받았고 감사하게도 결과는 아무 이상이 없었습니다. 하나님 안에서는 단 한 순간도 무의미한 일이 없음을 알기에 금요예배를 드리며 하나님께 여쭤봤습니다.

"하나님, 남편이 강건하게 해주셔서 감사합니다.
그런데 이번 일이 하나님께서 저희에게 자녀를 주실 사인이셨나요?
이제 보내주실 건가요?"

하고 기도하는데 하나님께서

"사랑하는 딸아, 내가 너희를 잉태하게 할 수 있는 거 알지?"
"네, 주님." "그런데 이미 큰 축복과 큰 기쁨의 아이가 있단다."

라고 말씀하셨습니다. 저는 이 말씀이 무슨 뜻(입양)인지 바로 알아들을 수 있었기에 잠시 고개를 돌렸습니다. 하지만 하나님의 뜻이 주님께서 가장 기뻐하시는 일이며 우리에게도 가장 좋은 일임을 알기에 고개를 다시 돌리며 기도했습니다.

"네, 주님. 주님께서 이루소서.
정말 주님의 뜻이 맞다면 온전히 인도하여 주소서.
예수님의 이름으로 기도합니다. 아멘."

이날 이후로 딱 10개월 후 하엘이를 보내주셨답니다. 할렐루야!

주변에 기도 부탁을 드리고 남편이 동방사회복지회에 전화를 해서 상담 날짜를 잡았습니다. 소장님과 복지사님의 따뜻하면서도 상세한 상담을 통해 서류들을 하나하나 준비해 나갔습니다. 어떤 아이를 원하는지에 대해서는 하나님께서 예비하신 아이가 있을 것을 믿으며 남녀도 혈액형도 정한 것이 없었습니다. 우리 부부의 건강검진, 병원 이력, 재정 상태, 범법 기록은 없는지를 점검하며, 아이의 영·유아기부터 청년에 이르기까지의 양육 계획서를 꼼꼼하게 작성하였습니다. 부부 자기소개서를 쓸 때에는 그 어떤 회사 입사 자기소개서보다 자세히 적으며 준비했습니다.

그후 교회 동생을 통해 아이의 이름을 먼저 주셨습니다. 이하엘(하나님의 하, 하나님의 엘). 그걸로 충분하고 감사하면서도 너무나 예쁜 이름이었습니다. 아들이어도 딸이어도 잘 어울릴 것 같았습니다. 그 후로 하엘이의 이름을 부르며 하엘이와 친생부모를 위해 축복하며 기도하고 남편과 함께 성경필사를 하며 동방에서 연락이 오기를 기다렸습니다. 아직 하엘이가 올 날이 정해지지도 않았지만, 주위에서 하엘이에게 필요한 모든 것들을 서로 정하기라도 한 듯 채워주셨습니다. 한 학부모님께서는

"선생님, 하나님께서 하엘이에게 복을 주시려고
온 우주를 움직이시는 것 같아요."

라고 말씀하시며 또 축하선물을 안겨 주셨습니다. 연령별 성경책, 동화책, 장난감, 옷, 가구, 아기 그릇, 유모차 등등. 카시트는 무려 초등학생까지 사용하도록 단계별로 4개나. 그중 제일 처음 온 선물은 유모차를 타고 온 구원의 선물이었습니다.

남편 회사에 후배 부부가 있는데 그중 여자 후배가 둘째를 임신하고 있었습니다. 그 후배는 둘째 준비를 하러 쇼핑을 나가면 하엘이 물건을 먼저 사서 안겨 주었습니다. 그리고 둘째를 위해 본인이 받은 정말 좋은 유모차를 하엘이가 사용했으면 좋겠다며 선물해 주었습니다. 그러면서 남편에게

"선배님, 저는 선배님을 보아 온 시간과 하엘이가 온다는 이 일을 통해
하나님을 믿고 싶어졌어요."

라고 말했다는 소식을 저녁에 듣는 순간 하나님이 말씀하셨습니다.

"이 일들을 위해 하엘이를 너희가 결혼하고 바로 보내지 않고
이제 보내는 거란다.
너희를 통해 이루어 갈 나의 선한 일들을 기대하렴."

하염없는 감사의 눈물이 흘렀고 우리를 축복의 통로로 사용하여 주심이 그저 감사했습니다. 그 후배 가족은 하엘이가 오기도 전인 2019년 성탄절에 교회에 갔습니다. 이것이 하나님의 선하시고 기뻐하시며 온전하신 뜻임을 감사하며 하엘이를 기다리고 있던 겨울, 사회복지사님께 하엘이가 왔다는(아이가 정해졌다는) 연락을 받았습니다.

두근두근 얼마나 떨렸는지 모릅니다. 그런데 2020년 1월, 코로나가 시작되어 하엘이를 좀 더 이따가 만나야 할 것 같다고 말씀하시며 하엘이는 남자아이이고 건강하다고 전해주시며 궁금한 것 한 가지만 물어보라고 하셔서 생년월일이 궁금하다고 말씀드렸습니다.

"2019년 11월 20일이에요."

이 말을 듣는 순간 하염없는 눈물이 흘렀습니다. 그날은 바로 우리 부부가 결혼한 날이었습니다. 하나님께서 우리가 계속

"천국부터 우리에게로 보내주신 아이임을 보여주세요, 알게 해주세요."

라고 기도했던 것에 단 하루의 오차도 없이

"이 아이가 너희에게 보내는 큰 기쁨과 축복의 선물인 하엘이란다."

라고 응답하시는 증거였습니다. 수업을 들어가야 하는데 차 안에서 한참을 사회복지사님과 감격하며 울었습니다.

드디어 벚꽃이 피는 4월에 하엘이를 데리러 동방사회복지회에 방문하였습니다. 복지사님이 하엘이라며 서류를 먼저 보여주시는데, 태어났을 때의 사진을 본 순간 그냥 내가 막 낳은 우리 아들임을 확연히 느끼며 눈물이 흘렀습니다. 드디어 하나님께서 태초 전부터 예비하신

우리 하엘이를 만났습니다. 하엘이는 우리에게 폭 안겨 그 큰 눈망울로 우리를 엄마 아빠로 알아보는 듯 따뜻하면서도 깊게 쳐다보았습니다. 가슴이 너무나 벅차 기쁨의 눈물이 계속 흘렀습니다. 몇 가지 절차가 남아 일주일 뒤에 하엘이와 우리집에 가기로 하고 복지관을 나섰습니다.

드디어 4월 17일 하엘이가 우리 집에 오는 날, 하엘이는 집에 가는 걸 마치 아는 것처럼 울지도 않고 오는 차 안에서 아빠 품에 안겨 평안히 잠을 잤습니다. 오는 날부터 잘 먹고 잘 놀고 잘 싸고 잠도 저녁 8시부터 아침 8시까지 통으로 잘 자는 '천사아기'였습니다. 온전히 하나님의 은혜였고 많은 분들의 기도 덕분이었습니다. 저는 20여 년 아이들을 가르치며 학생들이 자식과 같다고 생각했었습니다. 자녀나 맡은 학생이나 기쁨과 보람도 같을 거라고 생각했는데, 하엘이가 온 후로 일주일 동안 남편과 하엘이를 돌보며 같이 찬양하고 웃고 함께하는 시간의 기쁨이 20년간 교사로 섬기며 양들로 인한 기쁨과 보람을 넘어갔습니다. 성경 속 자녀에 대한 축복과 기쁨이 무엇인지, 하나님께서 자녀인 우리를 향하신 사랑이 무엇인지, 성경이 살아 움직이는 것처럼 뚜렷이 느껴짐에 참 감사했습니다. 하엘이 분유를 먹이며

"하나님 이렇게 잘 먹게 해주셔서 감사해요."

라고 기도하니 하나님께서

"딸아, 하엘이 잘 먹여줘서 고맙다."

고 하셨습니다. 원래도 평소에 하나님께 대화하듯 기도하곤 했는데,

하엘이를 키우며 더 하나님을 찾게되고 의지하게 되어 감사했습니다.

그리고 은혜로 세 식구가 함께 있을 수 있도록 남편 회사에서 2개월의 육아 휴가와 코로나로 2개월 재택근무를 하도록 해 주셨습니다. 하엘이는 까르르 잘 웃고 아멘 할렐루야 옹알옹알 찬양하며 25개월부터는 말씀 암송도 하고 성경 동화 읽기를 제일 좋아하는 예쁜 아이로 자라갔습니다. 데이지 꽃을 보면

"엄마, 엄마가 좋아하는 데이지 꽃이에요. 엄마처럼 예쁜 꽃이에요."

라고 말하는 다정한 아이, 과자 봉지를 엎질렀는데 봉지 안에 몇 개의 과자가 남은 것을 보고는

"엄마, 몇 개는 먹을 수 있어 감사해요."

라고 말하는 착하고 예쁜 아이입니다. 같이 어린이집에 다니는 친구들에게 하나님을 전하고, 6살이 된 지금은 감사 일기를 쓰는 믿음의 아이입니다.

하엘이가 6살이 된 올해부터는 4월 17일(우리 가정에 하엘이가 온 날)도 생일과 같이 더 기뻐하며 다 함께 축복하고 축하해줍니다. 하엘이가 오며 가장 큰 기도 제목이었던 것은 입양 이야기를 어떻게 전할까 하는 것이었습니다. 5살까지 가끔 얘기를 듣다가 둘째인 루아가 오며 입양에 대해 확실하게 알게 된 하엘이는 이렇게 말합니다.

"우리는 천국에서부터 가족이어서 감사해요.
엄마 아빠가 저를 너무나 많이 사랑해 주어 감사해요.
난 엄마 아빠를 우주만큼 천국만큼 사랑해요."

하엘이가 5살이던 여름 어느 날이었습니다. 자기 전 책을 골라 왔

는데 마침 가족의 여러 형태에 관한 동화책이었고 그중 입양가족에 대한 내용이 있었습니다. 남편과 저는 하나님께 기도했던 입양 이야기를 정확하게 해줄 시간이 오늘임을 함께 느끼고는 눈으로 이야기해 주자는 사인을 주고받은 후 말을 꺼냈습니다. "하엘아, 엄마 아빠가 스물여덟에 결혼해서 바로 아기를 보내 주셨더라도 하엘이 네가 왔을 거야. 그런데 하나님의 더 크고 아름다운 뜻을 위해 입양을 통해 하엘이를 하나님의 가장 좋은 시간인 엄마 아빠 결혼 15년차에 보내주셨단다. 엄마도 아빠도 모두 다른 가족이었지만, 이렇게 엄마, 아빠, 하엘이, 루야를 천국에서부터 축복의 가족으로 불러주신거야."

하엘이는 자기는 알고 있었다며, 엄마 아빠가 자기를 너무나 많이 사랑해주셔서 감사하다고 했습니다. 하엘이는

"우리는 모두 입양된 거죠?
하나님께서 예수님을 보내셔서 우리를 입양해주신 거죠?"

라고 말하기도 하고, 어느 날 자기 전 기도하고 나서는 상어랑 토끼 인형을 제게 안겨주며

"엄마, 상어랑 토끼는 누가 낳아줬는지 몰라요.
그런데 하나님이 가족 되게 해주셔서 가족이 되었고 행복하대요."

라는 말로 저를 감동시켰습니다. 하나님이 하엘이 안에 심어주신 믿음에 감사하며 입양을 온전하면서도 단단하게 받아들이고 이를 축복의 통로로 고백하는 하엘이가 되길 기도합니다.

둘째 루야와의 만남은 생각지도 못했었습니다. 엄마가 된 후 저는 둘째는 제 깜냥이 안 된다며 저의 한계를 설정하고 있었습니다. 하지

만 남편은 결혼하면서부터 자녀가 둘이었으면 좋겠다고 생각했었고 하엘이를 키우면서 하나님께서 제게 둘째에 대한 마음을 주시기를 기도하고만 있었었습니다. 하엘이가 3살이 되었을 때, 복지사님들을 비롯하여 많은 지인들이 하엘이를 이렇게 잘 키우니 동생도 있으면 더 좋겠다고 말씀하셨고, 하엘이도 동생이 있으면 좋겠다고 말하기 시작했습니다. 저는 계속 자신이 없었지만, 하나님은 언제나 그러셨듯이 재촉하시지 않고 저를 사랑과 은혜로 기다려 주셨습니다. 예배를 드리며 우리가 천국에 갈 때에는 우리가 이 땅에서 얼마나 많이 사랑하고 살았는가 하는 것만 남는다는 것이 깨달아 지면서 기도했습니다. 하나님께서는 하엘이를 보내주실 때 엄마로 자신 없어 하는 절 위해

"딸아, 걱정하지 마. 다 내가 할 거야."

라고 해 주셨는데 이번에도

"딸아, 고맙다. 또 내가 할 거야."

라고 말씀해 주셨습니다. 그때부터 주위에 기도 부탁을 하고 동방사회복지사님에게 하엘이 동생 입양신청을 하며 절차를 밟아갔습니다.

많은 분들이 하엘이 동생은 여자이면 좋겠다는 말씀을 해 주셨습니다. 하나님께서 정하신 아이가 있을 텐데 여자아기였으면 좋겠다고 구해도 되나 기도하던 중에 하나님께서

"왜 안 돼? 다 구하렴. 그래도 돼."

라고 해주셨습니다. 그래서 이번엔 신청하며 여자 아기였으면 좋겠다고 말씀드렸습니다. 모두가 아는 것처럼 입양할 때 여자아이들을

선호하기에 기관에서는 입양 시기가 언제가 될지 모른다는 말씀을 하셨습니다. 하지만 우린 조급해하지 않았습니다. 하나님의 정확한 때를 신뢰하기 때문이었습니다. 딸을 입양하길 원하는 가정이 열두 가정이 있다고 하셨는데, 순서대로 가족이 되는 것이 아니라 아이와 가장 닮고 모든 것이 맞으면 순서에 상관없이 가족이 되도록 진행된다고 하셨습니다.

입양신청 후 둘째의 이름도 지인을 통해 주셨습니다. 축복의 인연으로 알게 해주신 분의 딸이 하엘이보다 한 살 어린데, 하엘이와 생일이 같고 이름이 '루야'라는 걸 알게 되었습니다. 이름을 보는 순간 전율이 흘렀습니다. 하엘, 루야!(할렐루야!) 내게 가장 많이 말하게 해주신 말이었습니다. 이하엘, 이루야 두 아이 이름 모두 하나님이라는 뜻이었고 그걸로 넘치게 충분했습니다. 지인분께 허락을 받고 그후로 루야라 부르며 기도했습니다. 하엘이에게

"하나님께서 우리에게 사랑이 더 커지게 해주시려고
축복의 루야를 선물로 보내 주실거래."

라고 알려주며 함께 기도했습니다. 그날 이후로 하엘이는 인형을 안고는

"루야야, 오빠가 책 읽어줄게, 찬양 불러줄게, 기도해줄게."

하며 루야를 기다렸습니다.

2022년 가을, 복지사님께 우리 부부와도 닮았는데 하엘이와도 닮은 아기가 왔다는 소식을 전해주셨고 만나러 오라는 연락을 받았습니다. 조용히 기도하며 동방을 방문했습니다. 드디어 루야를 안고 복지

사님께서 우리가 있는 방으로 들어오시는 순간 하엘이를 처음 만났을 때처럼 따뜻한 성령의 임재와 사랑이 느껴지며 천국부터 우리에게 보내시는 루야임을 알 수 있게 해주셔서 눈물이 흘렀습니다. 루야를 안아주며 우리와 잠시 있는 동안 8개월 된 루야에게

"이쁜 루야야, 엄마 아빠야. 사랑하고 축복해.
우리 루야 하나님 보내신 루야 맞아요? 루야면 손 들어볼래?"

라고 물어봤고 그 순간 믿을 수 없게도 루야가 손을 번쩍 들었습니다. 믿음이 부족한 제게 하나님께서는 참 섬세한 은혜까지 베풀어 주심을 감사했습니다.

하엘이 때처럼 일주일 정도의 시간을 갖고 드디어 우리에게 오는 날 가족 친척 지인분들도 너무나 기뻐해 주시고 많은 축하를 해주셨습니다. 23년 12월 27일, 하엘이에게

"하엘이 어린이집 다녀오면 우리 집에 루야가 와 있을 거야."

라고 말해주고 등원을 시킨 직후 교회 동생에게서 전화가 왔습니다.

"언니, 축하해. 하엘이 동생 소식 교회 소식에서 봤어.
있지, 언니네를 보고 내 친구네도 입양을 결정했대."

너무나도 놀랍고 감사한 소식이었습니다. 사실 루야가 진짜 오는데 내가 또 할 수 있을까? 하며 설렘 반 걱정 반 상태였는데 이런 소식을 듣게 되어 이 모든 것이 하나님의 계획이심을 확신하였습니다. 참 좋으신 하나님은

"딸아, 또 내가 할 거야.
이처럼 너희를 통해 이렇게 내 일을 해 나갈 거란다."

라고 또 말씀하셨습니다.

"네, 주님!"

하며 가슴은 따뜻해지고 다리엔 힘이 생기는 듯 했습니다.

이런 하나님의 일하심은 우리가 부부로만 살아갈 때 사랑이 흘러가게 하시는 것과는 규모가 달랐습니다. 남편 회사에서도 한 가정이 입양을 하고, 하엘이 또래의 아이를 함께 키우던 앞집 부부를 교회에 출석하게 해주셨으며 남편 회사에서는 하엘 루야 소식 이후 입양도 출산으로 인정해 주어 모든 혜택을 동일하게 받을 수 있도록 회사법을 바꿔주셨습니다. 우리 교회 지인 분들을 비롯하여 하엘 루야를 예뻐해 주시는 동네 키즈카페 사장님도 입양기관을 후원하고 싶어 하시며 동방사회복지회 후원을 시작하셨습니다. 하엘 루야를 통해 하나님을 모르는 분들이 하나님을 궁금해하고 이를 통해 우리가 복음을 전하도록 인도해 주시는 하나님, 그 열매를 주님께서 맺어 가심을 기대합니다.

사람들은 말합니다. 둘은 두 배 힘든 게 아니라 그보다 몇 배는 힘들다고. 우리 가정에 루야를 기쁨의 선물로 보내주셔서 감사하지만, 하엘이에게 전과 같은 시간을 낼 수 없음에 미안해서 힘든 적도 있었습니다. 하지만 지금까지 두 아이를 키우면서 넘어져도 또 일어날 힘을 주시고 기쁨과 감사로 아이들을 기를 수 있도록 해 주셔서 감사하고, 성경적 자녀양육을 위해 함께 기도하고 나눌 수 있는 교회 동생들을 보내주심도 감사합니다. 아침에 일어날 때부터 잠자리에 들 때까지 20년째 참 좋은 남편으로 정말 좋은 아빠로 하나님의 기쁨으로 성실하게 사랑으로 섬겨주고 기도해주며 격려해주는 남편이 청지기 짝꿍이어서 너무나 감사합니다. 모든 것이 너무도 큰 은혜입니다.

입양은 착한 일도 대단한 일도 아닌 하나님께서 천국부터 계획하시고 이루어 가시는 일입니다. 이에 아멘으로 순종하게 해주신 것은 더 큰 축복입니다. 저희를 아름다운 하나님의 일에 사용해 주심을, 축복해 주심을 감사하며 앞으로도 모든 입양가족을 통해 다음 세대를 더욱 견고하고 아름답게 이루어 가실 것을 믿고 기대하며 기도하겠습니다.

God is so good all the time, Amen.

엄마도 아빠도 모두 다른 가족이었지만,
이렇게 엄마, 아빠, 하엘이, 루야를
천국에서부터 축복의 가족으로 불러주신거야.

Q. 입양을 하기에 너무 늦은 나이일까요?

저희 부부는 지인의 소개로 만나 늦은 나이에 결혼을 했습니다. 아이가 생기지 않았지만 둘이서 행복하게 지냈지요. 그런데 주일학교 교사를 맡고부터는 이상하게 마음이 흔들립니다. 자녀를 놓고 간절히 기도하게 되네요. 제 나이가 50대 초중반인데 입양을 하기에는 너무 늦은 나이일까요? 친구들 몇은 벌써 자녀가 대학생인데 말이죠. 제 나이를 생각하니 입양이 망설여집니다.

A. 나이 때문에 고민이라면 이런 질문을 자신에게 해보십시오. "아이에게 늙은 부모라도 있는게 나을까? 아니면 보육원에 있는게 나을까?" 입양은 부부에게는 자녀가 생기고, 자녀에게는 부모가 생기는 놀라운 축복입니다. 나이가 들었기에 다른 젊은 부모들 보다 함께하는 시간이 비교적 적을지는 몰라도 더 사랑하고 더 마음을 쏟는다면 함께하는 시간들이 값진 의미로 채워질 겁니다. 손주를 볼 나이에 자식이 생긴다는 것은 큰 기쁨입니다. 할머니 할아버지 소리를 들어야 하는데 아이 덕분에 엄마 아빠 소리를 들으니 삶의 활력이 넘치고 더 젊게 사는 비결이 될 겁니다. 아이를 돌보고 키우기에는 체력적으로 한계를 느낄 수 있고, 힘든 일도 겪게 되지만 아이의 동작 하나하나에 웃음이 넘치는 행복을 누릴 수 있을 겁니다. 아이를 향한 사랑과 헌신으로 무장한다면 나이는 숫자에 불과합니다.

한기선 가족과 함께하고 있는 임성택 아빠! '래미안 제빵소'라는 작은 가게를 운영하고 있는 그의 살아온 이야기 한 번 들어보세요!

제가 보육원에 입소할 때의 나이는 10살, 형의 나이는 13살 무렵이었습니다. 그 전엔 친할머니댁과 외할머니댁을 오가며 지냈습니다. 당시 기억나는 여러 가지 일들 중에 잊혀지지 않는 딱 한 가지를 꼽으라면 매우 배고팠던 것입니다. 할머니댁에서도 쫓겨나다시피 한 적도 여러 번 있었고요. 그럴 때면 동네 놀이터로 가서 희미하게 켜있는 가로등 아래에서 공부를 하다가 잠이 든 적도 많았습니다.

너무 배가 고플 때면 학교 수돗물을 마셔가며 버텨냈지요. 어린 나이다 보니 자주 쓰러지기도 했고요. 지금은 웃으며 말할 수 있지만 그때 친구들이 마시는 우유가 얼마나 먹고 싶었던지. 동네 어른들이 저희 형제가 안쓰러워 보였는지 한 번씩 재워주시기도 했습니다. 엄마는 형과 제가 이렇게 지내고 있다는 이야기를 들으셨을 텐데 왜 외면했을까 원망스럽기도 했습니다.

그렇게 여기저기 떠돌아다니던 어느 날 엄마가 오셨습니다. 우리를 데리고 말없이 간 곳은 보육원이었습니다. "여기서 있으면 엄마가 다시 데리러 올게." 그렇게 보육원 생활은 시작되었습니다.

제가 머물렀던 보육원은 상당히 외진 곳에 있었습니다. '무슨 산속에 이런 집이 있지?' 모든 것들이 낯설었고, 뭐가 뭔지 혼란스러웠지요. 보육원에는 대략 60명 정도의 아이들이 있었는데 규율과 규칙이 매우 엄격했습니다. '단체생활이라는 것이 이런 거구나.' 알게 되었지요. TV도 마음대로 볼 수 없고, 계란 후라이나 구운 김도 할당량을 초과해서 먹을 수 없었습니다. 유통기간이 임박하거나 지난 식품을 먹을 때도 있었습니다. 신발도 후원받은 것을 신어야 했는데 발이 작은 저는 꽃무늬가 있는 핑크색 여자신발을 신어야 했습니다. 한 아이의 작은 실수나 잘못으로 다른 아이들도 함께 벌을 받는 곳, 절제하고 자제하지 않으면 고통이 수반되는 곳이었습니다.

한 가지 보육원 생활이 좋았던 것은 배고픔을 걱정하지 않아도 된다는 것이었습니다. 모든 아이들이 '어머니'라고 불렀던 원장님께서 아이들에게 하나라도 더 먹이려고 힘을 많이 쓰셨습니다. 또한 지저분하다고 손가락질 받으면 안 된다고 청결에도 신경을 많이 써주셨던 원장님께 고마움을 전합니다.

그러나 한 해 한 해가 지날수록 혼란과 외로움은 가중되었습니다. '왜 나는 이곳에 있을까?', '나는 앞으로 어떻게 되는 거지?' 보육원에서는 사춘기에 접어든 아이들이 가출하는 경우가 종종 발생했습니다. 나중에 소식을 들으면 말로가 비참한 이야기들뿐이었습니다.

아시다시피 당시에는 만 19세가 되면 무조건 보육원에서 퇴소를 하게 되어 있었습니다. 퇴소 후에 1년이 지나 정착금 120만원을 받게 되는데 1년 동안 지낼 곳이 마땅히 없지요. 보통 먼저 퇴소한 형들이 있는 곳이나 숙식이 제공되는 식당 등에 거처를 마련하곤 했습니다. 저는 먼저 퇴소하여 사회생활을 하고 있던 형과 함께 지냈습니다. 퇴소 후의 생활은 정말 죽을 맛이었습니다. 아무리 쉬지 않고 일을 해도 한 달에 버는 돈은 30-60만원 정도였고, 생활비로 쓰다보니 저축할 수 있는 여유가 없었습니다.

퇴소 후에 아내를 만났던 이야기와 먼저 떠난 형의 이야기는 새롭게 하소서 <이주희 집사 래미안 제빵소> 간증에 나와 있습니다. 제가 예수님을 믿게 되면서 깊이 깨닫게 된 것은 모든 것을 합력하여 선을 이루시는 분이 하나님이라는 사실입니다.

보육원을 퇴소하는 자립준비 청년들에게 해주고 싶은 말이 있습니다.

"얘들아, 지금까지 잘 견뎌줘서 고맙다. 잘 살아내고 있어서 고맙다. 삼촌은 머리로만 아는 게 아니라 가슴과 몸으로 너희들의 마음을 알고 있단다. 힘들 때, 좌절될 때, 낙심될 때, 문제나 상황만 보지 말고 하늘을 바라보면 좋겠다. 그리고 꼭 꿈을 꿨으면 한다. 꿈이 있으면 살아갈 힘이 생긴단다."

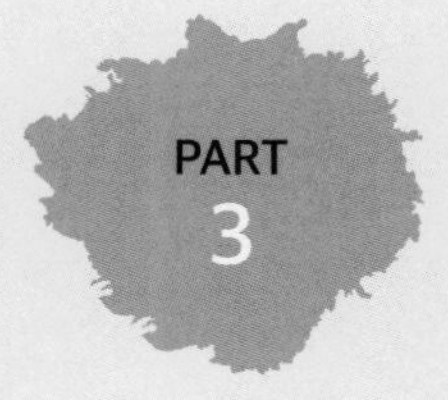

유자녀 가족 이야기

7

아들 하나를 품다

(1) 하나님이 주신 회복과 사랑

이난희 (엄마)

저희 부모님은 중학교 1학년 때 이혼을 하셨습니다. 어린 시절 부모님의 일을 통해 또래 친구들과는 달리 가족에 대해 많은 생각들을 하며 성장했습니다. 왜 결혼을 하는 것일까? 행복하려고 만난 부부는 왜 불행할까? 왜 싸울까? 아이는 무슨 잘못이지? 등등… 꼬리에 꼬리를 물며 고뇌했던 시간들 덕분에 저는 혈연이 가족의 우선 조건이 아니라는 것과, 어떠한 가정환경에서 어떤 생각과 신념을 가지고 사는지가 중요하다는 생각을 하게 되었습니다.

부모님을 보면서, 결혼을 하고 싶지 않다는 생각 또한 학창 시절과 20대 시절 자리 잡게 되었습니다. 저는 학창 시절 이후에 사회복지학과를 나와서 기숙생활 시설에 복지사로 근무하며 부모님과 인연을 끊어내는 것이 꿈이었습니다. 그런데 20살에 하나님을 만나게 되었고,

복음을 듣게 되면서 저의 세계관이 바뀌게 되었습니다. 행복하게 사는 가정도 있다는 것을 알게 되면서 사랑하는 사람을 만나 29살에 결혼을 하게 되었습니다.

교제 기간에 지금의 신랑에게 물었습니다.

"입양에 대해 어떻게 생각하시나요?"

그에게서 예상 외의 대답을 듣게 되었습니다.

"저는 입양을 하고 싶어요.
고등학교 때 TV에서 해외로 입양된 아이가
성인이 되어 낳아준 부모를 찾아 대화를 나누는데
언어가 통하지 않는 모습을 봤어요.
그걸 보면서 나중에 결혼하면 내가 꼭 입양을 해야겠다,
그래서 부모를 찾았을 때 대화는 되게 해야지 했어요.
언어가 다르니까 너무 답답하겠더라고요."

속으로 생각했죠. '이 남자다!' 저희 둘은 입양에 대한 생각 외에도 맞는 부분이 많았고 짧은 교제기간이었지만 확신이 들어 결혼을 하게 되었습니다.

2012년 결혼을 하고 지금까지 연애 때 이야기했던 뜻을 맞춰가며 잘 살고 있었습니다. 2013년 첫 아이를 출산하고, 행복한 2년이 흐른 뒤 신랑은 둘째를 입양하자고 하더군요. 그런데 제가 덜컥 겁이 났습니다. 내가 잘 키울 수 있을까? 후회하면 어쩌지? 어릴 때는 예뻐도 아이를 평생 책임지는 일인데 만약 엇나가면? 아프면? 내가 낳은 아이와 차별하면? 입양된 아이가 건강한 자아를 가지고 살아갈 수 있을까? 꼬리에 꼬리를 물고 너무나 많은 걱정으로 밤잠을 설친 적이 한두 번이

아니었습니다. 그렇게 걱정만 하다 3년이 흘렀습니다. 그런데 입양을 하고 싶은 마음이 사라지지는 않았습니다. 그래서 백일동안 새벽기도를 통해 결정을 하자고 마음을 먹었습니다.

기도 중에 제가 걱정했던 많은 내용들에 대해 두려운 마음이 사라졌습니다. 그런 일이 일어나도 감당할 수 있을 것 같은 평안한 마음이었습니다. 대부분이 일어나지 않을 일에 대한 염려라는 것을 알게 되면서 어떤 일이 일어나도 감당할 수 있고 그 상황 그대로 인정하겠다는 마음이 들었습니다.

그리고 한 가지, 저를 오랜 시간 고민하게 했던 부분이 있었습니다. 제가 입양을 해서 아이를 키울 때 그 아이에게 가장 큰 바람으로 여겼던 것 중 하나는 입양된 아이가 생부모와 양부모를 인정하며 건강하게 자라났으면 하는 것이었습니다. 사실로 인정할 것은 하고 입양이 얼마나 큰 축복이고 행복인지 알았으면 했습니다. 오랜 기도 제목이었는데 하나님께서 말씀해 주시는 것 같았습니다. 너부터 그렇게 하라고. 입양되는 아이의 양부모가 될 너 자신이 먼저 본이 되어야 한다고. 네, 그것은 바로 제가 저의 부모님을 인정하는 것이었습니다. 그래서 이혼하면서 연락이 끊어졌던 엄마를 찾아야겠다는 생각이 들었습니다. 그리고 미워하고 있었던 아버지에 대한 마음을 풀어야겠다는 생각이 들었습니다. 백일기도를 마치고 돌아오는 날 집에 들어가서 편지지를 꺼내 어머니께 편지를 썼습니다.

14살 이후 저의 삶에 대해서, 고등학교와 대학교 시절 굵직한 사건들 그리고 저의 마음을 진솔히 써 내려가며 엄마에게 미안했던 마음, 서운했던 마음을 모두 표현하여 편지를 썼습니다. 고모를 통해 어머니의 주소를 알아내어 편지를 부치며, 이를 통해 응어리진 마음을 풀어내고 싶었습니다.

그리고 며칠 후, 혼자 살고 계신 아버지를 찾아가 부모님이 싸우실 때 저의 마음이 얼마나 힘들었는지 말씀드렸습니다. 그럼에도 불구하고 그동안 키워주시고 애써주신 사랑에 감사하다는 인사도 전하며 하나님을 믿자고 진심으로 말했습니다. 그리고 어머니를 용서했으면 좋겠다는 말씀도 드리며 기도를 해드렸습니다. 저의 오랜 숙제가 해결되는 순간이었습니다. 비로소 부모가 될 자격을 갖추는 것 같은 느낌이었습니다.

그 시간들이 없었다면 저는 아직도 마음 한 켠에 부모님에 대한 원망을 품은 채 남은 날들을 살아가고 있었을 것입니다. 이 마음들을 풀고 나니 부모님을 존중하고 사랑할 수 있게 되었고, 나와 같은 한 영혼으로 바라볼 수 있게 되었습니다. 부모이기 이전에 사람이고, 한 사람의 남자와 여자로 살아온 세월을 아주 조금이나마 이해할 수 있었습니다. 저의 부모님은 1950년대에 태어나셨습니다. 시대적 배경을 생각해 봤을 때 그땐 그럴 수 있었겠구나 하는 마음의 여유가 생겨났습니다. 제가 만약 그 시대에 태어나 공부하기 어렵고 밥 먹기 어려웠다면 결혼을 했는데 과연 행복하게 살 수 있었을까? 배우자를 잘 선택할 수 있었을까? 부모님처럼 살지 않을 거라는 말을 자신 있게 할 수 없었습니다.

그렇게 2019년 5월 입양 절차를 진행하며 순서를 밟고 있는데 모든 일들이 기다렸다는 듯 순조롭게 진행되어 가는 것이 참으로 놀라웠습니다. 모든 것이 하나님 은혜라는 생각이 듭니다.

7월에 입양 교육을 듣는 중에 어머니로부터 전화가 왔습니다. 제가 편지에 제 번호를 적어 넣었거든요. 엄마를 만나러 8월에 강원도로 내려갔습니다. 그동안 만나지 못했던 공백을 메우고 돌아왔습니다. 그리고 9월에 아이가 저희 집으로 왔습니다. 첫째 하영이가 동생을 얼마나 기다렸는지 모릅니다. 지금도 저희 셋(신랑, 저, 하영이)은 생생하게 기억하고 있습니다. 첫째는 당시 6살이었고 입양가족이 무엇인지 정확히 알고 있었습니다. 막 100일을 지난 둘째 규성이가 저희 집으로 왔을 때, 우리 셋은 말할 수 없이 기뻤습니다.

입양 후 가장 많이 받은 질문 중 하나는 "낳은 자녀와 입양 자녀를 똑같이 사랑할 수 있을까요?"입니다. 대답은 "Yes!"입니다. 지금 둘째 규성이는 6살인데요, 지금까지 첫째와 사랑의 크기가 달랐던 적은 한 번도 없었습니다. 양육과 육아, 훈육이 어려운 것뿐이지 그 외에 입양 자녀이기 때문에 다른 것은 없습니다. 이렇게 사랑스럽고 예쁜 아이를 키울 수 있어서 행복할 따름입니다.

말 안 들으면 하영이에게 했듯이 소리지르고 혼내고, 나중에 생각하면 속상하고 미안한 마음이 듭니다. 자고 있을 때엔 천사같고요. 똑같습니다. 규성이에게 자주 말해줍니다. 사랑한다고, 우리가 가족이 되어 기쁘다고요. 규성이가 있어서 더 행복해졌고 힘이 난다고요.

그리고 규성이가 4살 때부터 우리는 입양가족이라고 말해주었고, 입양은 축복이라고 알려주었습니다. 규성이는 입양되어 기쁘다고 행복하다고 합니다. 셋째 동생도 입양해달라고 하는데요, 우리 마음대로 되는 게 아니라고 잘 설명해 줍니다. 우리 함께 셋째를 입양할 수 있게 준비하자고 하지요. 건강한 체력, 그리고 물질(재정), 하나님의 때를 위해서 저희 가족은 기도하고 있습니다.

너부터 그렇게 하라고.
입양되는 아이의 양부모가 될 너 자신이 먼저 본이 되어야 한다고.
네, 그것은 바로 제가 저의 부모님을 인정하는 것이었습니다.
그래서 이혼하면서 연락이 끊어졌던 엄마를
찾아야겠다는 생각이 들었습니다.
그리고 미워하고 있었던 아버지에 대한 마음을
풀어야겠다는 생각이 들었습니다.

(2) 어둠은 빛을 이기지 못하네

왕채린 (엄마)

"여보세요"

하염없이 흘러가는 시간, 남편의 전화였다.

"……"

대답이 없이 흐느껴 우는 소리만 흐르더니 그 소리는 크기를 더해갔다. 이윽고 오열에 가까운 울음이 전화기를 가득 채웠다.

"무슨 일이에요? 왜 그래요?"

"기··· 기각 됐어···."

평소의 남편답지 않은 울음이었다. 살려달라고 외치는 듯한 울음소리였고, 새끼 사자를 잃은 아비가 포효하는 듯한 울부짖음이었다.

2021년 10월 15일, 서른아홉 번째 내 생일. 그리고 기각.

입양 기각 결정 소식을 들은 그날은 가족과 함께하는 즐거운 저녁

식사를 기대하며 기분 좋게 퇴근 준비를 하던 어느 평범한 금요일 오후였다. 입양 결정의 결과가 궁금하면 가정법원 사이트에 들어가 수시로 확인한다. 이 방법 외에는 그 결과를 알 수 있는 방법이 없기 때문이다. 나의 사건 검색에 사건번호를 입력하자 '기각' 두 글자가 선명하게 들어왔다. 우리 가정의 일상을 성난 파도와 같이 집어삼킨 사건의 시작이었다.

사유는 이러했다. 원심은 "이 사건 기록과 심문 전체의 취지에 의하여 알 수 있는 청구인들의 건강 및 심리상태, 입양 동기와 양육 태도, 양육 상황, 범죄 전력 등을 종합하여 보면, 청구인들이 사건본인을 입양하는 것이 사건본인의 복리에 부합한다고 단정하기 어렵다." 이전에 이미 동방사회복지회로부터 사전심사를 모두 거쳐 '이상 없음'으로 법원에 제출한 서류를 "종합하여 보면 … 부합한다고 단정하기 어렵다"라는 말도 안 되는 사유로 기각당하다니, 기가 막혔다. 입양특례법 제10조에서 요구하는 양친이 될 자격 요건들을 모두 구비했기 때문에 입양허가 심판을 청구한 것이고, 범죄 경력 조회까지 '이상 없음'으로 회신받아 제출하였는데 말이다.

'구체적인 이유가 없는 기각'이었기에 입양 불허가 결정을 전혀 받아들일 수 없었다. 얼마 후 그 당시 입양기관 별로 한 가정씩 기각된 사실 및 기각 사유가 모두 다 위와 동일하다는 것을 알게 되었다. 어떻게 입양을 원하는 여러 가정에 대한 입양 기각 사유가 동일할 수 있는지, 도무지 이해가 안 되었다. 너무나 불성실한 법원의 결정이라고 생각할 수밖에 없었다. 그래서 원심의 법원 심판을 받아들일 수 없었기에 항고에 이르게 되었다.

그 무렵 각종 언론은 '정인이 사건(16개월, 2020. 10. 13)', '민영이 사건(33개월, 2021. 5. 8)', '정인아 미안해(정인이 사건 1주기, 2021. 10. 13)' 등의 내용으로 안타까웠던 사건을 보도하고 있었다. 이로 인해 일부에서는 이미 자녀가 있는데도 다시 자녀를 입양하는 입양 부모를 잠재적 범죄자로 보는 사회적 편견이 있기도 하였다. 입양 아동의 생명과 인권을 보호하기 위해 법원에서 더 신중하게 입양 판결을 해야 한다는 당위론은 충분히 이해하지만, 구체적 사실과 상관없는 부정적 의미를 담은 단어들로 기각 사유를 밝힌 입양 불허 결정은 전혀 받아들일 수 없었다. 이후 우리 부부는 이와 관련하여 국회에서 개최된 '입양 허가 심판 사건의 기각 이유에 대한 문제점 및 개선 방향(정상경 변호사, 2022. 5. 12)' 토론회에 참석하여 눈물을 흘리며 그 과정을 지켜보았다.

살을 에는 통증으로 식음을 전폐하며 지냈다. 식욕과 의욕을 잃어 한동안 아이들에게만 먹을 것을 차려주었고, 어느 정도 시간이 흐른 후에야 온 가족이 함께 식사할 수 있었던 기억이 난다. 당시 탄원서를 써주신 어느 지인의 '자식을 잃으면 가슴에라도 묻는데 기각되면 도대체 어디에 묻어야 합니까?'라는 문장이 기억난다. 그 당시 법원의 기각 판결로 법적으로 부모의 자격을 인정받지 못한 박탈감과 함께 심한 모욕감으로 온갖 오물을 뒤집어쓴 듯하였다. 선한 의도로 아이를 입양해 키우려는 우리 부부에게 승복하기 어려운 기각 결정문은 주홍 글씨와 같은 화인이 찍힌 기분을 들게 했다. 그 여파로 기각 결정 이후 불과 한 달 만에 남편은 5kg 넘게 살이 빠졌고, 우리는 일상을 이어가기 쉽지 않았다. 그러나 이러한 어려움 속에서도 생명은 멈추지 않아 우리의 세 아이는 봄날 대지의 생기를 한가득 끌어안고 무럭무럭 자라고 있었다.

생후 97일에 입양 전제 가정위탁으로 우리에게 온 유환이는 아빠와 엄마를 잘 따랐고, 서환이와 별하도 유환이를 동생으로 여기고 살아가는 우리는 이미 완전한 한 가족이었다. 입양 기관에서도 입양 기각 판결은 처음 겪는 일이었고 우리 부부를 위로하며 힘이 되어 주셨다. 우리 부부는 항고를 위해 전문가의 도움이 필요해 변호사를 선임하게 되었다. 원칙적으로 입양 기각 결정이 나면 입양아는 14일 이내에 입양 기관에 돌려보내야 한다. 그러나 유환이의 입양 기관인 동방사회복지회는 항고심 결과가 나올 때까지 아이와 같이 생활할 수 있도록 배려해 주었다. 만약 항고 기각이 확정되면 유환이와 영영 떨어져야 했기에 장은주 소장님과 정소영 소장님은 좋은 판결이 나오길 바라는 마음으로 끝까지 우리 가정을 믿어 주셨고, 유환이를 맡겨주셨다.

당시 입양 기관에서는 입양 확정되기 전까지 다수의 영아를 직접 돌보고 있었는데 코로나로 가정별로 위탁을 한 상황이었다. 코로나가 아니었다면 입양 확정이 되기 전까지 기관을 방문해야지만 유환이를 만날 수 있었고, 그러다 지금처럼 기각된 상황이라면 아이는 가정과 분리되어 입양 기관에 있기에 항고심 결과에도 좋지 않은 영향을 미쳤을 것이다. 코로나로 가정별로 위탁한 기간에 유환이를 만나 살을 맞대며 함께 할 수 있어 폭풍 속에서도 끌어안고 한없이 감격스러웠다.

나의 어린 고등학생 시절 초록 향기 가득한 십 대의 끝자락, 친구 채연이와 교실에서

"우리 어른이 되어 꼭 입양하자."

라는 뜬금없는 약속을 한 적이 있다. 그 당시 왜 그런 말을 했는지 아직도 궁금하지만, 이제 와서 되돌아보면 하나님의 은혜였다. 스물여덟 살의 꽃다운 나이에 유방암 가능성이 있는 종양을 수술했으나 다음 해 재발하여 또다시 수술했다. 꽃봉오리가 짓밟히는 것 같았고, 상실도 경험하며 눈물 골짜기를 지나는 시간이었다. 주님께서 허락하신 신랑을 만나 결혼하였고, 감사히 출산 후 두 아이를 모유 수유로만 키울 수 있는 은혜를 주셔서 슬픔을 기쁨으로 회복시켜 주셨다.

입양의 계기는 위에서 언급한 친구와의 약속 외에 또 있다. 두 번의 수술 후 일상을 이어가기가 어려워 2012년 휴직을 하고 부모님 계시는 강릉에서 요양하며 쉬는 시간이 있었다. 모교이자 부모님 섬기시는 강릉중앙교회에 김상훈 목사님과 윤정희 사모님이 와 계셨고, 사모님이 쓰신 『하나님 땡큐』(윤정희, 규장, 2012)가 우리집 피아노 위에 놓여 있었다. 윤정희 사모님과는 그렇게 책을 통해 처음 만나게 되었다. 그 책을 통해 큰 위로를 받았고, 입양은 더욱 선명히 내게 다가왔다.

결혼 이후 아들과 딸을 출산하여 오랫동안 가슴에 품고 있었던 '입양'을 실천하고 싶었지만 고민이 있었다. 아직 '입양'이 낯선 현실 속에서 자녀가 있는 입양가정을 주변에서 만날 수 없었기 때문이었다. 자

녀가 있는데 입양해서 잘 키울 수 있을지, 똑같이 사랑할 수 있을지 걱정도 되었고 염려도 되었다. 탤런트 신애라 집사님이 대표적인 유자녀 입양가정 중 하나였지만 아들을 낳고, 딸 둘을 입양했기에 같은 성별 두 명의 입양 자녀가 서로에게 힘이 될 것 같았다. 우리 부부에겐 아들과 딸이 있었는데 유자녀와 같은 성별의 입양 자녀가 잘 지낼 수 있을지 염려가 찾아왔다. 그래서 우리와 사정이 유사한 가정을 만나게 해달라는 기도 중 『바보 엄마』(권미나, 규장, 2020)를 선물 받았다. 가슴과 배로 낳은 여섯 아이 이야기를 읽어 내려가며 막 꽃잎이 피어나는 봄꽃처럼 설레고 두렵지만 용기 있는 마음으로 그렇게 동방사회복지회 문을 두드리게 되었다.

우리 부부는 입양아의 태명을 웰컴(welcome)으로 하고, 매일 기도하며 아이와의 만남을 기다리고 있었다. 드디어 연락이 왔고, 아이와 선을 본 그날은 거의 모든 온 가족이 모인 진심으로 '환영'하는 축제와 같은 시간이었다. 강릉에서 친정어머니가 오셨고, 시부모님도 오셨으며, 멀리 경기도 용인에서 형님도 아기를 축복하기 위해 2시간이 넘는 먼 거리를 쌍둥이 조카를 데리고 오셨다. 한 생명을 환영하고자 이렇게 많은 가족이 함께했다. 선을 통해 만난 아기는 눈매가 쳐진 우리집 식구들과는 달리 검은 눈썹에 눈매가 살짝 올라간 우량한 상남자의 강한 인상이었다. 분명 우리 남편과 닮았다는 전언과는 달리 정반대의 아기 모습에 약간 놀라기도 했지만, 이 아이는 하나님이 주시는 아이가 분명해 받기로 했다. 배로 낳은 아이도 내가 선택할 수 없듯이 이 또한 그런 마음으로 받고 싶었다. 다른 입양가정을 통해 들은 첫 만남의 환상적인 이야기나 극적인 만남의 상황은 없었지만, 하나님 허락하신 생명을 차에 태우고 집으로 오던 길의 설렘과 희열은 아직도 잊지 못한다. 신랑이 운전하며 라디오를 켜니 아래의 찬양이 차 안을 가득 채웠다.

> **아무것도 두려워 말라 주 나의 하나님이 지켜주시네**
> **놀라지 마라 겁내지 마라 주님 나를 지켜주시네**
> **내 맘이 힘에 겨워 지칠지라도 주님 나를 지켜주시네**
> **세상의 험한 풍파 몰아칠 때도 주님 나를 지켜주시네**
> **주님은 나의 산성 주님은 나의 요새**
> **주님은 나의 소망 나의 힘이 되신 여호와**

평온함이 차 안을 가득 채운 그때, 이 찬양이 앞으로의 주제가가 될 것이라고는 전혀 예상하지 못했다. 이 노래는 낳아준 엄마와 위탁모를 떠나 또다시 낯설고 새로운 곳으로 옮겨 가는 유환이를 향한 주님의 위로요, 어루만지심이 아니었을까?

차에서 배고파 우는 아기에게 아들인 첫째가 위탁모가 타 준 젖병을 입술에 갖다 대자 아이는 울음을 그쳤다. 바구니 카시트에 잠든 그대로 집으로 데려왔는데 깨서도 울지 않고 낯선 표정으로 그대로 있다 잠드는 아이를 보고 마음이 아팠다. 겨우 97일밖에 되지 않았지만, 아이는 이미 모든 것을 알고 있는 듯했다. 그래서인지 또다시 환경이 바뀐 생소함과 낯섦에 울지도 못하고 다시 그냥 잠들었다. 그러나 곧 첫

날밤을 지나려 할 때 어찌나 고래고래 소리를 지르며 우는지 전혀 다독일 수가 없었다. 모유 수유로만 두 아이를 키워 쪽쪽이를 물려본 경험이 없어 쪽쪽이 없이 재워보려 이리저리 시도했지만, 숨넘어갈 듯이 우는소리에 쪽쪽이를 물리자 의지하며 겨우 잠드는 모습에 같이 울었다. 아이는 집에 온 후 낮잠은 보통 수회에 걸쳐 30분 정도 자다 깼고, 밤잠은 30분 정도의 주기로 '자다, 깨다'를 반복하며 이른 새벽이면 아주 깨어 칭얼거렸다.

환경이 바뀐 까닭에 오는 왠지 모르는 불안함 때문인지 밤마다 서너번씩 깨는 아이를 다독이며 안아주랴, 우리 부부는 잠을 제대로 자지 못하고 눈꺼풀이 무거운 채로 출근하며 일상을 이어갔다. 아이의 애착 형성이 시작되는 3개월부터 8개월에 이르는 시간 가슴으로 낳은 우리 유환이가 충분한 심리적 안정감을 얻고 건강한 애착 형성을 가지게 하도록 맞벌이 부부임에도 부모 중 한 명이 주 양육자로 돌보고자 단축근무, 입양 휴가와 무급인 가족 돌봄 휴가까지 사용하였고, 연차수당을 포기하며 가능한 휴직 및 휴가를 아낌없이 사용하였다. 그뿐만 아니라 양가 부모님도 헌신적으로 도와주셨고, 남편도 직장 내 최초로 육아휴직을 사용하며 자신이 직접 만든 이유식을 먹여주곤 하였다. 그래서 아빠 제조의 유아식을 처음 먹은 자녀는 유환이가 되었다. 또한 유환이 이름은 시아버님이 작명해 주신 유일한 이름이다. 다른 어려운 이들을 도와주며 베푸는 삶, 소금과 빛 같은 삶을 살아가라는 할아버지의 축복이 가득 담긴 이름이다. 그러한 유환이를 꼭 안고 구름 조각 끝에

별이 걸려 반짝이는 수많은 밤 귓가에 속삭였다.

> "유환아, 엄마가 떠나지 않고 유환이와 영원히 함께할게.
> 우리와 함께 있자."

이러한 일상이 반복되면서 엄마 목소리와 엄마 냄새에 익숙해진 유환이가 엄마를 찾고, 엄마가 안아주면 울음을 그치는 모습에서 우리 사이에 애착이 형성되어 가고 있음을 느꼈다. 첫째, 둘째 아이는 돌이 지나서야 통잠을 자기 시작했는데 8개월 무렵부터 통잠을 자는 유환이를 보며 이제는 유환이가 우리 집을 안식처로 여기고 잠도 깊이 잘 자는 것 같아 감사하고 있는 그 무렵 입양 기각 판결의 소식이 날아든 것이다.

기각 판결 이후 내게 온 큰 변화는 정년과 모든 복지가 보장된 16년간 다니던 안정적인 직장을 그만둔 일이다. 당시 나는 나의 20대, 30대의 공로가 송두리째 날아가는 것과 같은 심리상태였고, 인정받았던 사회 경력이 단절된 채 세상에 서야 한다는 두려움과 함께 무능한 전업주부로서 사는 삶이 되지는 않을지 하는 염려가 밀려왔다. 그 당시 앞으로 어떤 판결이 나올지 알 수 없는 자욱한 안개가 눈앞을 가린 상황이었지만, 가장 소중한 생명을 얻기 위해 이제까지 내게 소중한 삶 중 하나였던 직장을 포기하기로 한 것이었다. 그렇지만 퇴직금은 섬기고 있는 교회 근처로 이사올 수 있게 한 큰 도움이 되었으며 모든 것을 포기하고 싶은 힘든 시간마다 공동체는 여러 어려움 속에서도 예수님 손 꼭 붙잡고 다시 일어서게 하는 힘이 되었다. 다음은 퇴직한 딸을 바라보는 아버지의 마음으로 친정아버님이 써주신 탄원서의 일부이다.

"채린이는 찢어지는 해산의 고통을 통하여 낳은 두 아이보다 더 지극 정성으로 유환이를 키우며 지내던 중 10월 15일 법원의 입양 기각 판결로 날마다 눈물로 하루하루를 보내고 있다고 합니다. 딸 채린이가 세 아이의 엄마로 자녀 교육을 위해 지난 12월, 16년간 다니던 회사도 그만두고 아이들과 생활하는 모습을 지켜보는 애비의 마음도 너무 아픕니다. 존경하는 재판장님. 세상에 소중하게 태어난 한 영혼이 어디를 가든지 자기에게 정해진 삶을 살겠지만, 생모의 품에 안긴 지 한 달 만에 그 따뜻한 품을 떠날 수밖에 없었던 유환이에게 젖병을 물리며, 기저귀를 갈아주던 우리 딸 왕채린이에게 유환이가 세상에 태어나 처음으로 "엄마!"라고 부를 수 있도록 해주세요. 유환이가 밝고 행복하게 자라도록 사랑으로 보듬어 주는 외할아버지가 되겠습니다."

이러한 우리 가정을 위해, 우리 가정이 섬기는 '생명나래교회' 성도님들과 '한국기독입양선교회'에서는 기도와 물질로 물심양면 우리를 후원해 주셨고 변호사 선임에 많은 도움을 주셨다. 이러한 과정 모두는

"유환이는 내 아이야. 모든 필요를 내가 채워 줄게."

라고 하시는 하나님 아버지의 마음 같았다. 다음은 입양 기각 소식을 듣고 함께 우셨던 김희중 목사님이 그다음 날 새벽 유환이를 위해 기도하며 쓰신 노래 가사이다.

봄은 결코 봄날에 시작된 것이 아닙니다.
혹독한 겨울 속에 나무는 꽃눈을 준비합니다.
밤이 깊어질수록 새벽은 더욱 가깝습니다.
새벽에 도우시는 주님의 손길을 기다립니다.
결코 어둠은 빛을 이기지 못하네.

결코 어둠은 빛을 이기지 못하네.
홍수위에 좌정하신 그분을 믿음으로 바라봅니다.
먹구름 위에 태양은 여전히 빛나도다.
어제 오늘 영원히 신실하신 하나님.
선하시고 인자하신 그 사랑 찬양하리.

항소심을 진행하면 원심 때의 과정을 다시 한 번 하게 된다. 당시 우리 부부는 지칠 대로 지쳐 있었고 언제 끝날지 모르는 등산을 다시 시작해야 했다. 가사 조사 명령으로 법원에 출석해서 조사를 받아야 했고, 조사관이 우리집을 방문해서 조사를 진행하며 자녀와 개별 인터뷰는 물론 재산조사도 원점에서 다시 하였다. 그러나 새로 배정된 조사관은 원심 때 만났던 조사관보다 호의적이었다. 남편은 원심 때 여자 조사관의 강압적인 태도와 자신을 잠재적 범죄자로 대하는 비인격적인 언행에 자존심이 상해 조사가 끝나고 법원 복도에 주저앉아 크게 운적도 있었다. '자녀가 성범죄자가 되면 어떻게 할지…', '고위 공무원도 믿고 입양 허가를 했더니 그 아이가 결국 아동학대로 죽었다.'는 등과 같은 말문이 막히는 질문을 하더라도 끝까지 평정심을 가지고 지혜롭게 답변을 해야만 했는데 기본적인 권리를 포기하고 또다시 조사관에게 조사를 받게 되는 현실에 많이 힘들어했다.

2022년 6월 30일 항소심 가사 조사 이후 7월 15일 법원에 가서 면접조사를 받았고, 이후 8월, 9월, 10월이 지나도록 아무 소식이 없었다. 우리는 할 수 있는 최선을 다했고 법원의 판결만 기다리고 있었다. 그

심정은 늦은 밤 집에 올 시간이 훨씬 지난 아들이 연락 두절되어 불안해 타들어 가는 엄마의 고통스러운 심정이었다. 긴 시간 법원의 응답이 없자 교회 공동체에서는 추수감사주일까지 기한을 정해놓고 한마음으로 입양 허가가 나길 기도해 주셨다. 기각되었던 그날도 금요 기도회가 있는 날이라 피난처 같은 교회로 달려갔고 모두가 함께 울며 아파했는데, 이제 마지막 터널을 통과하도록 눈물의 기도를 함께했다.

드디어 2022년 11월 16일, 수요일, 법원으로부터 입양 허가를 받았다! 기도 응답으로 추수감사절 전에 입양이 허가되었고, 생명 축제를 앞두고 영적인 아들을 공동체가 함께 낳은 것 같아 모두 감격스러워했다. 추수감사주일은 생명의 기쁨이 넘실거리는 축제가 되었다. 유환이의 생명 얻음을 온 교회가 다 함께 기뻐했고, 입양 기각 과정에서 쓴 곡인 〈행복한 우리 교회〉(작곡: 신동청, 작사: 왕채린)를 특송의 찬양으로 불렀으며 입양의 모든 과정을 생생하게 간증할 수 있었다. 사실 목사님께서는 입양 기각이 진행 중인 상황에서 내게 간증을 부탁하셨다. 최종 입양 판결이 나기 전이라 입양 관련 이야기는 간증에서 하지 않겠다고 정중하게 사양하였는데 마치 그 주에 판결이 나올 것을 아시고 미리 부탁하신 것 같은 간증이 되었다.

왜 마침 그날 내 생일에 입양이 기각되었을까? 왜 마침 그날 추수감사주일 주간에 입양이 허락되었을까? 단지 우연이었을까? 이 크고 놀라운 비밀은 하나님만이 알고 계신다. 지금은 다 알 수 없지만, 매년 생일과 추수감사주일마다 기념비적인 순간들을 기억하며 하나님의 선하심과 살아계심에 감사할 것이다. 내 평생 믿음의 추억으로 기억에 남을 입양 허가 최종 결정문은 아래와 같다. 하나님의 경영하심은 일곱 빛 찬란한 무지개가 펼쳐지듯 아름답다.

<전략> … 이 사건 기록과 및 심문 전체의 취지에 의하여 알 수 있는 다음과 같은 사정들, 즉 ① 청구인들은 2014. 6. 3. 혼인신고를 마친 뒤 현재까지 8년 이상 원만한 혼인 생활을 하고 있고, 청구인들의 두 자녀들도 청구인들의 적극적인 양육을 통해 안정적으로 성장하고 있는 점, ② 청구인들은 혼인 전부터 입양을 희망했던 청구인 왕채린의 제안으로 셋째의 입양을 결심하고 2021. 4. 9. 경부터 동방사회복지회로부터 입양특례법상 요보호아동인 사건본인을 위탁받아 현재까지 19개월 이상 안정적으로 양육하고 있고, 당심 가사 조사에서 청구인들과 사건본인의 애착 관계가 잘 형성되었으며, 청구인들의 다른 자녀들도 사건본인과 정서적 친밀감을 형성하고 있는 것으로 나타난 점, ③ 청구인들의 수입이 안정적이고 주거환경, 재산 상황 등 양육환경도 비교적 양호한 점, 그 밖에 청구인들의 입양 동기와 양육 능력, 청구인들의 선행이나 태도 등을 종합하면, 사건본인의 복리를 위하여 청구인들이 사건본인을 입양하는 것을 허가함이 타당하다고 판단된다. 그렇다면, 이 사건 청구는 이유 있어 이를 인용할 것인바, 제1심 심판은 이와 결론을 달리하여 부당하므로 이를 취소하고, 청구인들이 사건본인을 입양하는 것을 허가하기로 하여 주문과 같이 결정한다.

주문

1. 제1심 심판을 취소한다.
2. 청구인들이 사건본인을 양자로 하는 것을 허가한다.

"유환아, 엄마가 떠나지 않고
유환이와 영원히 함께할게.
우리와 함께 있자."

Q. 베이비박스 아기를 입양하고 싶습니다.

TV에서 베이비박스(baby box) 관련 방송을 시청했습니다. 아기를 키울 수 없는 산모가 작은 철체 상자 안에 아기를 두고 떠나는 모습 그리고 아기에게 남긴 손편지를 보며 얼마나 울었는지 모릅니다. 남편과 밤새도록 많은 대화를 나누며, 생모와 아기를 위해 기도했습니다. 앞으로 입양을 하려고 하는데 특별히 베이비박스 아기를 하려면 어떻게 해야 하는지 궁금합니다.

A. 베이비박스를 운영하는 교회는 법적으로 공인된 입양 기관이 아닙니다. 베이비박스에 맡겨진 아기를 입양하는 과정은 일반적인 입양 절차와 크게 다르지 않습니다. 다만 출생신고가 되어 있지 않기에 아기들의 상당수가 보육원에 갑니다. 2012년 8월 입양특례법이 개정되면서 아동학대를 예방하고 허위·위장 입양을 방지하고자 출생신고된 아동만을 입양할 수 있도록 제한하고 있습니다. 입양 상담 시 베이비박스 아동을 입양하고 싶다고 말씀드립니다. 또한 가정위탁도 가능하다면 전달합니다. 아동은 가정환경 속에서 자라야 한다는 사실을 누구보다 잘 알고 있는 담당자가 도움을 줄 겁니다.

한기선 도란도란 7

코로나19 대유행 시절 때는 온라인에서 김상훈 아빠(입양 11명)와 최영두 아빠(출산 2명, 입양 6명)를 각각 강사로 초청하여 강의를 듣고 평소에 아빠로서 고민되었던 부분을 얘기하고 조언을 듣는 시간을 가졌습니다. 올해 3월에는 1박2일로 '입양 아빠모임'을 진행했습니다. 네 가지 주제(남자로 살아간다는 것, 남편으로 살아간다는 것, 아빠로 살아간다는 것, 자식으로 살아간다는 것)로 대화와 소통이 중심이 된 공감의 시간을 통해 자신을 돌아보며, 좋은 아빠가 되는 비결을 나누었습니다.

◈ 좋은 입양 아빠가 되는 7가지 비결

1. 자녀를 위해 아빠의 기대를 내려놓는 것이 중요합니다. 때로는 모르는 척 눈 감아 줄 때도 필요합니다.

2. 아빠는 자녀를 통해 새롭게 배워가고, 실수를 줄어가며 성장합니다.

3. 야단치고 혼내는 것으로 끝내면 안 됩니다. 항상 마무리는 다독여주고 끌어안아 주어야 합니다.

4. 좋은 아빠가 되겠다고 무리수를 두면 안 됩니다. 아빠에게는 약함이

곧 강함입니다.

5. 완벽한 아빠를 추구해서는 안 됩니다. 오직 하나님의 은혜를 구하는 아빠가 되어야 합니다.

6. 자녀가 나를 힘들게 한다고 여기기 때문에 내가 힘든 겁니다. 이성을 통제하고 어느 선에선 멈춰야 합니다.

7. 자녀가 부족하더라도 하나님의 형상이요, 작품임을 잊지 말아야 합니다. 모양이 기괴한 분재가 오히려 가격이 비싼 이유는 그것이 작품으로서 가치가 뛰어나기 때문입니다. 자녀를 예수님의 마음으로 바라보아야 합니다.

"막내 아들, 행복이와 저는 52년 8개월의 세월이 차이가 나는구먼유. 지난 시간을 돌아보니 육아가 저에게는 힘듦이 아니라 축복이었음을 고백해유. 아이들 모두 이렇게 제 품 안에서 자라고 이제 제 품을 떠나가기 위해 준비하는 걸 지켜보면서 아이들의 아빠로 살아온 모든 순간이 영광이었음을 알게되는구먼유. 아이들 뒤에서 묵묵히 아빠의 길을 걸어가는 제가 주님께 기도하는 한 가지는 우리 아이들이 받은 사랑 더 많이 나누며 살아가기를 주님께 아주 간절히 기도해유. 자신이 받은 사랑보다 더 많은 사랑을 품고 그 사랑을 흘러보낼 수 있는 품이 넉넉한 아이들로 성장하기를 믿고 바라고 기도하는구먼유."

– 김상훈 아빠

8

딸 하나를 품다

(1) 처음 닿은 아이

김미향 (엄마)

난 결혼 전부터 입양을 마음에 두고 있었다. 결핍이 많은 어린 시절을 보내며 나는 엄마 아빠가 필요한 아이들의 엄마가 되어주고 싶었다. 아이에게 가정이 얼마나 중요한지, 그 아이들의 상처와 슬픔이 얼마나 큰지 조금이나마 알았기 때문이다.

둘째 아이가 4살이 되던 해, 남편에게 아들이 둘 있으니 딸을 입양하면 어떻겠냐고 얘기했다. "여보, 지금 우리가 하나님께 드릴 최고의 선교가 무얼까? 한 아이의 삶 전체를 바꾸고 예수님을 알게 하는 것이라는 생각이 들어." 남편은 생각을 해보겠다고 했다. 남편과 그 뒤로 다른 사람들이 입양으로 아이를 잘 키우고 그 아이들이 세상에 영향력 있는 사람으로 자라는 이야기를 자주 나누었다. 착한 신랑은 긍정적으로 마음을 바꾸었다. 여러 입양 기관을 알아보다 동방사회복지회관을 찾게 되었다. 복지사님이 같은 크리스천이셨고, 우리 입양 과정을 든든히 도와주실 것 같은 느낌이었다.

입양 절차를 밟고 대략 6개월 안에 아이를 만날 수 있을 거라고 하셔서 우리는 기도하고 기대하며 기다렸다. 왜 이렇게 소식이 없지 궁금했던 즈음, 전화가 왔다.

"지난 6월 24일에 태어난 여자아이가 있어요. 선보기 하시겠어요?"

"네!"

그 순간의 그 느낌을 아직도 잊을 수가 없다. 너무 행복했다. 벅차올랐다. 마치 이미 우리 아이가 된 것 같았다. 뱃속 아기도 선택할 수 없듯 우리에게 처음 닿은 아기, 그 아이를 데려오기로 작정했다.

2020년 7월18일, 두 아이를 맡겨두고 아침행 비행기로 아기가 있는 서울에 갔다. 동방에 도착해 기다리니, 복지사님의 품에 하얀 겉싸개에 쌓여 나오는 30일 된 *몬내미(*'못난이'의 방언) 여자아기가 있었다. 곧 나에게 안겼다.

"아이 쪼꼬매. 왜 이렇게 몬내미지? 크면 예뻐지겠지 뭐."

신랑이 말이 없었다. 강요할 수 있는 부분이 아니기에 기다렸다.

김해로 오자마자 남편에게 전화가 걸려왔다. 아이를 선보고 온 것을 아시는 시부모님의 전화였다.

"아기 잘 만나고 왔나? 어떻게 할끼고?" "다음 주에 데리러 가려고요."

신랑의 통화내용을 들으니 눈물이 핑 돌았다. 한뜻으로 같이 해주어 고마웠다. 한 주간 준비하지 못했던 아기 용품들을 다시 준비하면서 행복했다. 운영하던 학원도 대체선생님을 모셨고, 본격 육아로 돌입하려고 마음 준비를 단단히 했다. 당분간 잠과 내 취미와 내 삶은 당분간 없어질 테니.

아기를 데리러 가는 날 7월 25일. 서울에는 비가 왔다. 친한 친구가 함께 해주었다. 이렇게 아름다운 날, 사진을 남겨주고 싶었단다. 준비해간 새 옷을 입히고, 내 품에 아기를 안았다.

"아가야 우리가 너의 엄마 아빠가 되어도 되겠니?
부모를 선택할 수 없는 너에게 미안하지 않도록
존귀하게 소중하게 흠 없이 키울게. 우리 행복하자!"

그즈음 가슴 아픈 입양 사건이 터지면서 우리는 예정에도 없던 추가 검사들을 받느라 부산보다 서울을 더 자주 다녔고, 입양 확정까지 13개월 정도 걸린 것 같다. 그리하여 우리집에는 류씨가 한 명 더 생겼다.

지금 그 류씨 공주는 5살이 되어 유치원에 다닌다. 아주 야무지며, 성품이 착하다. 두 오빠들 사이에서 살아남아야 하기에 뭐든지 욕심이 많으며, 위로 오빠들, 아래로는 남동생(하봄이를 입양한 후 넷째를 출산)이 있는 아들 부자집의 홍일점으로 아빠를 독차지 하고 있다. 신랑은 나보다 딸 하봄이를 더 챙기는 게 보인다. 그럴 때마다 신랑한테 장난치며 말한다.

"여보, 생각해 보겠다며~ 여보, 힘들 것 같다며~
봄이 없었으면 어떻게 할 뻔 했노?"

바글바글 우리 여섯 가족은 오늘도 행복하게 지낸다. 가정이자 작은 사회 안에서 아이들이 밝고 건강하게 자라나길 소망한다.

그 순간의 그 느낌을 아직도 잊을 수가 없다.
너무 행복했다. 벅차올랐다.
마치 이미 우리 아이가 된 것 같았다.
뱃속 아기도 선택할 수 없듯
우리에게 처음 닿은 아기,
그 아이를 데려오기로 작정했다.

(2) 그렇게 바라던 엄마가 되었습니다

백영숙 (엄마)

결혼 후 12년 동안 아이가 없었다. 나는 친정에서 맏딸이고, 남편은 아래로 여동생만 둘 있는 맏아들이다. 그 당시에는 빠른 나이가 아닌 내 나이 스물여덟에 결혼을 했다. 결혼 후 얼마 지나지 않아 친정에서도 시댁에서도 얼른 아이가 생겼으면 하며 기다리시는 눈치였다.

하지만 아이는 쉽게 생기지 않았고, 친정엄마의 손에 이끌려 전국의 유명한 한의원을 다니기 시작했다. 서울로 경주로 지방의 한의원으로 다니면서 한약을 먹고 침을 맞고 뜸을 뜨면서 아이가 생기기를 기다렸다. 한약을 너무 먹어 한동안은 임신 하지도 않았는데도 입덧하는 것처럼 한약 냄새만 맡아도 구역질을 해대었다. 그때 먹은 한약이 한 트럭은 될 것 같다. 다니던 교회에서도 친정교회에서도 우리 가정의 출산이 기도 제목이 되었다.

한방치료가 별로 효과가 없자 유명한 산부인과를 다니기 시작했다. 지방에서 일까지 하면서 불임치료를 받는 과정은 너무 힘들었다. 임신에 실패하면 다시 병원을 옮겨 다니며 인공수정부터 다시 시작하고, 시험관 시술까지 안 해본 것이 없이 노력했다. 요즘은 불임치료 지원도 다양하게 있지만 그 때는 개인부담으로 병원을 다녀야 했다. 그 당시 병원비로 지방의 작은 아파트 한 채 값은 쓴 것 같다.

기도집회도 전국으로 다녔다. 기도해 주시는 분들이 시키는 대로 삼일금식기도, 40일 한 끼 금식 기도 등 하나님께 매달리며 자녀를 갖기 위해 노력했다.

요즘같이 아이를 낳는 것이 선택이 된 시절이면 벌써 포기하고 내 맘대로 훌훌 살았을 것 같다. 하지만 외아들인 남편을 보며 그래서는 안 될 것 같아서 정말 모든 것을 다 했다. 임신을 위해 난포를 강제로 생성하기 위해서는 호르몬 주사를 많이 맞아야 했다. 배에 맞는 주사는 내가 놓겠는데 엉덩이에 맞아야 하는 주사는 도저히 혼자 놓을 수가 없어서 여러 사람의 신세를 지며 주사를 맞았다. 그때 도움을 많이 주셨던 의사 선생님이 내게 해주신 이야기 때문에 끝까지 포기하지 않을 수 있었다.

"하나님의 사랑 외에 인간이 할 수 있는 최고의 사랑이
부모가 주는 사랑이다.
절대 부모가 됨을 포기하지 말고
어떤 방법으로든 꼭 엄마가 되어 그 사랑을 경험해 보기 바란다."

이 말은 아직도 내 귀에 쟁쟁하다.

십 년을 노력했으나 잘 안됐다. 몸도 마음도 만신창이가 되었다. 어느 날 친정 엄마가 붙들고 울면서 말씀하셨다. 걸어가는 임산부를 바라보는 나를 보면서 그렇게 마음이 아팠다고. 그 이야기를 듣고 이젠 노력하지 않기로 했다. 더 이상 나도 부모님도 자식을 갖기 위해 시간도 정성도 쏟는 일을 하지 않고 그냥 주어진 형편대로 살고자 했다.

그렇게 마음을 다잡고 지내고 있을 때 우리 교회에 부산에 계시는 황수섭 목사님이 방문하셔서 주일 저녁 설교를 해주셨다. 황 목사님은 쌍둥이 아들 둘을 입양하여 잘 키우고 계신 분이셨는데 하나님께서 우리를 양자 삼아주신 것에 대해 설교해 주셨고, 한 생명을 돌보는 일에 대해 말씀해 주셨다. 그 설교를 듣고 마음이 몹시 떨렸으나 내가 먼저 입양을 가족들에게 말씀드릴 수는 없었다. 하지만 말씀으로 역사하시는 하나님께서는 시부모님에게도 같은 마음으로 응답 주셨고, 시부모님이 먼저 딸을 입양하자고 말씀해 주셨다.

시부모님의 제안을 듣고 바로 입양 기관을 알아보았다. 입양할 때 대부분 딸을 원하기 때문에 아들은 금방 입양이 가능했으나 딸일 경우 기다려야 했다. 그날부터 입양 태명을 '천사'로 지어두고 기도하며 기다렸다. 부모 교육도 여러 차례 받고 서류도 이것저것 준비하였다. 여러 이름을 지어 보며 이름의 뜻에 맞게 아이가 잘 자라길 기도했고, 아이의 성격에 맞는 이름이기를 기대하며 후보 이름들을 불러보며 기다렸다.

기도하며 기다렸지만 오만 가지 걱정이 나를 지배하기도 했다. 입양이라는 방법이 아이를 사회에서 외톨이로 만들까봐 걱정했다. 그리고 아이가 사춘기가 되어서 친생부모를 찾아가면 어쩌나, 나를 거부하면 어쩌나 등등 일어나지도 않은 일들을 미리 걱정하며 잠들지 못한 밤을 숱하게 보냈다.

입양을 신청하고 6개월 정도 지난 후 연락이 왔다. 태어난 지 80일 정도 된 여자 아기가 있는데 먼저 사진을 보내줄 테니 확인 후 괜찮으면 아이를 보러 오라는 연락이었다. 무조건 데리러 가겠다고 답을 했다. 내가 아이를 낳더라도 미리 선을 보지는 않으니까, 무조건 낳을 테니까.

사진 속의 아기의 얼굴은 웃음기가 없는 무표정한 얼굴이었다. 그 사진을 보며 엉엉 울었다. 탄생의 기쁨을 부정당한 아픔을 아는 듯한 무표정한 눈빛에 내 마음은 더 조이며 아팠고, 얼른 달려가 아이를 어르며 품에 안고 싶었다.

최대한 빨리 준비를 마치고 아이를 만나러 갔다. 우유병과 갈아입힐 옷, 싸개, 기저귀 등을 준비해서 출발했다. 세상에 태어난 지 80일이 된 작은 아이를 품에 안고 돌아오는 그 시간은 내겐 꿈만 같은 시간이었다. 또래에 비해 작은 몸집에 곱슬거리는 숱 많은 까만 머리카락, 뽀얀 피부는 사진 속 아이보다 훨씬 더 예뻤다. 잘 웃지 않았던 아이는 언제 그랬냐는 듯이 할머니, 할아버지의 어르는 소리에 벙싯벙싯 웃으며 모두를 사랑에 빠뜨렸다. 우리는 그렇게 가족이 되었다.

첫째를 입양한 후 내 삶은 완전히 바뀌었다. 기쁨으로 충만했고, 이 소중한 생명을 위해 자연히 기도하게 되었다. 어느 날 찬양 집회에서 내 손을 잡아 주시는 하나님의 뜨거운 손길을 체험하게 되었다. 하나님께서 잡아주신 내 손의 뜨거움과 온기로 나는 내 몸의 얼음장같이 차가운 배를 어루만졌고, 약할 대로 약해진 자궁의 기능을 치유 받았다. 지금도 내 손은 그때의 뜨거움의 여운이 남아 있다.

내 마음에 가득 차 있었던 원망과 후회와 아픔이 첫째를 기르며 사랑과 감사로 가득하게 되었고, 그런 내 마음에 하나님의 은혜가 덧입혀지며 자연스럽게 둘째를 임신하게 되었고, 출산을 통해 둘째를 낳았다.

입양한 첫째와 출산한 둘째 모두에게 감정이 같냐는 질문을 받은 적이 있다. 감정은 누구에게 다르다기보다는 상황에 따라 다르다. 화가 날 때도, 기쁠 때도 슬플 때도 있지만 그것은 누구 때문이 아니라 어떤 일들 때문에 있는 감정이다.

첫째 아이는 자신이 입양으로 우리 가족이 된 것을 잘 알고 있다. 물론 엄마의 출산으로 동생이 생긴 것도 알고 있다. 결핍, 원망, 아픔으로 얼룩졌던 엄마의 몸과 마음이 자신을 키우며 사랑으로 치유되어 동생이 생긴 것도 잘 알고 있다. 그래서 동생에게 당당히 말한다.

"넌 나 없었으면 세상에 태어나지도 못했어! 누나한테 까불지 마!"

이런 당당함으로, 하나님께서 우리 가정에 천사로 자신을 보내주신 것을 우리 딸이 평생 잊지 않고 자라기를 기도한다.

벌써 중3, 중1이 된 아이들은 한창 사춘기에 몸살을 앓고 있다. 사랑한다고 안아달라고 어리광을 부리다가도 금방 토라져서 문을 꽝 닫고 방으로 들어가 버리기도 한다. 갱년기와 사춘기의 폭발로 온 집안이 살얼음판이 될 때도 있지만 마음 깊이 자리 잡은 사랑의 힘이 우리 가족을 지켜주는 든든한 힘임을 의심하지 않는다.

하나님께서 주신 자녀들이니 하나님께서 당연히 든든히 지켜주실 것이고, 사랑으로 엮어진 우리 아이들이 혹시 세상의 편견에 부딪힐지라도 당당히 맞서 몸도 마음도 건강하게 자랄 것을 믿는다. 오늘도 내가 할 수 있는 것은 기도뿐이라 이들을 하나님의 손에 맡기는 기도로 하루를 시작한다.

무조건 데리러 가겠다고 답을 했다.
내가 아이를 낳더라도
미리 선을 보지는 않으니까,
무조건 낳을 테니까.

Q. 보육원 아동을 입양하고 싶습니다.

기독교 방송을 보다가 자립준비청년의 살아온 이야기를 접하게 되었습니다. 그 청년의 보육원 생활과 퇴소 직후의 삶을 듣는데 제 눈시울이 뜨거워지더군요. 문득 결혼을 하면 입양을 통해 한 아이를 품고자 기도했던 제 모습이 떠올랐습니다. 지금은 출산한 자녀가 둘이 있지만 입양으로 셋째를 가족으로 맞아들이고 싶습니다. 보육원에서 생활하는 아이들 중에는 입양대상아동이 있다고 들었습니다. 보육원 아동을 입양하려면 어떻게 해야 하나요?

A. 현재 보육원에서 보호되고 있는 아동 중에서 입양이 가능한 대상자는 친권이 없는 아동입니다. 서울특별시 아동복지협회의 시설 현황에서 보호대상 아동의 시설들을 확인할 수 있습니다. 입양 상담 시 특정 보육원을 언급하거나 보육원에서 지내는 아동을 입양하고 싶다고 말씀을 드립니다. 특별한 경우가 아니라면 큰 아이를 만나게 됩니다. 입양기관(2025년 7월부터는 보건복지부 입양정책위원회)은 입양 부모와 아동의 여러 가지 부분을 고려하여 가장 적합한 만남을 주선합니다. 아동과의 첫 만남 이후에는 지속적으로 부모와 아이가 서로를 알아가는 과정을 밟게 됩니다. 입양을 통해 보육원 아동에게 사랑과 안정된 가정을 선물하기 위해서는 무엇보다도 인내와 지지가 중요합니다.

한기선 도란도란 8

하나님께서 보육원을 통해선 대가족을, 입양을 통해선 아담한 가족을 선물해주셨다고 고백하는 한기선 자립준비청년의 이야기, 시작합니다.

18세가 되면 자신이 살았던 보육원, 그룹홈, 또는 위탁 가정을 떠나 홀로 사회에 나서야 하는 청년들이 있습니다. 이들은 '자립준비청년'이라 불리며, 그들의 홀로서기는 때때로 가혹한 현실로 다가오는데, 이러한 상황 속에서 그들에게는 가족과 같은 울타리가 절실히 필요합니다. 지금부터, 그 울타리를 만나 특별한 여정을 겪은 한 자립준비청년의 이야기를 소개하고자 합니다.

그는 어린 시절 내성적이고 매우 조용한 성격의 아이였다. 다른 이들이 무슨 말을 하든 쉽게 눈물을 흘리곤 했으며, 감정 표현에도 어려움을 겪었다. 항상 얌전하고 선생님의 말씀을 잘 따르는 평범한 학생이었으며, 그로 인해 사회복지사 선생님들로부터 많은 사랑을 받았다. 그러나 이러한 관심은 오히려 친구들 사이에서 시기와 질투의 대상이 되어 외로움을 더 깊게 느끼게 만들었다.

그가 살았던 집은 학교, 운동장, 컴퓨터실, 병원 등 필요한 모든 시설이 완비된 매우 큰 공간이었다. 당시 그는 이러한 환경이 당연한 것이라 여겼으며, 외부 세계에 대해 전혀 알지 못한 채 살았다. 그곳은 그의 전부였고, 다른 삶의 형태나 외부의 현실과는 단절된 삶을 살아왔다.

초등학교 5학년까지 그는 집 내부에 있는 학교를 다녔다. 그러나 6학년이 되었을 때, 내부 학교가 폐교된다는 소식을 듣고 외부 초등학교로 전학을 가게 되었다. 외부 사회와의 첫 만남은 그에게 매우 낯설고 두려운 경험이었다. 새로운 학교에 적응하는 것은 결코 쉽지 않았고, 그는 친구들 사이에서 소외되는 일이 많았다. 더불어 땀이 많은 체질로 인해 땀 냄새로 놀림을 당하는 등 심리적 상처를 깊이 받았고, 그로 인해 6학년 시절은 여전히 지울 수 없는 고통스러운 기억으로 남아 있다.

6학년을 마치고 중학교에 진학했으나 중학교 생활 역시 그에게 쉽지 않았다. 중학교 2학년이 되었을 때는 스트레스성 위염이 심해져 계단을 기어 내려가야 할 정도로 심각한 상태에 이르렀고, 중학교 3학년까지 힘겨운 시간을 보냈다. 중학교 3학년 어느 날, 그는 세상에서 살아가는 이유조차 알 수 없다는 깊은 혼란에 빠졌고 이 상황이 지속되어서는 안 된다는 생각이 들었다. 친구와 다툰 날, 그 누구도 그의 편을 들어주지 않아 상한 마음으로 그는 침대에 들어가 혼자 울며 기도했다. 그 순간, 그는 '그들을 혼내 달라'고 기도하는 대신 '그들을 용서해 달라'고 기도했다. 그때 마음속에서 주님의 음성이 들려왔다. "너와 같은 친구들을 나중에 도와주었으면 좋겠다." 이때 그는 자신이 왜 이 세상에 태어났는지, 왜 보내졌는지에 대한 정체성을 깨닫게 되었다. 당시 그가 자랐던 집은 천주교 재단에 속해 있었고, 자연스럽게 성당을 다니며 마음의 평안을 찾았다. 그 순간부터 그는 주님이 살아계심을 믿게 되었고, 자신을 다시 세워야 한다는 결심을 하게 되었다.

놀랍게도 그 사건 이후, 고등학교 1학년이 되던 해에 그는 자신의 인생을 바꾸어 줄 크리스천 멘토를 만나게 되었다. 멘토는 뮤지컬 수업을 통해 우연히 만났다. 멘토와 대화하는 과정에서 그는 자신이 친구들에게 받은 상처와 환경으로 인한 고통을 인정하게 되었으며, 부모님이 자신을 버린 것이 아니라 오히려 자신을 지키기 위해 애썼다는 사실을 깨달았다. 이 깨달음 이후로 그는 마음의 상처가 조금씩 회복되기 시작했다.

고등학교 2학년 때 우연히 TV에서 자립준비청년을 다룬 다큐멘터리를 보게 되었다. 그 당시 자립준비청년을 위한 지원 정책은 매우 미흡했으며, 대부분의 언론과 방송에서 이들을 부정적으로 묘사하는 경향이 있었다. 자립준비청년들이 사회에서 홀로 살아가는 과정에서 수많은 범죄의 표적이 되거나, 열악한 경제 상황으로 인해 고통을 겪는 모습, 심리적·정서적 문제로 인해 어려움을 겪는 모습이 크게 부각되고 있었다. 이 다큐멘터리를 보고 그는 당사자가 직접 목소리를 내어야만 이러한 현실을 바꿀 수 있겠다는 생각이 들었고, 나아가 자신이 이 문제를 해결하는 데 기여할 수 있지 않을까라는 결심을 하게 되었다. 이후 그는 자신과 같은 자립준비청년들을 돕는 일에 대한 꿈을 꾸기 시작했고, 사회적 문제를 해결하고자 하는 의지를 다지게 되었다.

그때부터 자립준비청년들을 돕기 위해 공부를 결심하게 되었다. 이후 사회복지학과에 진학하기로 목표를 세우고 대학 입시를 준비하였으며, 결국 사회복지학과에 입학하게 되었다. 자립준비청년을 돕고자 하는 열망으로 관련 전문가들에게 이메일을 보내고, SNS를 통해 자립준비청년에 대해 더 많은 정보를 알아가기 시작했다. 그러던 중, 청소년 사역을 하시는 한 목사님께 연락을 드리게 되었고, 처음에는 가볍게 만나보자는 제안으로 약 3시간 동안 대화를 나누었다. 하지만 그 만남 이후 돌아오는 길에, 마음속 깊이 "저분이 나의 아버지가 되어주셨으면 좋겠다."는 강렬한 생각이 들었다. 며칠 뒤 용기를 내어 카카오톡 메시지로 목사님께 아버지가 되어달라고 부탁드렸다.

그러나 이미 어린 두 남매를 양육 중이던 목사님 가정에서 맏이를 받아들이는 일은 결코 쉬운 결정이 아니었다. 게다가 당시 코로나19로 인해 자주 만나 소통할 기회도 부족했기에, 주로 영상통화를 통해 서로의 진심을 나누기 시작했다. 어려운 상황 속에서 시작된 만남이었지만, 오히려 그 과정이 그들을 더 빨리 가까워지게 만들었다. 결국 모든 가족 구성원의 동의를 얻어, 목사님 가정은 그를 받아들이기로 결정하였고, 퇴소 후 그는 그 가정에서 생활하게 되었다.

그러나 이러한 과정에서 주변의 반대는 매우 심했다. 많은 이들이 "굳이 단체 생활을 오래하고 부모를 만나 함께 살아야 하는가? 혼자 자유롭게 지낼 수 있는데."라는 의견을 내세웠다. 가정 내에서의 생활 또한 순탄하지 않았다. 처음으로 가정이라는 경험을 하다 보니 사소한 일에도 충돌이 잦았고, 그는 예민해져 간섭을 받는 듯한 느낌을 받았다. 가족과의 생활에 익숙지 않아 여러 차례 부모님과 갈등이 있었으며, 때로는 집을 뛰쳐나가고 싶은 순간도 있었다.

그럼에도 불구하고, 그는 이 과정을 통해 서로 사랑하고 인내하며, 서로를 인정하고 배려하는 방법을 배워갔다. 서로의 것을 내어주고, 차이를 극복하는 과정을 통해 그와 가족들은 점점 더 깊은 유대감을 형성하며 진정한 가족으로 거듭나게 되었다. 사랑으로 서로를 이해하고 받아들이는 가운데, 그는 하나님의 계획과 인도하심이 그 과정에 분명히 함께하셨음을 고백하게 되었다.

이 이야기는 바로 나, 윤도현의 이야기다. 나는 초록우산 어린이재단 자립활동가, 기아대책 마이리얼 멘토단, 그리고 국민의 힘 비상대책위원 등으로 활동을 해오며 자립준비청년들의 목소리를 대변하고, 그들을 돕는 역할을 하고 있다. 하나님께서는 나에게 '상처받은 치유자'라는 사명을 주셨다. 어릴 적 받은 상처를 치유하며, 나와 같은 자립준비청년들이 사회에서 당당하게 목소리를 내고, 꿈을 이루는 사람이 되기를 소망하며 끊임없이 도전하고 변화를 만들어가고 있다.

하나님께서는 우리의 약함 또한 강함으로 사용하신다는 것을 내 경험을 통해 깨달았다. 이 이야기를 읽는 많은 이들이 힘과 용기를 얻어, 누군가에게 심연으로 연결된 부모가 되어주길 바란다. 나는 앞으로도 어떤 수많은 일들이 앞에 있을지 몰라도 계속 전진할 것이다. 많은 응원과 기도를 부탁드린다.

9

둘 이상을 품다

(1) 조건이 아닌 은혜로 합니다

김선영 (엄마)

남편은 연애할 때 결혼하면 입양하자는 얘기를 종종 했는데 난 조금도 망설임 없이 "YES"라고 답했다. 그땐 한 아이를 키우는 데 얼마나 많은 수고와 헌신이 필요한지를 몰랐다. 결혼을 하고 아들 둘을 낳은 후 현실을 깨달을 수 있었다. 신학을 하던 남편과 주말부부로 지내야 했고 아이 둘의 양육과 생활비는 오롯이 나의 몫이었다. 육아와 함께 꾸려 나가야 하는 팍팍한 나의 일상은 입양이라는 단어를 생각하기엔 사치스러운 이야기가 되어버렸다.

시간이 흐른 후 남편은 신대원 졸업을 하고 전임 사역자가 되었고 아이들도 어린이집에 다니면서 나도 여유 있는 시간을 보냈다. 그렇게 자유의 시간을 좀 누리는데 남편이 예고 없이 까마득히 잊어버렸던 입양 얘기를 꺼내는 것이 아닌가? 치열했던 독박 육아와 고단한 삶에서 이제 해방되려는 찰나, 입양 얘기를 꺼내는 남편이 야속하기도 하고 밉기도 했다. 결혼 전과 너무나도 달라져 있던 나는 일언지하 "NO"라고 다시는 입양의 '입'자도 꺼내지 못하도록 단호하게 거절했다. 나의 단호함에 남편도 다신 입양을 말하지 않으리라 생각했다. 그러나 대단한 착각이었을까? 남편은 잊을 만하면 얘기를 꺼내고 또 잊을 만하면 입양을 하자고 하는 것이 아닌가! 화를 내보기도 하고 달래보기도 했지만 남편의 반응은 단호했다.

어느 날은 남편이 뭔가 작정했는지 의미심장한 표정으로 입양 얘기를 다시 꺼내는 것이 아닌가! 우리 가정처럼 행복한 가정에 입양을 하지 않는 것은 하나님 앞에 죄라는 것이다. 어이없는 표정으로 남편을 바라보고 있는데 아랑곳하지 않고 다시 꺼내는 말이 마지막으로 하나님 뜻인지 아닌지 기도하자는 제안이었다. 뜻이 아니면 두 번 다시 입양 얘기를 꺼내지 않겠다는 것이다. 나는 손해 볼 것 없는 거래라 생각하고 덜컥 그러겠노라고 대답했다.

당시에는 하나님은 나보다 나를 더 잘 아시는 분이므로 입양은 결단코 그분의 뜻이 아니란 확신이 들어서 조금도 주저함이 없었다. (지금 생각하면 저렇게 말도 안 되는 생각을 어떻게 했나 싶어 웃음이 난다.) 바로 10일 작정기도를 결정하고 기도의 자리로 나아갔다.

그런데 기도를 시작한 지 얼마 지나지 않아 내가 알지 못하는 미혼모와 아기의 대한 아픈 마음과 눈물을 주셨다. 첫날 기도를 마치고 "이러면 안 되는데…" 하면서 이틀, 사흘, 엿새까지 기도를 이어가는데 기도를 할 때마다 뜨거운 눈물과 하나님의 사랑과 긍휼하심이 나에게 전해지는 것이었다. 작정기도가 며칠 남았지만 더 이상 기도를 할 필요가 없었다.

엿새 동안 하나님은 입양이 하나님의 뜻인지 아닌지를 알게 하신 것이 아니라 부족하고 보잘 것 없는 나에게 찾아오셔서 하나님 아버지의 마음을 부어 주셨다. 그 마음을 알고 한 생명을 우리 가정에 주시는 것이 얼마나 놀라운 축복인지 깨달을 수 있었다. 뜨거워진 나의 마음을 남편에게 서둘러 전달하고 빨리 입양을 진행하자고 하니 남편은 이 핑계 저 핑계를 대고 좀 더 준비하자며 차일피일 미루었다. 이러다간 내 마음까지 식을까 걱정이 되었다. 지난번 상황과 정반대가 되어 이번에 내가 작정하고 남편에게 얘기를 꺼냈다.

"임신하고 출산할 때가 됐는데, 준비가 안 됐다고
세상 밖으로 나오는 아이를 뱃속으로 다시 밀어 넣을 수 있을까?"

좀 극단적인 말이긴 했지만 남편은 이 말에 마음을 정하고 대한사회복지회를 통해 입양 절차를 진행하게 되었다.

2010년 8월 20일, 드디어 기대하고 고대하던 셋째 성겸이를 품에 안았다. 이리 봐도 사랑스럽고 저리 봐도 어여쁜 우리 딸에게 가장 훌륭한 선물은 똑같이 가슴으로 낳은 동생을 선물하는 것이라고 생각하고 2013년 5월 9일 넷째 보겸이를 입양하게 되었다. 아들 둘만 키우다 딸을 키우는 것은 또 다른 행복이었다. 남들이 아들과 딸을 편애한다고 하는데 사실 편애하는 것이 맞다. '내리사랑'이라는 말이 왜 생겼는지 몸소 체험 중이었기 때문이다.

태어난 지 70여 일 만에 온 성겸이는 순하고 예쁜 아기였지만 등에 센서가 있는지 눕히면 울음을 그치지 않아 쿠션 좋은 내 배가 침대가 되었다. 아들 둘 키운 경력자이고, 산고의 고통 없이 출산이 가능한 입양의 장점 때문에 좋은 컨디션과 두 아들의 도움으로 어렵지 않게 아이를 키웠다. 성겸이가 온 이후로 첫째인 하겸이와 둘째 예겸이는 동생 보는 즐거움 때문에 유치원 가기를 싫어했다. 동생이 아무리 좋아도 유치원에 가야한다고 하니 하겸이가 유치원 가방에 성겸이를 넣어서 가겠다는 것이다. 엉뚱한 말이지만 동생을 사랑하는 오빠의 마음이 고스란히 전해지는 것 같았다.

우리집 마스코트 보겸이는 입양법 개정 이후 입양 절차를 진행했기 때문에 6개월이 되어서야 우리 품에 안겼다. 신생아가 아니기에 애착관계 형성이나 새로운 환경에 적응을 잘 할지 걱정이 되었다. 입양기관을 떠나 집으로 돌아오는 차에서 품에 안긴 보겸이를 보고 있으니 만감이 교차했다. 두 번째 입양이라 처음보단 익숙할 줄 알았는데 생명에 대한 감격은 늘 새롭고 놀라웠다. 집에 도착해서 잠이 깬 보겸이는 낯선 환경이 무서웠는지 소리 없이 눈물을 흘렸다. 6개월 된 아기가 소리를 삼키며 우는 것을 보니 나도 마음이 미어져 눈물이 났다. 조금 늦은 출발이지만 몇 배의 사랑으로 키워야겠단 마음이 더 강하게 들었다. 보겸인 어디서나 사랑을 많이 받으며 지냈다. 집에서도 교회에서도 제주에 내려와 훈련을 받았던 열방대학에서도 보겸이가 있는 곳이면 주위 사람들이 찾아와 사랑을 주었다.

사랑을 듬뿍 받고 자란 보겸이는 항상 당당하고 씩씩한 소녀로 자라 지금은 교회를 개척한 아빠의 가장 든든한 동역자이다. 교회에서 '이 전도사님'으로 불리며 교회 이곳저곳에서 자신이 맡은 몫을 야무지게 잘 해낸다. 어느새 엄마 키만큼 자란 딸들을 보기만 해도 뿌듯하고 자랑스러워서 마음이 벅차오른다.

예수 믿는 사람들은 은혜라는 말을 단골 멘트처럼 사용한다. 나 또한 그렇다. 그런데 입양을 하고 진짜 하나님의 은혜를 경험했다. 나는 정말 입양을 할 수 없는 사람이었다. 아이들을 좋아하는 캐릭터도 아니고 사랑이 넘치는 성품은 더더욱 아니었다. 누가 봐도 '저 사람이 입양을 한다고?' 물음표를 던질 수 있는 사람이 나였다. 그런 내가 입양을 했다. 그것은 은혜 아니고는 설명이 안 된다. 사람을 사랑할 수 없는 무정한 내가 나 자신보다 입양한 딸들을 더 사랑할 수 있다는 것은 은혜 밖에 이유가 될 수 없다. 그렇기에 입양은 나의 상황과 조건과 성품이 가능해서 하는 것이 아니라 전적인 하나님의 은혜인 것이다. 내가 가진 조건으로 하나님의 은혜를 제한하지 말고 내가 할 수 없음으로 모든 것을 하나님께 맡기고 세상의 많은 아이들을 가슴으로 품는, 진정한 하나님의 은혜를 맛보아 누리는 믿음의 가정들이 많아지기를 소망해 본다.

나는 정말 입양을 할 수 없는 사람이었다.
아이들을 좋아하는 캐릭터도 아니고 사랑이 넘치는 성품은 더더욱 아니었다.
누가 봐도 '저 사람이 입양을 한다고?' 물음표를 던질 수 있는 사람이 나였다.
그런 내가 입양을 했다. 그것은 은혜 아니고는 설명이 안 된다.

(2) 비로소 보이는 것들

최은주 (엄마)

저는 작고 어렵고 가난한, 정말 가난한 개척교회 사모였습니다. 남편은 늘 지는 걸 세상 제일 잘하는, 겸손이 제일 쉽다는 사람이었습니다. 그런 분이 지는 걸 제일 못하고 겸손보다는 교만이 쉬운 여자를 만나 가정을 이루었습니다.

남편은 목사 안수를 받고 최연소 목사로 개척을 시작해서 온갖 힘든 고비를 지나왔습니다. 집 얻을 돈도 없어 주민센터에서 영세민 전세자금을 받아 방 2개, 화장실 하나인 다가구 주택에서 우리 부부와 어린 아들 둘이 살았습니다. 가난하기 그지없는 교회 살림, 세상의 시각으로 봤을 때 제일 낮은 자들만 서너 명 모인, 오래도록 성장이 안 되는 목회를 십여 년 하고 있었습니다. 누런 장판이 깔린 바닥에 벽은 온통 곰팡이가 피어 그 곰팡이를 숨기기 위해 연핑크 커튼들로 사방을 두른

초라하고 냄새나는 지하교회에서 결손가정 자녀들을 섬기며 신용불량, 정신질환, 시각장애인, 결손가정 자녀 서너 명을 데리고 오랜 기간 교회를 운영했었지요.

그러던 어느 날, 갑자기 요양원에 계시던 치매 시어머니가 간절히 막내 아들 집에 살게 해달라고 하셔서 모시고 와 함께 살게 되었습니다. 그 당시 화장실에 들어가시면 문을 걸어 잠그고 나오지 않으시는 어머니 때문에 두 아들은 싱크대에서 세수하고 바깥 화단에 소변을 보며 학교를 다녔습니다. 두 아들들 때문이라도 화장실 2개 있는 집을 하나님이 주신다면 어머니와 아들들이 조금 더 나은 동거가 될 것 같아 무작정 집을 알아보러 다녔습니다. 그런데 너무나도 놀라운 일을 경험하게 되었습니다. 주님께서는 36평 빌라를 매매로 사게 하시는 놀라운 기적을 보여 주셨습니다. 그 순간부터 하나님의 놀라운 기적을 경험하기 시작했습니다.

늘 습기 차는 지하방에서 살며 어느 때는 수재민도 되어보았는데, 어머니를 모시게 되면서 하나님께서는 우리 가족에게 살아갈 수 있는 넓은 집을 예비해 놓으셨음을 알게 되었습니다. 넓은 집으로 이사 와서 하루 이틀 살면서 우리가 이런 호강을 누려도 되는 걸까, 주님께서 이 넓은 집을 주신 이유가 무엇일까 기도하면서 주님께 구하기 시작했습니다. 기도 중에 하나님께서는 결혼 전 남편과 나누었던 이야기를 떠오르게 하셨습니다. '입양'에 대한 이야기였습니다.

세상에 죄인이었던 우리를 자녀 삼으셔서 아바 아버지라 부를 수 있는 놀라운 특권을 허락해 주신 주님의 은혜에 감사하여 결혼하면 입양을 하자고 했던 말이 떠올랐습니다. 우리 부부는 이후 즉각 실행에 옮겨 너무나도 예쁜 딸을 품게 되었습니다. 아들 둘만 키우던 우리 부부는 세상을 다 가진 양 너무 행복하고 감사했습니다. 그리고는 바로 연년생인 동생도 입양하게 되었습니다. 두 아들 두 딸을 키우면서도 집이 넓다는 생각이 들었습니다. 하나님께서 주신 집에 하나님이 사랑하는 아이들을 더 키우고 싶어 막내딸도 입양을 하면서 우리 가정은 자녀가 다섯이 되었습니다.

우리 부부에게는 교회 안에서 하나님이 맡겨주신 세 딸을 정성껏 키우는 게 중요한 사역이 되었습니다. 세 명의 딸을 품을 때 입양되기 어려운 아이들, 우리 가정이 품지 않으면 보육원에서 살아야 하는 아이들만 품으면서 주님께서 우리 아이들을 참 사랑하심을 알게 되었습니다. 그렇지 않으면 우리 집에 올 수 없었던 아이들이었지요.

우리 부부도 지난 살아온 삶이 참 힘들었습니다. 저 또한 결손가정에서 가난한 홀어머니 아래 방임과 깊은 무관심 속에 버려진 듯 살았습니다. 입양 대상조차 되지 않았던 세 딸들이 저의 어릴 때 모습을 보는 것 같아 하나님께서 특별히 우리 가정에서 아이들을 자라도록 이끌어 주셨음을 알게 되었습니다.

아들만 둘 키우다 이렇게 귀한 세 딸을 하나님이 주셨고 그것만도 감사할 따름인데 하나님은 저희 가정에 놀라운 일을 시작하고 계셨습니다. 우리 품으로 들어온 세 딸을 키우면서 아이들에게 좋은 가정을 주고 싶었던 제 교만한 마음이 변하여 오히려 아이들이 우리 가족이 되어 주어 고맙다는 감사의 고백을 하게 되었습니다. 아이들과 함께하는 모든 시간을 통해 웃음의 소중함을 알게 되었습니다. 가족 간에 친밀한 대화를 통해 함께하는 시간이 많아지고 이것이 우리 내면의 아픔과 쓴 뿌리를 치유하는 근원이자 행복과 기쁨 그 자체가 되었습니다. 함께 시간을 보내고 여행도 자주 가며 아이들을 친구처럼 키웠습니다. 시간이 흘러 우리 다섯 자녀는 어느새 서로가 없어서는 안 되는 소중한 가족이 되었습니다.

저희 남편 목사님은 부목사 때나 개척 후에도 치매 노인들을 사랑하는 은사가 있음을 깨닫고 그분들을 예배 때만 보는 것이 아니라 하루 종일 모시고 싶어 했습니다. 교회는 일꾼도 재정도 없어 당장 매일 교회 어르신들을 모실 수는 없어 남편은 1년간 소원을 두고 기도했고 주님은 그 소원을 이루어주셨습니다. 무일푼으로 주간보호센터를 하자고 선언한 뒤 바로 건물을 알아보고 앞뒤 재지 않고 계약하고 진행하니 거짓말처럼 모든 게 술술 풀렸습니다.

어느 날 보니 개척교회 사모인 제가 사업주가 되어 있었습니다. 그것도 1호점 200평, 그리고 5년 후 2호점 500평 규모 건물의 요양원까지 운영하는 사람이 되었더군요. 대구 달서구에서 제일 큰 장기요양 기관이 되었습니다.

돌아보니 우리 가족의 삶의 새로운 시작은 세 딸을 품고 가족으로 함께 살 때부터였음을 알게 되었습니다. 이미 하나님께서는 두 아들만

이 아니라 세 딸까지 우리 가족으로 계획하셨음을 살아보니 알게 되었습니다. 주님께서 원하시는 딸들을 품에 안고 감사와 행복한 삶을 사는 걸 보시고 우리 가족이 함께 가족 기업의 길을 걷게 하시는 것을 깨달았습니다.

사실 이렇게 감사하며 살기까지는 우리 집도 막내로 온 셋째 딸로 인해 오랜 시간 마음고생이 있었습니다. 위로 두 딸은 그래도 어린 나이에 가족이 되었는데 막내는 어느 정도 성장해서 우리 품으로 왔습니다. 그 당시에는 첫째나 둘째처럼 사랑하며 잘 살면 되는 줄 알았습니다. 하지만 그런 우리의 생각과는 다르게 아이는 겉돌면서 한동안 가족 안에 스며들지 못했습니다. 뭔지 모르는 어려움이 가득했습니다. 그때는 이유도 잘 모르고 일 년이 지나도록 상황이 나아지지 않자 이렇게 서먹하고 어색한 관계로 사느니 아이를 위해서 다시 보육원으로 아이를 보내야하나 하는 극단적인 생각까지 하게 되기도 했습니다.

그렇지만 하나님께서 허락해주신 우리 집의 막내라는 마음이 강해 아이를 더 많이 이해하고 아이 입장에서 생각하자며 우리 부부는 마음을 다잡았습니다. 눈높이를 아이에게 맞추어 생각하다보니 아이의 아픔이 보이기 시작했고 아이를 더 이해하니 아이 입장에 맞는 대화를 할 수 있었습니다. '도대체 저 아이가 왜 저러나' 할 때는 안 보이던 아이의 아픔이 보이기 시작했습니다. 그때부터 우리 부부는 '사랑하는 우리 막내'라며 더욱 아이를 세워주었습니다. 무얼 하건 칭찬하고 최고라고 인정해주었습니다. 웃지 않던 아이가 웃기 시작했고, 말수가 적어 무슨 생각을 하는지 몰랐던 아이가 말하기 시작했습니다.

아이가 바뀌어서 우리가 바뀐 게 아니고, 우리 부부가 바뀌니까 아이가 변화된 걸 알게 됐습니다. 이 간단한 진리를 깨닫는 데 일 년이라는 시간이 걸렸습니다.

지금은 남편과 이런 이야기를 나눕니다. 나중에 우리 부부가 자녀 다섯 중에 같이 살고 싶은 아이가 있다면 그건 아마 막내일거라고요. 가족이 되기 위해 걸어왔던 힘들었던 시간들을 함께 견뎌내고 나니 비로소 보였습니다. 힘든 시간들을 견뎌내야 평화가 온다는 걸요.

아이가 바뀌어서 우리가 바뀐 게 아니고,
우리 부부가 바뀌니까 아이가 변화된 걸 알게 됐습니다.

Q. 재산과 소득이 넉넉하지 못하면 입양이 어려울까요?

입양을 하려면 충분한 재산이 있어야 한다는 사실을 알게 되었습니다. 10년 가까이 부교역자로만 살아온 터라 모아둔 돈이 많지 않습니다. 재산도 대출받아 거주 중인 전셋집 비중이 제일 크고요. 월 사례비도 적은 편입니다. 궁금합니다. 재산과 소득이 넉넉하지 못하면 입양이 어려울까요? 충분한 재산이 어느 정도인지 모르겠지만 입양을 통해 자녀를 품고 싶은 마음이 간절합니다.

A. 재산과 소득은 입양 과정에서 중요한 평가 요소 중 하나이지만, 반드시 많은 재산이나 고소득이 필요하지는 않습니다. 안정적인 생활 환경과 아이를 양육할 수 있는 재정적 기반을 갖추고 있다면 입양이 가능합니다. '충분한 재산'이라는 항목에서 재정 상태를 평가하는 핵심은 총자산을 보고, 안정적인 수입이 생활비 및 부채 상환을 감당하고 있느냐입니다. 부부가 재정적으로 과도한 부담을 지고 있지 않은지 확인할 겁니다. 만약 어떤 기준에 미치지 못하여 거절당했다면 거기서 멈추지 말기를 당부합니다. 용기를 내어 다시 문을 두드려야 합니다. 많은 목회자 가정이 부족한 재정에서도 진심과 정성으로 한 아이를 품었던 사례들이 많습니다.

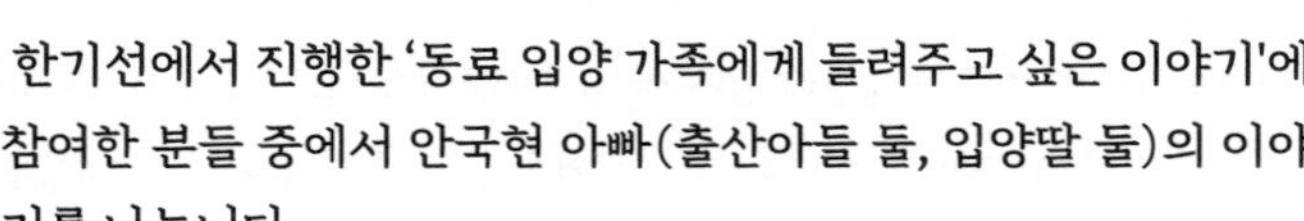

한기선에서 진행한 '동료 입양 가족에게 들려주고 싶은 이야기'에 참여한 분들 중에서 안국현 아빠(출산아들 둘, 입양딸 둘)의 이야기를 나눕니다.

<첫째를 통해서 배운 것>

1. 아이와 한몸이 되면 손해의식이 사라진다.

첫째가 태어나고서 제 시간이 조금씩 없어짐을 느꼈어요. 헬스를 다닐 시간이 없어졌고 축구모임에 갈 때도 기분이 묘했죠. 아내는 괜찮다고 하는데 맘이 편치 않았어요. 그래서 며칠간 힘들었는데 마음을 고쳐먹고 나서 문제가 해결됐어요. 아이를 역기 삼아 운동을 하고, 아이가 울 때면 업고 계단을 오르내리며 하체운동을 했죠. 아이가 조금 크고 나서는 학교 운동장에서 같이 축구도 하고요. 방법이 조금 달라지긴 했지만 두 마리 토끼를 다 잡은 느낌이 들었어요. 아이도 보고, 운동도 하고, 아내한테 점수도 따고요.

2. 훈육은 알려주는 것이다.

둘째가 태어나고서 첫째는 제가 안 볼 때 둘째를 꼬집고 때렸어요.

사랑을 빼앗긴다고 생각했겠죠. 그래서 훈육을 했죠. 1시간 동안 잡고 얘기를 반복했어요. 그 경험이 있고나서 애가 달라지더군요. 얘기하는 거라 시간이 오래 걸렸는데 두 번째부터는 점점 짧아지더니 이제는 그냥 대화로 끝날 때가 많습니다. 오래 걸리지만 이 길이 가장 빠른 길 같아요.

3. 첫째도 어린아이다.

아이가 한 명씩 늘어가면서 첫째가 훌쩍 커버린 느낌이었어요. 그래서 동생들을 챙기라고 요구할 때가 있었는데 어느 순간 느꼈죠. 첫째도 어린아이라는 것을요. 그래서 가끔씩 첫째만 데리고 데이트를 해요. 행복해하는 아이의 모습을 보면서 좋은 추억을 쌓아가고 있습니다.

〈둘째를 통해 배운 것〉

1. 아이는 다 다르다.

첫째와 너무도 다른 외모, 다른 성격에 처음엔 많이 당황했어요. 첫째는 책 읽기와 플룻, 오카리나를 잘 다루고 혼자 노는 것을 좋아하는데, 둘째는 만들기와 과학상자를 잘 하고 같이 노는 것을 좋아했어요. 비교하지 않고 다름을 인정할 때 삶이 더욱 풍성해졌어요.

2. 웃으면 싸움은 끝난다.

둘째와 한바탕 하고 나서 해서는 안 될 말을 했어요. 집 나가라는 말이요. 둘째가 진짜 집을 나가더군요. 저는 문을 잠갔고요. 당시엔 화가 나서 주체가 안 됐는데, 나중엔 걱정이 되더군요. 그때 둘째가 제 앞에 있었어요. 창문을 넘어왔더군요. 한바탕 웃고 나니 다 풀려버렸어요. 저 같은 실수 하지 마세요.

3. 오늘 고생하면 내일은 편해진다.

아이들을 키우면서 제가 많이 했던 말이에요. 그래서 애들이 놀아달라고 할 때 아무리 몸이 힘들어도 놀아줬죠. 놀이터 투어, 몸 놀이, 블록 놀이 등등. 이제 둘째가 초6인데 조금씩 아빠보다 친구들을 더 좋아하는 듯 해요. 아이와 놀 수 있을 때 많이 놀아주세요.

4. 사랑 표현은 자주, 많이!

둘째를 혼내고 나서 제가 하는 말 중에 이런 말이 있어요. "그래도 아빠가 너 사랑하는 거 잊어버리면 안 돼!" 하루는 둘째한테 질문을 했어요. 아빠가 너 사랑하는 거 알아? 안다고 하더군요! 어떻게 아냐고 물어보니까 대답이 "항상 말해주니까~"래요. 많이 사랑 표현하세요!

<셋째를 통해 배운 것>

1. 입양할 때 외모 볼 것 없다.

셋째를 입양하러 갔을 때 아이의 얼굴을 보고 조금 실망을 했어요. 머리카락은 없고, 코도 납작하고 거기다 심장에 구멍이 있다고 얘기를 들어서 생각이 많았죠. 그런데 아내가 얘기하더군요. 사랑스럽다고요. 출산을 해도 우리가 아이 외모를 선택할 수 있는 건 아니지 않냐고 질문도 하더군요. 외모를 보던 저의 모습을 회개하고 아이를 키우고 있는데 심장 구멍도 막혔고 어쩜 시간이 지날수록 이렇게 예뻐질까요? 남자친구들이 너무 많아서 걱정이 될 정도에요. 하나님께서 주신 아이라 생각하고 잘 키워보려고요.

2. 아이는 잘못이 없다.

한때 셋째가 문제의 중심에 있을 때가 있었어요. 싸움이 발생하면 셋째와 다른 아이가 싸우는 거였죠. 많이 힘들었어요. 입양 선배들에게 상담을 받고 싶어서 입양모임에 참여했어요. 거기서 들은 말이 "아이는 잘못이 없다"였어요. 저에겐 큰 깨달음이었죠. 그 후부터 제가 달라졌어요. '사랑해'를 입에 달고 살았죠. 스킨쉽도 계속 해주고요. 며칠간 그렇게 하다 보니 아이도 달라지고 저도 달라져서 요즘엔 항상 붙어 다니고 있어요. 가끔씩 저와 안 맞는 부분이 있기도 하지만 이젠 아이에게서 문제를 찾기 전에 저에게서 먼저 찾아봅니다.

3. 입양가족모임은 필수다.

셋째가 너무도 좋아했던 모임이에요. 셋째 덕분에 갈 수 있는 모임이라서 그런지 입양모임이 있을 때마다 셋째의 목에 힘이 들어가는 듯했어요. 그리고 입양모임은 다른 모임과 다른 끈끈함을 느낄 수 있었어요. 게다가 한기선 모임은 하나님이 연결해 주셨다는 믿음까지 더해져서 가족 같은 느낌까지 들었습니다. 많은 선배들의 주옥같은 가르침은 덤인 듯해요.

4. 결국엔 사랑이다.

친척들 모임에 갔을 때 셋째만 딸이었고 입양아였어요. 제가 아무리 잘해줘도 아이의 마음을 100% 이해할 수 없을 것 같아서 셋째와 똑같은 입양으로 친구를 만들어 주고 싶었어요. 힘든 입양 절차를 끝내고 넷째를 입양했는데, 기대와는 다르게 아이가 스트레스를 받았나 봐요. 가렸던 쉬를 다시 시작했고 수시로 울었어요. 아이를 위해 한 행동이 이런 결과로 돌아왔을 때 당황스러웠죠. 그때 공부를 참 많이 했어요. 동영상과 책 등을 많이 봤죠. 결국엔 사랑이라는 답을 얻었어요. 진짜 힘들 때 아이의 이름을 부르며 '사랑해'라고 얘기했어요. "안보배(셋째 이름) 사랑해, 안보배 사랑해, 안보배 사랑해!!!" 아이의 표정이 달라질 때까지 반복했어요. 지금도 가끔씩 그러는데 "안보배" 하고 부르면 보배가 "사랑해"라고 말하네요. 지금은 행복한 시간을 보내고 있어요.

<넷째를 통해 배운 것>

1. 육체적 힘듦, 정신적 깨달음!

넷째가 저희 집에 왔을 때가 생후 50일이었어요. 셋째가 80일에 왔을 때 오자마자 밤잠을 자서, 넷째도 그럴거라고 생각했는데 아니었어요. 새벽 수유를 해야했죠! 3시간마다 일어나서 분유 먹이고, 한 시간 동안 놀다가 자서 2시간 후에 또 일어나고 이런 단계를 반복했어요. 아이를 푹 재우기 위해 별의별 방법을 다 써본 듯해요. 그러면서 아이의 성향을 알았죠. 빛이 있어야 했고, 노래를 들려주면 잘 잤어요. 밝은 곳에서 CCM 연속 듣기를 틀어놓고 새벽 수유를 했어요. 그런데 독특한 것은 항상 같은 노래에서 아이가 깼어요. '송축해 내 영혼, 내 영혼아'라는 찬양이었는데, 지금도 그 찬양만 들으면 그때로 돌아가는 듯해요. 그때 깨달은 것은 하나님께서 나에게 원하는 것은 어떤 상황 가운데서도 하나님을 찬양하길 원하신다는 사실이었습니다.

2. 호기심 충족, 한번 해 봐!

넷째는 호기심이 강했어요. 뭐든지 자기가 하고자 했어요. 위험한 것도 있고 해서 말릴 때가 있었는데, 애 넷을 키우다보니 웬만한 것은 해보도록 하고 있어요. 설거지, 라면 끓이기, 매니큐어 바르기 등등. 이런 과정을 거치다보니 아이가 뭘 원하는지가 확실히 보여요.

요리사나 피부미용, 패션 쪽이 아닐까 하는 생각이 드네요. 무조건 막지 말고 옆에서 지켜봐주면 나머지는 아이가 다 찾아갈거에요.

3. 나갈 기회가 생기면 무조건 고고!

집안에 있으면 싸우는 아이들이 밖으로만 나가면 서로 챙겨줘요. 인간 극장을 찍으면서 아이들에게 가장 기억에 남는 것이 뭐냐고 물었던 적이 있었는데, 네 명 전부 강릉으로 청소년 캠프 갔던 것을 얘기하는 걸 보면서 많이 놀랐어요. 제주에서 강릉까지 가는 데에만 8시간 걸렸던 고된 시간이었는데 아이들한테 일 년 중 가장 기억에 남는 시간이 그때라니. 그래서 또 가보렵니다.

4. 동물 키우기!

한 입양가족을 만나고 나서 개 한 마리를 키우기 시작했어요. 저에겐 애완동물 키우기에 대한 부정적인 시각이 많았는데 3일간 키워보니 장점이 훨씬 더 많네요. 넷째가 강아지가 힘들까봐 계속해서 안고 다니고 아이들이 학교 갈 때 강아지에게 배웅해달라고 하고. 신기하지만 다양한 경험들을 하고 있습니다.

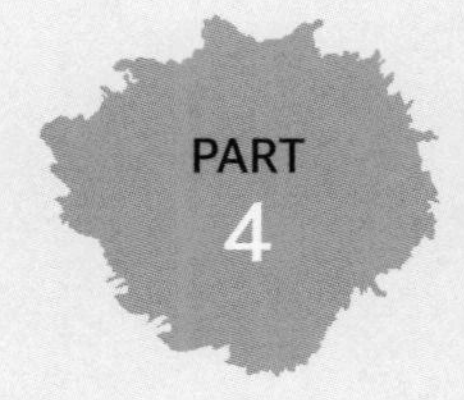

특별한 가족 이야기

10

큰아이 입양 이야기

(1) 하나님이 주시는 고생에는 공짜가 없습니다

최병준 (아빠)

반갑습니다. 저는 아들 넷(고2, 중3, 초6, 초4)과 딸 둘(초4, 초2) 4남 2녀의 아빠, 육남매 아빠, 육아하는 아빠, 일명 '육빠' 최병준이라고 합니다. 여섯 자녀를 두고 있는 우리 부부에게 처음부터 자녀 욕심이 그렇게 많았냐고 묻는 분들이 종종 있습니다. 저는 결혼하기 전에는 3명 정도의 자녀를 생각했었습니다. 그런데 첫 아이를 낳고 키워보면서 쉽지 않은 육아에 2명으로 목표를 수정했습니다. 그런데 계획 없이 둘째와 셋째가 생겼습니다. 계획과 달리 자녀가 생기는 게 무서웠던 저는 셋째를 낳고 얼른 수술을 했습니다. 셋째를 낳은 후 2년 가까이 되었을 때, 아내가 하나님이 입양에 계속 부담을 주시는 것 같다고 자신의 마음을 이야기했습니다. 무서운 아내죠? 저는 아내에게 기도하고 생각 좀 해보자고 했습니다. 사람은 망각의 동물이라 했던가요. 아이들이 커가면서 육아 스트레스가 조금 줄어들었는지, 딸이 없었던 저는 입양을 통해 딸을 얻을 수도 있겠다는 생각을 했습니다. 그래서 입양을 하되 딸을 입양하자고 아내에게 말했습니다.

입양 기관인 홀트아동복지회는 딸은 1년 정도 기다려야 한다고 했고 입양 과정도 생각보다 복잡했습니다. 홀트에서는 순서가 되면 아이를 3번 정도 보여준다고 했습니다. 하지만 우리 부부는 아이를 선택할 자신이 없어 하나님께 이렇게 기도했습니다.

"가장 처음 소개해 주는 아이를 우리에게 주는 아이로 받아들이겠습니다."

그런데 입양신청 후 참석한 입양부모 교육 중에 홀트 소장님이 우리 부부를 부르셨습니다.

"저···, 혹시 쌍둥이를 입양해 보시는건 어떠세요?
이란성 남녀 쌍둥이가 있어요."

하루 동안 정신이 멍했습니다. '아이가 세 명 있는 집에 쌍둥이라니…. 이 소장님은 무슨 생각으로 우리에게 추천을 하는 거지?' 하지만 기도한 것이 있었고 출산 자녀 3명 속에서 혼자만 입양아라면 아이가 조금 외로울 수도 있다는 말을 입양가족들로부터 들어서 우리는 그냥 쌍둥이를 하나님의 선물로 받아들이기로 했습니다. 1년을 기다릴 필요 없이 우리는 아들과 딸을 함께 얻게 되었습니다.

쌍둥이를 키우기 위해 우리는 1년 6개월 동안 부부 동반 휴직을 했습니다. 교직에 있어 휴직은 어렵지 않았습니다. 휴직 수당과 양육비만으로는 생활비가 부족해서 매월 마이너스였지만, 입양 전 살고 있던 집을 처분하고 저렴한 주택으로 전세를 살던 터라 재정적 압박도 버틸 수는 있었습니다. 아이들을 어린이집에 맡기지 않고 직접 돌보는 것이 어린아이들에게 정서적으로 더 좋겠다고 여겼던 터라 어린이집을 보내지 않고 6명의 아이들과 함께 생활했습니다. 아침에 집을 나서는 사람은 당시 초등학교 1학년이었던 첫째가 유일했습니다. 첫째가 등교를 할 때면 온 집안 식구들이 첫째에게 잘 다녀오라고 배웅하는 진기한 장면이 연출되었습니다. 학교는 무척 가까웠습니다. 집 앞 소방도로 건너편이 아들이 다니는 학교 담벼락이었습니다. 담벼락이 낮아 담벼락 위에 솟아 있는 쇠기둥을 잡으면 어린아이들도 운동장을 볼 수 있었습니다. 하루는 첫째가 운동장에서 가을 운동회 연습을 하고 있었는데, 누군가

"형이 운동장에 있어!"

라고 소리치자 모든 가족이 운동장 담벼락에서 첫째를 향해 손을 흔들어 댔습니다. 반가움과 부끄러움이 교차되던 첫째 아들의 표정을 아직도 잊을 수가 없습니다.

쌍둥이는 100일쯤 되었을 때 우리집에 왔습니다. 그 뒤 6개월 정도 위탁모의 신분으로 아이들을 키웠고 후에 법원에서 까다로운 심사 끝에 입양을 허락했습니다. 우여곡절 끝에 입양을 했지만 키우는 것도 만만치는 않았습니다. 이사한 주택은 겨울엔 너무 추웠고 웃풍이 심해 전기장판과 난방 텐트 생활을 해야 했습니다. 추운 겨울날 난방 텐트 속에서 분유를 먹이며 아이들을 겨우 재워놓으면 한 녀석이 울면서 깨어납니다. 그 소리에 남은 쌍둥이도 깨서 울기 시작했습니다. 특히 넷

째는 분유를 자주 토했는데 텐트 속에서 이불에 토를 하면 치우기가 여간 번거로운 것이 아니었습니다. 거의 하루에 한 번 꼴로 토를 치웠던 것 같습니다.

나중에 홀트 소장님에게 왜 다자녀 가정에 쌍둥이 입양을 추천하셨느냐고 물었더니 이렇게 말씀하셨습니다.

"위탁하셨던 분이 경험이 많으신 분인데
쌍둥이가 많이 울고 예민해서 아주 힘들었다고 하셔서
육아 경험이 있는 분이 적합하겠다고 생각을 했습니다.
그런데 생각해보니 저도 좀 심했죠?"

네! 좀 많이 심했죠? ☺ 하나님께서 우리 가족이 쌍둥이를 만나도록 소장님의 생각을 주관하셨다고 우리는 믿습니다.

육아의 길이 보이지 않을 때 아내는 입양 선배들과 연락을 하면서 도움을 받았습니다. 그 과정에서 우리는 앞서 입양의 길을 걷고 있는 여러 입양가족들과 깊은 교제를 나눌 수 있었습니다. 행복한 인생이 되려면 좋은 분들이 옆에 있으면 됩니다. 또한 상담을 공부하게 되어 첫째, 둘째의 사춘기를 좀 더 지혜롭게 넘길 수 있었습니다. 하나님이 주시는 고생은 공짜가 없습니다. 더 큰 열매가 항상 있습니다.

다섯째가 다섯 살 되던 2018년, 다섯째가 느닷없이 자기만 딸이라고 너무 외롭다면서 동생이 필요하다고 조르기 시작했습니다. 겁 없는 아내는 여동생 한 명은 괜찮겠다고 했습니다. 이런 아내를 만날 확률은 얼마 정도 될까요? 저는 다섯째에게

"수빈아, 요즘은 외동딸도 많아.

너는 오빠가 4명이나 있는데 또 동생을 만들어 달라는 것은 무리야."

라고 딱 잘라 거절했습니다. 그리고 얼마 후 두 아들과 서울 여행을 떠났습니다. 그런데 여행 도중 비가 와서 계획된 곳을 가지 못하고 전쟁기념관을 방문했습니다. 아이들은 전쟁기념관을 둘러보고 피곤했던 저는 전쟁영화를 상영하는 곳에서 영화를 보면서 쉬고 있었습니다. '핵소고지'라는 영화가 상영되고 있었는데, 영화의 클라이막스 부분에서 의무병인 주인공이 한 명의 전우라도 더 살리기 위해 하나님께 처절하게 기도를 했습니다.

"하나님 한 명만 더요, 하나님 한 명만 더요."

몇 번을 반복해서 외쳤는지 모르겠습니다. 저는 이상하게 그 소리가 저한테 '한 명 더 입양하는 게 어때?' '한 명만 더 입양하는 게 어때?' 라는 하나님의 소리로 들렸습니다. 순간 고개를 저으며 귀를 막았지만, 우여곡절 끝에 당시 세 살이었던 막내를 입양하기로 했습니다. 막내는 다섯째와 2살 정도 차이가 있으면 좋겠다고 생각해서 3살 여아를 입양하기로 했고 부산 아동보호센터에 연락을 해서 보육원을 소개받았습니다. 이 보육원은 1945년에 만들어진 이래 지금까지 한 번도 입양을 진행하지 않았던 곳이었습니다. 원장님이 입양 보내는 것을 결정하시고 가장 먼저 우리 가정에 입양을 보내게 된 것입니다. 아내는 큰아이 입양에 대한 정보를 찾다가 입양가족상담교육협회 김외선 협회장님을 알게 되었고 큰아이 입양에 대해 협회장님께 조언을 듣고 입양을 준비했습니다. 입양을 진행하기 전 입양가족상담교육협회에서 주최하는 세미나도 서울까지 가서 참석했습니다. 막내를 입양하는 과정에서 협회장님의 조언들이 많은 도움이 되었습니다. 보육원에서도 처음 입양 절차를 진행해서인지 미숙한 면들이 없지 않았습니다만 우리는 가급적 아이의 입장에서 나은 방법을 찾으려고 노력했습니다. 막내가 쓰던 물건을 존중해 주었습니다. 새로운 물건보다는 막내에게 친숙한 보육원의 이불, 옷 등을 가져와 그대로 사용하도록 했습니다. 성급하게 다가가지 않고 막내가 원하는 만큼만 막내에게 다가갔습니다.

아이들이 많은 우리집은 막내가 적응하는 데 좀 더 쉬웠던 것 같습니다. 어른은 뭔가 더 무섭고 낯설지만 아이들끼리는 거리낌 없이 빨리 친해지는 모습을 볼 수 있었습니다. 언니 오빠가 부모님과 관계하는 것을 보면서 막내는 부모님과의 관계법을 좀 더 쉽게 익혔습니다. 막내는 초기에 아빠를 대하기 무척 힘들어했습니다. 보육원에는 남자 어른이 거의 없어 덩치 큰 남자가 부담스러웠던 것이죠. 그래서 저는 퇴근을 하면 막내와 멀찍이 떨어져 있어야 했습니다. 막내는 언니가 아빠를 활용해서 노는 모습을 옆에서 한동안 지켜보면서 아빠 활용법을 익히기 시작했습니다. (지금 막내는 아빠 껌딱지가 되어 있습니다.) 당시 활동적인 막내는 일찍 일어났고 일어나자마자 엄마를 데리고 공원에 가자고 했습니다. 그래서 아내는 아침 일찍 막내를 데리고 어린이대공원을 한 바퀴 돌고 와야 했습니다. 보육원에서 많은 것을 스스로 해야 했던 세 살 막내는 넓은 부산어린이대공원을 돌면서도 다리 아프다는 소리 한번 하지 않고 공원을 돌았습니다. 다섯 살이 된 지금은 대공원 산책길의 3분의 1도 가기 전에 아빠를 활용하려고 엄살을 부립니다. 막내는 엄청 활동적인 아이입니다. 다섯 살에 두발자전거를 타겠다고 졸라서 두발자전거를 익혔고 아빠가 차만 타려고 하면 후다닥 따라나섭니다. 차로 10분 거리의 어린이집을 툭하면 킥보드를 타고 가자고 졸라댔습니다. 이런 막내에게 보육원 생활은 얼마나 답답했을까요?

막내가 보육원에서 가장 따르던 선생님이 계셨습니다. 막내가 우리집에 오고 얼마 후에 그 선생님이 막내가 보고 싶다고 몇 번 찾아오셨습니다. 그런데 막내는 그 선생님을 만나고는 얼음같이 굳은 표정으로 말도 제대로 하지 못했습니다. 선생님을 좋아했지만 선생님이 자기를 데려갈까봐 걱정이 되었다고 하더군요. 그래서 당분간 그 선생님과 직접 대면은 하지 않기로 이야기를 했습니다. 시간이 한참 흘러 막내는 우리 가족과 이별하지 않는다는 확신을 가진 뒤에야

"아빠, 보육원에 가보고 싶어!"

라고 말을 꺼냈습니다. 그래서 함께 보육원을 찾아가서 선생님을 만난 적이 있습니다. 막내는 처음에는 자신의 집인 보육원을 떠나는 것을 두려워했고, 우리집에 익숙해진 뒤엔 보육원에 돌아가면 어떡하나 걱정을 했습니다. 막내가 우리 가정에 소속감을 더 느끼도록 저는 틈만 나면 막내에게

"예빈이 누구꺼?"

라고 물었고 막내는

"아빠꺼!"

라고 신나게 답을 했습니다. 그리고는 막내에게

"예빈아, 예빈이는 판사님이 아빠한테 키우라고 땅땅땅 하셔서
아무도 예빈이는 뺏어 갈 수 없어.
예빈이를 뺏어 가면 판사님이 경찰을 보내서 혼내주고
예빈이를 우리집으로 다시 데려오거든?
그래서 아무도 예빈이를 데려갈 수가 없어."

라고 말을 해주었습니다.

막내는 7살까지 처음 보는 40-60대 정도의 아주머니들을 보면 갑자기 긴장하고 몸이 굳어버릴 때가 있었습니다. 보육원 이모들처럼 느껴지는 분들을 만나면 자기도 모르게 긴장이 되는 것 같았습니다. 그러면 제가 좀 더 안정감을 느끼도록 해주었습니다. 막내가 초등학교 1학년이 되었을 때 그런 현상이 싹 사라졌습니다.

저는 요즘 딸들의 애교에 하루하루가 즐겁습니다. 아내도 잘 해주지 않는 뽀뽀를 딸들을 통해 매일 받고 살고 있습니다. 마태복음에서 예수님은 어린아이와 같지 않으면 결코 천국에 갈 수 없다고 말씀하셨습니다. 이 말씀에 비추어 본다면 어린아이는 우리를 천국으로 인도하는 안내자와 같다고 볼 수 있지 않을까요? 우리는 아이들을 보면서 많은 것을 배우게 됩니다. 쉽게 다른 사람을 받아들이는 열린 마음, 솔직한 마음, 겸손한 마음을 배웁니다.

사람들은 우리 부부에게

"어떻게 그렇게 많은 아이들을 키울 생각을 하셨어요?"

라고 말하는데, 사실 그냥 생겨서 낳았고 감동을 주셔서 입양을 한

것뿐입니다.

"어떻게?"

라고 물으시면

"깊이 생각하지 않아서요."

라고 대답할 수 있을 것 같습니다.

요즘 사람들은 너무 깊이 고민해서 문제가 생기는 것 같습니다. '어떻게 키울까? 아이들 때문에 내 삶이 어떻게 될까?' 등 우리 삶에서 주님만이 해주실 수 있는 영역이 있을 때 우리의 믿음은 성장합니다. 주님께서는 우리가 그의 나라와 의를 구하면 먹이신다고 약속하셨습니다. 우리 부부는 아이들로 인해 12년 정도 외벌이를 했지만, 하나님께서 때를 따라 늘 먹을 것을 주시고 여유를 가지고 육아를 할 수 있도록 도와주셨습니다. 세상 사람들이 가지는 두려움 때문에 자녀를 가지는 것을 머뭇거리시는 분들께 하나님께서 용기를 주시기를 기도하면서 응원합니다.

또한 혹시나 자녀를 가지고 싶은데 자녀를 주시지 않고 계시다면 입양을 두고 기도해 보시길 권면합니다. 예수님은 생모를 모시고 있었지만, 입양 아버지 요셉의 아들이었습니다. 성경은 예수님의 아버지를 요셉이라고 분명히 말하고 있습니다. 피가 섞이지 않았는데 말이죠. 하나님이 요셉에게 마리아와 결혼하라고 말씀하신 명령에는 예수를 입양하라는 명령이 포함되어 있습니다. 성경은 요셉이 마리아와의 결혼을 두려워했다고 말하고 있습니다.

요셉은 두려움을 극복하면서 입양을 했습니다. 요셉이 예수님을 입양하지 않았다면 어떤 인생을 살았을까요? 입양한 자녀도 하나님이 나에게 맡겨주신 나의 자녀입니다. 그리고 내가 낳은 자녀도 내 자녀가 아닙니다. 성인이 되면 주님께 돌려드릴 주님의 자녀입니다. 주님께서 어떠한 방법으로 자녀를 맡겨주시더라고 잘 키워서 그분께 돌려드리는 것이 행복한 부모가 되는 비결임을 깨달았습니다.

하나님이 주시는 고생은 공짜가 없습니다.
더 큰 열매가 항상 있습니다.

세상 사람들이 가지는 두려움 때문에
자녀를 가지는 것을 머뭇거리시는 분들께
하나님께서 용기를 주시기를 기도하면서 응원합니다.

(2) 오늘부터 엄마

이창미 (엄마)

2010년 2월 23일.

처음 가연, 가은이를 만났던 그날의 일은 지금도 어제 일처럼 생생히 기억이 난다. 설레는 마음과 많은 생각을 가지고 남편과 함께 쌍둥이를 만나러 조심조심 입양기관으로 찾아갔다. 입양기관 사무실로 들어가는 문 옆에는 유리로 되어 있어 안이 훤히 들여다보이는 놀이방이 있었다. 그곳에는 3살 정도로 되어 보이는 아기 둘이 선생님과 놀고 있었다.

우리가 만날 아이들은 5살 쌍둥이라며 사진을 보내주셨지만, 그 사진의 아이들과는 키도, 얼굴도 다른 것 같았다. 그러나 왠지 모르게 나의 딸들임을 느낄 수 있었다. (기관의 실수로 우리는 다른 아이의 사진을 소개받았다. 사진상의 아이들은 6, 7살은 족히 되어 보였다.) 복지사님과 상담을 하고 몇 가지 서류를 처리한 후에 우리는 아이들을 만나러 갔다. 가연, 가은이는 한국 나이로는 5살이었고, 개월 수로는 40개월이었다. 다섯 살이라고 하기에는 키도 작고, 말도 어눌해 도통 알아들을 수 없었으나 둘이서는 대화가 잘 되는 듯했다.

복지사님이

"엄마 손 잡고 가자!"

했더니 큰딸 가연이는

"엄마, 아니야!"

하며 고개를 흔들었고, 그 후 둘째 가은이도

"엄마, 아니야!"

라고 웃으며 대답했다. 그때 마음은 섭섭함보다는 당연하다 생각했고, 그렇게 말하는 아가들이 그저 예쁘고 귀여웠다. 둘은 서로 고개를 저으며

"엄마 아니야!"

했지만 나와 남편의 손을 잡고 아무런 거부감 없이 순순히, 해맑게 우리를 따라왔다.

나는 아이들을 만나러 오기 전 여러 가지 걱정을 했었다. 우리를 잘 따라올까? 따라온다고 해도 중간에 집에 가겠다고 울지는 않을까? 또, 우리 집에 왔다가도 둘이서 버스타고 집에 가겠다고 하면 어쩌지? (보내주신 사진상으로는 아이들이 꽤 큰 것 같아 충분히 버스도 타고 갈 수 있을 듯했다.) 이런 오만 가지 걱정들은 정말 나의 기우였다.

아이들과 차 안에서 곰 세 마리 노래를 함께 부르며 아빠 곰이 나올 땐 남편을 가리키며

"아빠"

라 알려주고, 엄마 곰이 나올 땐 나를 가리키며

"엄마"

라 알려주었더니 바로 우리를

"아빠, 엄마"

라고 불러주었다. 지금 생각해도 그저 너무 신기할 따름이다. 가연, 가은이는 기관에 있었던 것도 아니고, 전날까지도 생부 가족과 살다가 우리를 만난 것이기 때문이다.

사람이 마음으로 자기의 길을 계획할지라도 그의 걸음을 인도하시는 이는 여호와시니라

(잠 16:9)

아이들을 만나기 2년 전 갓난아이 입양을 위해 이곳을 방문한 적이 있었다. 그 당시 복지사님은 아이를 양육하는 엄마의 건강이 무엇보다 중요하다며 우리의 입양을 거절하셨다. 나는 22살 대학을 다닐 당시 '전신성경화증'이라는 희귀병 진단을 받고 걷지도 못했던 시간들이 있었다. 그러나 많은 분들의 기도와 주님의 은혜로 회복되고 두 번째 삶을 주님께 드리고 싶어 CCC(한국대학생선교회) 선교단체 찬양팀 간사로 지원을 했다. 그리고 그곳에서 남편을 만나게 되었다. 점차 일상생

활이 가능할 만큼 회복은 되었지만, 계속 약을 복용하고 있었기에 아기를 갖는 것은 무리가 있었다. 그러던 중, 간사 가족 수련회에서 갓난아이를 입양한 가정을 만나게 되었다. 그때 뭔가 모를 희망에 마음이 설레기조차 했다.

남편은 바로 입양기관의 문을 두드렸고, 나도 이젠 아이를 양육할 수 있을 만큼 스스로 건강해졌다고 느꼈기에 입양이 곧 진행될 수 있을 것이란 기대가 생겼다. 곧 입양기관에서 방문하라는 연락이 왔고, 나는 바로 아가를 만날 것처럼 꽃단장을 하며 입양기관을 찾아갔다. 그러나 그분들의 생각은 나의 생각과 달랐다. 갓난아이를 양육하는 일은 건강한 사람도 힘든 일인데, 완치가 된 것도 아니고, 혹시 또 언제 아플지 모른다며 상황을 아는 이상 입양 진행이 어렵겠다고 말씀하셨다. 그러면서

"큰아이 입양은 어떠세요? 큰아이들이 사랑이 더 필요해요."

라고 말씀하셨다. 당시 우리는 갓난아이 입양만 생각하고 왔던 터라, 큰아이 입양은 왠지 모르게 힘들 것 같고 자신이 없었다. 그렇게 그곳을 나온 후 나는 몇 날 며칠을 울며 우울하게 지냈다.

그 후로 2년 후, 남편이 몇 달간 안식의 시간을 보내게 되어 남편과 큰아이를 두고 기도하며 입양을 준비하기로 했다. 2010년 1월 신년 새벽부흥회를 하며 기도하던 중 갑자기 그 입양기관에서 연락이 온 것이다. 2년 동안 전혀 연락이 없었고, 한번 거절당했던 곳이기에 우리는 다른 입양기관을 알아보려던 터였다. 뜻밖에도 5살 쌍둥이 아이들이

있는데 입양에 대한 마음이 있는지 물어보셨다. 당시 기도하고 있었기에 우리의 대답은 당연히 "예스!"였다.

그렇게 해서 사랑스런 가연, 가은이를 만나게 되었다. 처음 만난 그날, 다른 지역인 집으로 오는 길이 멀어서 힘들까 싶어 중간에 놀이기구를 탈 수 있는 곳을 잠시 들렀다. 둘은 너무 신나게 잘 놀고, 음식도 잘 먹었다. 주 메뉴가 단무지인양 둘은 쟁탈전을 벌이며 단무지를 몇 그릇 해치우고, 음료수도 단숨에 다 마셔버렸던 것이 기억이 난다.

갓난아이도 힘들었겠지만, 큰아이를 입양하며 힘든 시간들도 있었다. 아이들도 갑자기 바뀐 환경에 적응이 필요했다. 가연, 가은이는 낮에는 잘 놀고 잘 지냈지만 밤에 잠을 잘 때는 자다가 갑자기 일어나 악을 쓰고 울며 떼를 썼다. 자신을 때리며 자해하는 모습까지 보였다. 또 둘이 번갈아가며 이불에 실수를 했다. 어린이집을 갈 때에는 즐겁게 노래하며 어린이집으로 향했지만, 둘만 두고 떠나가는 엄마를 바라보며 계속 울어댔다. 그런데 신기하게도 한 달이 지나니 이 모든 모습이 감쪽같이 사라졌다.

나의 하나님이 그리스도 예수 안에서 영광 가운데 그 풍성한 대로 너희 모든 쓸 것을 채우시리라

(빌 4:19)

아이들이 온 해 7월쯤 아이들 보험을 가입하려고 보니 둘째 가은이는 보험 가입이 안 된다는 연락을 받았다. 이건 또 무슨 일인가 싶어 알아보니 가은이가 태어날 당시 컨디션이 많이 안 좋았단다. 1.3kg에 수두증, 기흉, 대뇌혈관 출혈이 있어서 계속적으로 치료를 해 줬어야 했는데, 치료를 하지 않았다고 한다. 갑작스런 소식에 어찌할 바를 몰랐다. 원래 남편이 필리핀으로 신학 연수를 갈 계획이라서 남편 먼저 필리핀으로 떠났고, 자리를 잡으면 가족 모두 필리핀으로 갈 계획이었다. 또 남편이 없는 동안 혼자서 어린아이들을 돌보려니 나마저 병이 나 입원을 하게 되었다. 그래서 남편은 갑작스레 9월에 한국에 들어오고, 가은이는 정밀검사를 받고 장애 6급 판정을 받게 되었다. 그 후 가은이는 매일 아침 물리치료, 작업치료, 아동발달센터 등을 다녔고, 정기적으로 보조신발도 맞춰 신어야 했다. 사시가 있어 지금까지 총 3번 수술도 받았다. 신경 쓸 것도 많고 필요한 재정도 만만치 않았다. 그러나 여러 방법으로 하나님의 채워주심을 경험할 수 있었다.

> 아무것도 염려하지 말고 다만 모든 일에 기도와 간구로,
> 너희 구할 것을 감사함으로 하나님께 아뢰라
> 그리하면 모든 지각에 뛰어난 하나님의 평강이
> 그리스도 예수 안에서 너희 마음과 생각을 지키시리라
>
> (빌 4:6,7)

애들 사춘기 시절을 위해 어렸을 때부터 기도를 해 왔다. 반항하고, 부모와 서로 등 돌리는 시기가 아닌 부모와 더 친해지는 시기가 되게 해 달라고 기도를 했다. 물론 때론 서로의 마음을 이해하지 못할 때도

있었지만, 함께 시간을 보내며 잘 지내온 것 같다.

가은이는 친구들과의 관계로 학교생활이 힘들기도 했다. 그러나 중학교 때 코로나 시기를 지나며 오히려 중학교를 무사히 마칠 수 있는 기회가 된 것 같다. 지금은 대안학교를 다니며 가은이도 즐겁게 학교생활을 하고 있다. 학업에 어려움이 좀 있긴 하지만 그래도 열심히 하는 모습에 선생님들도 칭찬을 아끼지 않으신다. 지금 다니는 학교에서는 목공 수업이 있는데, 가은이는 3년 내내 목공 수업을 신청해서 예수님을 닮아 목수 일을 열심히 하며 지내고 있다.

한편, 가연이는 운동을 좋아하고 호기심도 많아서 이것저것 관심이 많다. 베이스기타도 배워서 학교에서 찬양팀으로 섬기고 있다. 혹 엄마가 아플 땐 자진해 요리하고 밥을 차려준다. 든든한 두 딸이 있어서 얼마나 행복한지 모른다.

얼마 전 진짜 오랜만에 만난 집사님이 갑자기 물으셨다.

"사모님, 지금도 행복하세요?"

나는 갑자기 무슨 말인가 싶었는데, 우리 아이들이 왔을 때 내가 너무 행복해 보였단다. 그리고 아이들을 천천히, 인내하며 잘 키우는 것을 보며 대단하다고 생각했다며 격려해 주셨다. 나도 가끔 그때가 그립기도 하고 돌아가고 싶을 때도 있지만 지금도 가연, 가은이로 인해 여전히 행복하다.

아이들을 양육하며 주변에서 많이 도와주시고 사랑도 많이 받았다. 아이들 생일 때마다 케이크를 사주셨던 집사님, 또 어떤 집사님은 엄마도 좀 쉬어야 한다며 주일예배가 끝나면 우리 애들을 바로 데리고 가셔서 하루 종일 돌봐 주셨다. 출판사에 계신다던 얼굴도 모르는 어떤 집사님은 애들 보라고 새 책을 몇 박스 보내주시고, 어떤 분은 피아노로, 어떤 분은 가베를 다 무료로 가르쳐 주셨다. 내가 몸이 아플 땐 언니와 조카가 아이들을 돌봐주었다. 또 애들 덕분에 감히 내가 꿈도 꿀 수 없었던 『오늘부터 엄마』라는 책도 출판할 수 있었다. 어떻게 이런 큰 복을 누릴 수 있었는지. 모든 것이 하나님의 은혜임을 고백하며 이 글을 마친다.

"사모님, 지금도 행복하세요?"
나는 갑자기 무슨 말인가 싶었는데,
우리 아이들이 왔을 때 내가 너무 행복해 보였단다.

(3) 그렇게 하지 아니하실지라도

최희창 (아빠)

저희 가족은 저와 아내와 세 딸이 있습니다. 큰딸은 출산으로, 둘째와 셋째는 입양으로 가족이 되었습니다.

처음 입양을 하고 나서 한 명의 아이를 더 입양해야겠다고 마음을 먹었습니다. 입양교육을 받고 서류를 준비했지만, 과연 우리 부부의 생각이 맞는지 고민이 되어 서류를 제출하지 못하고, 몇 년을 보냈습니다.

그러던 어느 날 한 명의 아이를 더 품어야겠다는 굳은 마음이 생겨 9살, 5살 아이들을 불러 한 자리에서 가족회의를 했습니다. 어린아이들의 의견이 그렇게 중요하겠느냐는 이들도 있겠지만 저희 부부는 우리가 아이를 원해서만이 아니라 두 딸의 생각도 매우 중요하다고 여겼습니다. 큰딸은 자기와 같이 놀 수 있고 정서적 감정을 공유할 수 있는 큰아이를 입양했으면 좋겠다고 하고, 둘째 딸도 동생보다는 자기를 보살펴 줄 수 있는 언니가 오기를 원했습니다. 그래서 저희는 첫째와 둘째의 중간 나이의 아이를 입양하기로 결정하고 기관을 통해 입양 절차를 밟게 되었습니다.

입양교육과 각종 서류를 몇 개월에 걸쳐 제출하고, 입양기관에서 연락이 오기만을 기다렸습니다. 한 명을 입양한 경험으로 무난히 입양이 이루어질 것이라는 기대감과, 아이가 온다면 잘 키우겠다는 마음으로 하나님의 인도하심을 구했습니다. 그렇지만 몇 개월이 지났음에도 기관에서는 큰아이가 없어(그 당시 8살 아이) 계속 알아보고 있다는 이야기만 전해주셨습니다. 학령기 아이가 많이 없구나 생각하며 그래도 기다리다보면 아이 선보기가 되지 않을까 기대하고 있었습니다.

6개월이 지난 어느 날 기관으로부터 입양이 어렵다는 소식을 들었습니다. 준비하고 기다렸던 시간이 헛되게 되자 괴로움이 밀려왔습니다. 입양을 처음 할 때도 뜻하지 않게 아픔을 한번 겪었던 터라 왜 우리 가정에만 이런 일이 있을까 하는 생각이 들었습니다.

입양의 거절 이유는 현재 우리 가정의 환경에서 중간으로 큰아이를 입양하는 것은 사례가 좋지 않다는 것이었습니다. 또한 보건복지부에서도 공문으로 '첫째와 둘째 사이에 큰아이를 입양하는 것은 지양하라'는 문서가 하달되었다고도 했습니다. 이런저런 이유로 아이를 만나보지도 못하고 거절을 당하여 당황스럽기도 하고, 우리 가정이 아이 양육을 잘 못하고 있나 하는 어두운 생각도 들었습니다. 이렇게 그냥 입양을 포기해야 하나 싶기도 하고 정말 만감이 교차했습니다. 결연위원회에 서류도 넣지 못하고 거절을 당하니 어떻게 해야 할지 막막하기만 했습니다. 이런저런 생각들로 머리가 복잡했지만 그래도 입양을 포기할 수는 없다고 결론을 내렸습니다. 되든 안 되든 여기서 멈추면 더 이상 입양을 하기는 힘들 것 같아, 계속 밀고 나가기로 마음을 먹었습니다.

입양기관의 소장님에게 전화를 하여, 왜 안 되는지, 정말 입양이 불가능한지 물어보았지만, 예상대로 더는 진행을 할 수 없다는 답변만이 돌아왔습니다. 왜 시작도 해보지 않고 끝내야 하느냐, 비슷한 사례로 입양한 모든 입양가정이 힘들지는 않을 텐데 왜 부정적인 면만 보고 좋은 사례는 보지 않느냐고 따져도 보았습니다. 또 입양위원회의 전문가들이 판단을 한 것도 아닌데 보건복지부의 공문만 보고 입양위원회를 거치지 않은 채 안 된다고 하는 것은 불합리하다는 논리로 마음을 간절히 전하기도 했습니다. 저의 무례하고 일방적인 주장에 소장님은 불편하셨을 겁니다. 그러나 너그러운 마음으로 결연위원회에 이야기를 해 보겠다고 하셨지요. 만일 결연위원회에서도 거절이 되면 더 이상 힘쓸 방법이 없다고 하셔서, 그때는 저도 포기를 하겠다고 하고 겨우 진행이 될 수 있었습니다.

다행히 결연위원회에서는 저희 가정의 입양을 허락해 주셨고, 다시 힘을 얻어 아이가 매칭이 되기를 기다리게 되었습니다. 시간이 지나 저희 가정에 맞는 7-9세 여자아이가 있다는 이야기를 듣고 참 감사했습니다. 입양기관의 소장님이 연결이 될 수 있는 아이의 태생 정보는 알아야 한다며 이야기를 들려주셨습니다.

베이비박스 아이이고, 산모가 임신 중 매독균에 감염되어 태어난 아이지만 완치가 되어 아이 몸은 건강하다고 알려주었습니다. 소장님에게 이야기를 들으며 이 아이를 품어야겠다는 강한 마음이 일어나 기도를 했고, 여러 목사님들과 지인분들께 중보기도를 부탁했습니다. 결연위원회에서 아이가 저희 가정과 연결이 되었다고 통보가 될 때까지 조마조마했지만, 다행히도 저희 집에 오게 되었습니다.

연결은 되었지만, 한 번은 아이를 본 후 결정을 해야 한다는 입양기관의 요구로 대구에서 서울 보육원을 향했습니다. 저희 부부는 이미 마음을 먹은지라 절차상 필요한 부분 하나를 채워 넣은 셈이지요. 그 후 매주 토요일에 둘째를 보러 온 가족이 대구에서 서울로 가서 길면 6시간, 짧을 때는 2시간 정도를 보고 다시 집으로 오는 여정을 약 5개월간 했습니다. 그때 보육원에 있던 둘째의 나이가 7세였습니다. 해가 바뀌고 3월이면 학교를 가야 하는데 그 전에는 법원 절차가 끝나지 않을 것 같아 기관에 입양전제 위탁을 신청하게 되었습니다.

입양기관의 방침 상 맞벌이 가정에는 입양전제위탁이 안 된다는 통보를 받았습니다. 아이가 지금 있는 서울에서 학교에 입학을 하게 되면 법원 절차 후 전학을 해야 하고, 거기에 따른 상처를 받지 않을까 하는 마음이 들었습니다. 또한 매주 서울에 가서 아이를 보는 것보다 하루라도 빨리 저희 집에 와서 적응을 하는 것이 좋지 않을까 하는 생각도 들었습니다. 매주 차를 타고 대구에서 서울을 아이들과 함께 당일치기로 왔다갔다 하는 것이 체력적으로 물질적으로 한계도 있었습니다. 입양기관의 방침도 이해는 되고, 첫아이를 입양할 때에도 맞벌이 부부의 가정은 입양전제위탁이 안 되는 것을 알고는 있었지만 어떻게든 입학 전에 아이를 데려오고 싶었습니다. 다행히도 소장님은 기관회의를 통해 확인해 보겠다는 긍정적인 답변을 해주셨고, 저희 가정에게 이례적으로 위탁을 허락하여 주었습니다. 힘써주신 소장님에게 다시 한번 감사를 드립니다.

큰아이 입양은 결코 쉽지 않다고 합니다. 보육원 생활에서 몸에 베인 습관을 가지고 온 둘째가 낯선 가정에 와서 적응하느라 고생을 하고 있습니다. 저는 둘째를 통해 조건 없는 사랑이 무엇인지 배워가고 있습니다. 제가 너무 부족한 아빠라는 사실을 알기에 그저 공감해주고 지지하며 인내하는 것이 중요하다는 사실을 느낍니다. 저희 가족은 조금씩 조금씩 주님의 마음에 접속되어 가는 가족으로 빚어져 가고 있음을 고백합니다.

제가 좋아하는 성경말씀이 하나 있습니다.

그렇게 하지 아니하실지라도

(단 3:18 상반절)

자녀가 기대하는 것만큼 곧장 따라오지 않을지라도 끝까지 믿고 기다려야 함을 가슴에 새깁니다. 주님께서 맡겨주신 둘째를 조건 없는 사랑으로 끝까지 품겠다고 다짐해 봅니다.

제가 너무 부족한 아빠라는 사실을 알기에
그저 공감해주고 지지하며 인내하는 것이
중요하다는 사실을 느낍니다.
저희 가족은 조금씩 조금씩 주님의 마음에
접속되어 가는 가족으로 빚어져 가고 있음을 고백합니다.

Q. 6-10세 사이의 큰아이 입양을 생각하고 있습니다.

지난 주일 저녁에 배우자와 입양에 대해서 진지하게 많은 얘기를 나누었습니다. 지금의 형편과 상황을 고려할 때 신생아 보다는 나이가 좀 든 큰아이가 낫겠다고 의견이 모아졌습니다. 그런데 인터넷 검색을 해보니 큰아이는 많이 힘들다는 게시글을 몇 개 보았어요. 경험이 없으니 감이 오질 않고 그저 고민만 됩니다. 큰아이 입양이 힘든 이유가 무엇인지 궁금합니다!

A. 부모와 큰아이는 서로 살아온 환경이 다릅니다. 일반적으로 신생아는 초기 발달부터 가족과 몸으로 부딪히며 기쁨과 힘듦을 함께 안고 지내는 가운데 애착 관계가 형성됩니다. 반면에 큰아이는 과거의 경험과 생활 습관을 지닌 채 가정에 왔기에 새로운 환경에 적응하는 데 많은 이해와 배려가 필요합니다. 입양된 자녀의 아픔과 상처가 보듬어지고, 여러 가지 갈등 상황을 극복하는 가운데 싹트는 사랑을 위해 인내의 시간을 통과해야 하기에 힘들 수 있습니다. 큰아이의 감정 표현과 심리 상태, 행동의 특성 등을 알고, 이해하기 위해 배움과 교육으로 준비합니다. 앞서 큰아이를 입양한 입양가족들과의 교제와 소통이 큰 도움이 될 겁니다. 큰아이를 입양하는 것은 도전적일 수 있지만, 아이에게 안정적이고 사랑이 넘치는 가정을 선물할 수 있는 기회이기도 합니다.

한기선 도란도란 10

한기선 가족들의 행사가 있을 때면 함께 부르는 노래가 있습니다. 바로 <우리는 주님의 가족>입니다.
한기선은 함께 안아주고 함께 기도해주는 따뜻한 기독입양공동체입니다. 한기선에서 경험하는 환대를 통해 기독입양가족들은 고립된 존재가 아니라 서로 연결된 존재임을 느낍니다. 낯선 이들이 함께 어울림으로 친구가 되어 존중하고 아껴주며, 내 이야기에 귀를 기울여주는 그런 열린 공간입니다. 한기선에서 흐르는 위로는 입양가족으로서 겪는 고난을 견딜 힘을 줍니다. 한기선에서 오고 가는 감사와 기쁨은 입양가족의 삶을 더욱 풍성하게 합니다.

우리는 주님의 가족

작사 : 윤정희 / 작곡 : 최경아

우리 모두가 주님께 입양된 주님의 자녀 주님의 가족

서로 서로가 가족이 되는 주님 안에서 우린 한가족

우리 서로 주 안에서 한 형제자매 되었죠

주님을 아버지라 부르는 우리는 주의 가족

너와 내가 형제요 너와 내가 자매요

너와 내가 부모됨이 이곳에 모인 이유

우리 모두가 주께 입양된 주님의 자녀 주님의 가족

주님이 주신 이 모든 마음 변하지 않게 하소서

주님이 주님이 주님이 일하소서

11

선교사 입양 이야기

(1) 그들을 위해 살겠습니다

김마리아 (엄마)

어떻게 잊을까, 그날을...
사랑하는 나의 아가, 풀꽃처럼 여린 너를 품에 안으니
가만히 들려오던 포글포글 그 아픈 심장 소리와
투명하리만큼 하얀 두 볼에 퍼져 있던 빠알간 핏줄,
꽃마리의 민낯처럼 푸르스름하던
너의 그 작은 입술을...

-『너의 심장 소리』(김마리아, 세움북스, 2022)
'글을 시작하며' 중에서

우리 가족은 2014년, 그레이스가 이 땅에 태어나기 바로 전까지 중국에서 살았다. 그해 1월에 귀국했으니 어느덧 제주에 안착한 지 올해로 십 년이 되었고, 우리 그레이스도 그사이 만 열 살이 되었다. 지금도 우리

가족은 제주와 중국을 오가며 선천적인 장애를 가지고 태어난 아이들과 저소득층 아이들에게 교육 선교를 하고 있다.

중국에서 선교 10년을 맞이할 즈음, 남편과 나는 신학 공부를 목적으로 미국 유학을 준비했다. 목회자를 세우고 제자들을 양육하는 가운데 우리 부부에게도 더욱 체계적인 선교적 훈련과 전문적 신학 교육이 필요하다는 것을 느꼈다. 그렇게 틈틈이 미국을 오가면서 긴 준비 끝에 드디어 부부가 원하는 신학교의 입학을 앞두고 있었다. 중국에서 함께 외국인 예배를 섬겼던 목사님 가정이 먼저 떠나 정착해 계셨기에, 자녀들의 학교를 선정하는 것과 집을 구하는 일 등 여러 방면에서 큰 도움을 받을 수 있었다. 그때까지만 해도 모든 것이 순조로웠고, 마지막으로 항공권 예약만이 남아 있었다. 그런데 예상치 못한 일이 발생했다. 비자에 필요한 서류 및 기타 입국 서류가 완벽하게 구비됐음에도 불구하고, 영사관에서 우리 가족의 입국을 불허한 것이다. 유학을 준비해 온 시간과 정성에 비하여 창구에서 간단하게 비자가 심사되어 우리 앞에 통보되기까지의 시간은 너무도 짧았고 그것은 적잖은 충격이었다. 결국 여러 가지 정황상 중국으로부터 귀국을 해야 했다. 그리고 한국 문화는 물론, 언어마저 서툴렀던 자녀들을 위해 우리는 그때만 해도 가장 시골이라 생각했던 이 땅 제주를 선택했다.

그런데 미국의 입국 불허보다 놀라운 것은 2014년 5월, 그해 봄에 우리 그레이스가 이 땅에 태어났다는 사실이다.

만약 그날 영사관에서 가족의 입국을 허가했다면 우리는 그레이스를 품에 안을 수 없었을 것이다. 물론 당시에는 하나님의 뜻을 알 수 없으니 무척 상심이 컸다. 그러나 가족 모두는 언제라도 가장 좋은 것을 주시는 하나님이심을 알기에 다시금 일어서 제주와 중국을 오가며 사업과 선교를 이어나갔다. 그때 깨닫게 된 말씀이다.

> **형통한 날에는 기뻐하고 곤고한 날에는 되돌아보아라 이 두 가지를 하나님이 병행하게 하사 사람이 그의 장래 일을 능히 헤아려 알지 못하게 하셨느니라**
>
> **(전 7:14)**

그후 서서히 제주에 적응해 가고 있을 무렵, 어느 새벽예배 가운데 하나님께서 나의 가슴을 여러 차례 노크해 오셨다. 그리고 가슴 깊이 새겨 두었던 오랜 기도 하나를 떠올리게 하셨는데, 그것은 청년 시절에 올려 드렸던 서원 기도였다.

"엄마가 없는 아이들과 아픈 아이들을 위해 살겠습니다."

믿음으로 살아가는 이들에게는 이렇듯 무엇 하나 우연인 것이 없다. 모든 일이 하나님의 뜻 가운데 성취되고 있는 과정일 뿐이다.

그렇게 2014년 6월 남편과 나는 동방사회복지회로 갔다. 제주의 돌담마다 자줏빛 송엽국이 폭포처럼 흘러내리고, 하늘도 들판도 마치 윤슬을 띄운 바다처럼 눈이 부시던 아주 예쁜 봄날이었다.

"딸을 원하신다고요? 음··· 얼굴이 예쁘지 않아서
남아 있는 아기가 있고, 아픈 아기가 있습니다. 그래도 보시겠어요?"

입양을 담당하고 계셨던 소장님의 목소리는 다소 냉철했고, 나는 그분의 음색에서 이미 여러 부부가 그 두 아기를 보았지만 감당할 자신이 없어 그냥 돌아섰음을 느낄 수 있었다. 아기를 기다리기 위해 넓은 테이블을 사이에 두고 남편과 마주 앉았다. 떨리는 두 손을 모아 기도하는 남편을 보니, 나의 심장에서도 눈물이 흐르듯 가슴이 뜨거워지기 시작했다. 드디어 분홍빛 속싸개, 그 안으로 빼꼼히 보이는 두 아기가 우리 곁으로 왔다. 한 아기는 피부가 무척 검고 두상이 컸다. 이목구비 역시 어딘가 조화롭지 않았지만 매우 건강한 아기였다. 그리고 또 한 아기는, 마치 비에 젖으면 금세 투명해지는 산하엽(Diphylleia grayi)의 꽃잎처럼 희고 맑은 피부를 가진 생후 40일 된 아기였다. 너무 작고 가늘어서 어찌 안아야 할지조차 알 수 없었다. 한 아기 한 아기를 교대로 안으며 남편과 나는 두 아기 모두를 위해 기도했는데, 그 가운데 하나님께서 내게 놀라운 경험을 허락하셨다. 건강한 아기를 안고 기도를 드린 후 남편에게 건네고서 조심스레 아픈 아기를 건네받아 기도를 드리는 중이었다. 아기의 가슴에 얹은 나의 오른손이 강한 진동이 느껴질 만큼 크게 떨려왔다. 기도하는 음성도 어딘지 모르게 평소의 내가 아닌 듯했고, 그동안의 기도와는 다른 처음 겪는 느낌이었다. 더구나 기도 가운데 야고보서와 마태복음의 말씀이 매우 강렬하게 떠올랐는데, 지금까지 말씀이 그렇게나 또렷이 가슴벽에 새겨진 적은 없었다.

믿음의 기도는 병든 자를 구원하리니 주께서 그를 일으키시리라 혹시 죄를 범하였을지라도 사하심을 받으리라

(약 5:15)

하나님 아버지 앞에서 정결하고 더러움이 없는 경건은 곧 고아와 과부를 그 환난 중에 돌보고 또 자기를 세속에 물들지 아니하는 그것이니라

(약 1:27)

이같이 너희 빛이 사람 앞에 비치게 하여 그들로 너희 착한 행실을 보고 하늘에 계신 너희 아버지께 영광을 돌리게 하라

(마 5:16)

떠오른 말씀을 잊지 않으려고 계속해서 되뇌며 자리에서 일어섰다. 그렇게 아기들과의 첫 대면을 마치고 나오는데, 등 뒤에서 나지막이 남편의 목소리가 들려왔다.

"여보, 건강한 아기는 어느 가정이나 갈 수 있어요.
하지만 아픈 아기는 홀로 병원 생활을 하며
가장 부모가 필요한 시기를 놓치게 될 거예요.
그 아기에게는 지금 부모가 필요해요."

뒤를 돌아 남편을 힘껏 안았다. 그때 남편의 품에서 느껴지던 성령님의 안위하심과 온몸의 마디를 타고 흐르던 전율을, 나는 지금도 어찌 표현할 길이 없다. 그랬다. 우리는 그날 심장이 아픈 아기를 품기로 마음먹었고, 그 아기는 가장 부모가 필요한 시기를 우리와 함께 했다. 큰 수술을 했고 그 뒤에도 여러 수술이 있었다. 2024년 5월, 그렇게 그래

이스는 나의 품에서 열한 번째 봄을 맞이했다.

그레이스에게 여덟 번째 봄이 찾아왔던 해, 우리는 그레이스에게 입양 사실을 이야기했다.

"엄마, 그러면 나는 엄마 배에서 태어나지 않은 거예요?"

"응, 그레이스. 엄마의 배에서 태어나지는 않았어. 바로 지금 그레이스가 꼬옥 숨어있는 엄마의 가슴과 기도 속에서 태어났단다."

"그럼, 언니 오빠 우리 모두를 가슴과 기도로 낳은 거예요?"

"아니, 그레이스만 가슴으로 낳았어."

"……"

"그제야 알게 되었지. 왜 우리 가족이 미국으로 갈 수 없었는지…. 바로 그해에 그레이스 네가 이 땅으로 보내졌기 때문이었어. 하나님께서는 아빠 엄마가 신학을 공부하는 길보다, 같은 해에 태어나 반드시 우리 품에서 자라야 했던 네 삶에 더욱 크고 놀라운 뜻을 숨겨 두셨던 거야. 그레이스, 너는 온 가족의 엄청난 기도와 열정 속에서 빚어진 아기란다. 분명 사랑, 그 이상일 거야."

"만날 수… 있나요? 저를 낳아 주신 그분을요."

"그럼, 그레이스가 성인이 되면 만날 수 있단다. 아무 염려하지 마, 그레이스. 엄마가 꼭 낳아주신 엄마 찾아줄게."

아기가 자궁 안의 물결을 타고 세상 밖으로 나오듯, 또 산모가 몸 가장 깊은 곳으로부터 아기를 세상 밖으로 내어놓듯 우리의 몸은 젖어 있었다. 양수처럼 뜨거운 눈물을 품은 내 가슴의 연못에서 그레이스가 또 한 번 이 땅에 태어나는 순간을, 우리는 긴장의 땀으로 흠뻑 젖은 서로의 모습으로 확인했다. 세상 그 어느 엄마와 딸보다 깊고 뜨겁게 서로를 사랑하고 있다는 것과 세상 그 누구도 서로를 대신할 수 없다는 것을. 이 영적 해산의 순간은 여느 분만과 크게 다르지 않았다. 진통의 시작과 함께 몹시 아팠고, 점차 뜨거웠으며, 결국에는 감격스러웠으니…. 그 누가 자신 있게 말하랴, 육으로 느껴지는 통증만이 해산의 고통이라고, 혈육의 부모만이 세상 단 하나뿐인 부모라고….

막 출생한 아기가 울음을 터트리며 가장 먼저 엄마 품에 안기듯, 그 순간 내가 해줄 수 있는 것은 아이가 기대어 울도록 가슴을 내어주는 일과 침묵의 언어로 어루만져 주는 것, 그리고 어떠한 일을 만나든지 늘 오늘처럼 아이의 곁을 지키며 응원하리라는 기도를 올리는 것뿐이었다. 어느덧 아이 스스로 본인이 입양된 자녀라는 것을 인식하며 지내온 지 만 3년이 되었다. 그레이스는 아주 건강하게 입양을 받아들였다. 입양은 하나님으로부터 시작되었고, 예수님 역시 요셉에게 입양된 자녀였으며, 믿는 자들은 모두 하나님께 양자된 존재임을 깨닫고 성장했기 때문이다.

자비량 선교사인 남편은 중국에서 대학 교수이자 사업가였다. 그 땅에서 10년을 그렇게 살았다. 사실 교수로서의 자리는 선교를 위한 위장된 모양에 불과했다. 2019년 코로나19로 인해 중국으로의 입, 출국이 본격적으로 제한되면서부터 남편은 기도하기 시작했다. 하나님께서 선교의 지경을 중국에서 인도로 넓혀 가라는 마음을 주셨기 때문이었다. 마침 그즈음 중국의 기독교인이 2030년이면 2억 4,000명에 달하여 전 세계에서 기독교 인구가 가장 많은 국가가 될 것이라는 주장이 제기되었다. 거기에 정부가 공인한 삼자(三自)교회에 등록된 교인 수만 해도 이미 2,800만 명이 넘어섰고 공인받지 못한 가정 교회의 교인까지 합치면, 총 기독교인 수가 1억 명이 넘을 것이라고 우리 역시 확신했다. 코로나 기간에 남편은 중국 정부가 허락한 숙소에서 자그마치 3주를 격리하면서 중국을 오갔다. 그리고 오랜 시간 훈련시켜 왔던 두 중국인 형제의 가정을 각각 북경과 운남성에 세워 그 지역의 사업과 선교를 운영해 갈 수 있도록 정비했다. 그 후 남편은 본격적으로 제주와 인도를 오가며 기도했고, 마침내 2013년 1월 큰아들과 함께 가정의 새로운 선교지가 될 델리(Delhi)로 출국했다. 중국에서 한국(제주)으로 귀국한지 정확히 10년이 되는 시점이었다.

우리는 제주의 집을 중개소에 내놓았다. 주님의 은혜로 아이가 모두 회복되었으니 이제 이 땅에서 더 바랄 것은 없다. 온 가족이 다시 순례자의 자세로 돌아갈 뿐이다. 비록 갈라파고스 섬 만큼이야 아니더라도 제주의 숲은 참 아름답다. 그러나 우리 가정에게는 지켜야 할 약속이 있다. 우리는 이 땅 제주에서 십여 년을 살며, 입양한 아이의 심장과 마음을 모두 치유했다. 오롯이 하나님의 은혜였다. 그러나 나와 가족의 삶이 선한 행위인 입양으로 끝이 되어서는 안 될 것이다. 아이의 삶 역시 입양을 건강하게 받아들여 행복하게 살아가는 것, 그래서 모든 입양 가정에게 본이 되는 입양의 완성에서 멈춰서는 안 된다. 그들에게 육체적으로 희망이 되는 삶을 뛰어넘어, 아직 하나님께 입양되지 못한 이 우주 속의 영적 고아들에게까지 복음을 들고 나아가야 하기 때문이다. 그것이 하나님께서 이 귀한 아이와 우리 가정을 하나되게 하신 진정한 의미일 것이다.

크리스천에게 있어 입양에는 하나님의 부르심과 응답이 필요하다. 그것은 매우 고차원적이며 거룩한 부르심이다. 결코 거룩한 형태의 탐심이 되어서는 안 된다. 러셀 무어(Russell Moore)는『입양의 마음』에서 "입양은 복음이다."라고 말했다. 물론 모든 믿음의 가정이 입양으로 부름받은 것은 아니다. 그러나 우리는 누군가에게 긍휼을 베풀도록 부름받았으며 그분을 닮도록 부름받았다. 하나님을 '고아의 아버지'라고 말씀하시고(시 68:5), 지극히 작은 자를 자신의 형제라 부르셨던 예수님의 마음으로(마 25:40) 함께 이 땅에 홀로 남은 아이들을 돌아볼 수 있으면 좋겠다. 따뜻한 가정이 필요한 어린 생명들에게 동일한 가정을 제공해 주는 일에 믿음의 가정들의 기도와 관심이 절실하다. 입양은 곧 복음이기 때문이다.

> 무릇 하나님의 영으로 인도함을 받는 사람은 곧 하나님의 아들이라 너희는 다시 무서워하는 종의 영을 받지 아니하고 양자의 영을 받았으므로 우리가 아빠 아버지라고 부르짖느니라 성령이 친히 우리의 영과 더불어 우리가 하나님의 자녀인 것을 증언하시나니
>
> (롬 8:14-16)

샬롬.

"여보, 건강한 아기는 어느 가정이나 갈 수 있어요.
하지만 아픈 아기는 홀로 병원 생활을 하며
가장 부모가 필요한 시기를 놓치게 될 거예요.
그 아기에게는 지금 부모가 필요해요."

(2) 하나님의 특별한 시나리오

김지희 (엄마)

큰딸이 11개월일 때 저희 가정은 얼음도시로 파송을 받아 선교 사역을 시작하게 되었습니다. 선교지의 보안 문제로 다른 가정과 교류하기도 쉽지 않은 환경 속에, 큰딸이 자라갈수록 동생이 생기면 참 좋겠단 생각이 많이 들었습니다. 그러나 저는 임신이 잘 되지 않았습니다. 한국에서 또 선교지에서 부인과 진료도 받아보았지만 이상이 없다고 하였습니다. 아마 스트레스를 받아서 임신이 안 되나보다라고만 생각하고 마음을 편하게 먹고 시간이 지나면 임신이 되겠지 생각했습니다.

그러던 중 기차로 10시간 떨어진 곳에서 의료선교를 하시던 선교사님이 사역을 마무리하시면서 선교사님들을 대상으로 건강검진을 해주신다는 소식을 듣게 되었습니다. 회의 차 그 도시 근처까지 갈 기회가 생겨 저희 부부는 검강 검진을 받게 되었습니다. 그런데 생각지도 못하게 대장에 용종을 17개나 제거하게 되었습니다. 의료 선교사님의 권유로 한국에 가서 다시 검사를 받게 되었고 그 과정에 대장에서 암을 발견하게 되었습니다. 너무 감사하게도 아주 초기의 암으로 비교적 간단하게 암을 제거할 수 있었습니다. 그제서야 임신이 잘 되지 않는 이유를 알 수 있었습니다. 암도 제거했으니 이제 몸을 잘 추스리면 임신이 되겠구나 생각했습니다.

이듬해, 좀 쉬는 게 좋을 것 같아 3개월 안식을 신청하고 필리핀에서 안식월을 보내게 되었고 그곳에서 입양가정을 만나게 되었습니다. 그 가정은 직접 낳은 중고등학생 두 딸이 있었는데 어린 남자아이를 입양한 가정이었습니다. 당시 어린 아들이 외로운 것 같아 남자아이를 한 명 더 입양하려고 입양기관에 문의를 하였더니 20개월 가량 된 여자아이를 입양하면 어떻겠냐는 제안을 들었다고 했습니다. 그런데 자기네 아들을 위해 형제가 있으면 좋겠단 생각으로 거절했다는 것이었습니다. 그 이야기를 듣고 저희 부부는 동시에 상의라도 한 듯 대답했습니다.

"그러면 저희 가정이 입양하면 딱 좋겠네요."

큰딸과 나이도 3살 차이고 자매가 생기면 너무 좋겠다는 생각에 마음이 부풀었습니다. 필리핀에서 두 달의 안식월을 마치고 한국에 돌아와 입양을 위해 여러 과정을 거쳤습니다. 그런데 그러는 과정 중에 그 여자아이가 여러 번의 경기를 했다는 것을 알게 되고 정밀검사를 통해 뇌의 구조나 형태는 이상이 없으나 뇌파가 불안정하여 최종적으로 뇌

전증 약을 2년간 복용하며 관찰을 해야 한다는 진단이 내려졌습니다. 큰딸이 아직은 어리고 얼음도시의 의료 환경이 너무 열악하여 저희는 결국 입양 절차를 진행하던 과정에서 입양을 포기하고 말았습니다. 그리고 3개월의 안식월을 마치고 그렇게 다시 얼음도시로 돌아왔습니다.

얼음도시로 돌아와 두 달이 지난 어느 4월, 입양기관에서 연락이 왔습니다. 막 태어난 신체 건강한 남자아이가 있는데 입양을 하겠냐는 것이었습니다. 저희는 생각지도 못한 소식에 제가 마치 임신을 한 듯 너무 기쁜 마음으로 한국에 나와 그렇게 우리 아들을 입양하게 되었습니다. 서류 절차를 마친 뒤 두 달이 채 되지 않은 우리 아들을 안고 다시 선교지에 돌아왔습니다. 우리 아들은 참 예민하고 잠을 깊이 자지 않아 키우는 것이 쉽지는 않았지만 너무 사랑스런 아들을 얻은 것만으로도 너무 감사했습니다. 내가 직접 낳은 딸과 마음으로 낳은 아들을 다르게 대하면 어쩌지 하는 염려는 온데간데없고, 어디서 신비한 힘이 나오는지 예민한 아들을 기쁨으로 키울 수 있었습니다.

그해 겨울 크리스마스쯤 건강 문제로 포기한 아이가 너무 생각났습니다. 잘 지내고 있을까? 입양이 되었을까? 우리가 입양했다면 어땠을까? 그래서 다시 입양 기관에 문의해 보았더니 지난 여름 입양이 될 뻔 했는데 입양하려던 엄마가 갑자기 수술을 하게 되어 입양이 되지 않았다고 했습니다. 그동안 약을 복용하면서 뇌파도 안정이 되고 건강도 회복했다고 했습니다. 그래서 저희는 33개월이 된 큰아이를 입양하게 되었습니다.

그런데 신생아를 입양하는 것과 큰아이를 입양하는 것은 너무 다른 문제였습니다. 저희 가정은 그런 것에 대한 정보도 자세히 알지 못한 채 입양을 한 것이었습니다. 부모와 중요한 애착을 형성하는 3년의 시간을 기관에서 보내고 온 둘째 딸과의 애착 형성은 신생아였던 아들과는 너무 달랐습니다. 미운 네 살이라는 말처럼 그냥 미웠습니다. 저는 마음에 너무 죄책감이 들었고 둘째 딸에게 미안한 마음이 컸습니다. 내가 아니었다면 더 좋은 엄마를 만날 수 있지 않았을까? 내가 욕심을 냈나? 이렇게 사랑이 부족한 내가 선교사인가….

하나님 앞에 이 문제를 씨름하며 회개도 하고 더 큰 사랑을 주시도록 기도했습니다. 하루는 내가 잘못된 선택을 했나 괴로움으로 기도하는데 하나님께서 제게 이런 마음을 주셨습니다. 내가 낳은 자녀를 내가 선택하지 않은 것처럼 내가 마음으로 낳은 자녀들도 내가 선택한 것이 아니라 하나님께서 저희 가정에 보내주셨다는 것입니다. 그 후로 저는 더 이상 그런 질문들을 하지 않게 되었습니다. 그리고 한 권사님과의 대화를 통해 제가 큰아이 입양딸과 처음에 어색하고 다른 자녀들과는 조금은 다른 감정을 느끼는 것이 어찌 보면 더 자연스러운 것이며, 그 어찌할 수 없는 감정에도 불구하고 그 딸을 사랑하려는 노력을 하나님께서 귀하게 받으실 것이라는 말씀에 너무 큰 위로와 자유함을 얻게 되었습니다. 그리고 둘째 딸과의 애착 시간을 거쳐 점점 더 진정한 부모와 딸의 관계를 만들어갈 수 있었습니다.

친자녀, 신생아 입양아, 큰아이 입양아라는 세 명의 각기 다른 자녀의 엄마가 되어 버린 저! 이 아이들과 씨름하며 또 얼음도시의 대학생들에게 전도와 제자화 사역을 하며 바쁜 삶을 살아갔습니다. 그런데 어느 날, 열도 나고 소화도 잘 되지 않는 등 몸 상태가 좋지 않았습니다. 막 수련회를 마치고 제자의 결혼식 참석을 위해 36시간 기차여행을 마친 터라 피곤하여 감기에 걸렸나 싶었는데 알고 보니 임신이었습니다! 생각해보니 암을 치료하고 정말 딱 5년이 지난 시간이었습니다. 하나님의 시간이 되어 선물 같은 막내가 저희 가정에 찾아온 것입니다. 어쩌면 저희 가정에 두 자녀를 마음으로 낳게 하기 위해 하나님은 특별한 시나리오를 가지고 계셨나 싶을 정도였습니다. 저희는 얼음도시에서의 11년의 사역 가운데 제자화의 큰 은혜도 경험했지만 무엇보다 가정의 큰 부흥을 안고 사역지를 대만으로 옮기게 되었습니다.

그런데 대만에서 아들이 초등학교에 진학하면서 생각지도 못한 복병이 나타났습니다. 얼음도시를 떠나 대만으로 선교지를 옮기게 되었을 때가 아들이 초등학교에 진학하는 시점이었습니다. 국가를 이동하면서 학교도 선교사 자녀 국제학교로 옮기게 되었고 아들은 영어를 사용하는 새로운 언어 환경에 놓이게 되었습니다. 평소 예민하던 아들이었기 때문에 학교에 적응하는 것이 쉽지 않았던 터라 새로운 친구들과 잘 지내지 못했고 학습에도 어려움이 많았습니다. 정서적으로도 많이 불안해하고 틱 증상도 시작되었습니다. 선생님의 권유로 검사를 받아보았는데 인지장애라는 진단이 내려지고 학교에서는 특수교육을 받게 되었습니다. 학습에 대한 부분도 부분이지만 매사에 쉽게 긴장하고 불안해하는 아들이 너무 안쓰러웠습니다. 매사 '하면 된다'라고 생각했던 저는 아들을 위해 속도를 늦추고 노력해도 되지 않는 것이 있을 수 있다는 것을 인정하며 내려놓는 것을 배우게 되었습니다. 제가 아들을 양육하지만 주님은 또한 아들을 통해 저를 자라게 하시는 것 같았습니다.

19살, 16살, 14살, 10살, 모양도 개성도 다른 자녀를 키우는 것이 달콤 살벌하기도 하고 아주 버라이어티 합니다. 특별한 아들을 키우는 것에 저는 여전히 정답을 가지고 있지 않지만 하나님을 신뢰하며 믿음의 걸음을 걷는 중에 있습니다. 저희 자녀들의 진정한 아버지되신 하나님께서 지금까지 그러하셨듯이 앞으로도 신실하게 그 걸음을 인도하실 것을 믿으며 저는 오늘도 자녀들의 여러 문제를 함께 붙들고 그저 그 엄마의 삶의 자리에 서 있습니다.

> 내가 낳은 자녀를 내가 선택하지 않은 것처럼
> 내가 마음으로 낳은 자녀들도 내가 선택한 것이 아니라
> 하나님께서 저희 가정에 보내주셨다는 것입니다.

(3) 내게 주신 기쁨

황사무엘 (아빠)

<첫 번째 입양 _ 큰 기쁨을 주시다.>

"하하하하하하!!!"

태이를 처음 안았을 때가 지금도 너무나 생생하게 기억난다. 내 품에 안았는데 안자마자 웃음이 터져 나왔다. 전혀 예상하지 못한 웃음이었다. 어디서부터 시작되었는지 모를 웃음이 계속되었다. 기쁨, 감사, 놀라움? 여러 가지 감정들이 뒤섞여서 나오는 그런 웃음은 살면서 처음이었다. 아마도 주님의 마음을 품고 주님의 뜻에 순종할 때 주시는 아주 특별한 기쁨일 것이다.

차를 운전해 태이와 함께 집으로 돌아오는 길에 아내에게 말했다.

"여보, '사무엘'이라고 이름을 지었었는데 '태이'라고 바꿔야겠어요.

큰 태, 기쁠 이. 태이."

성경인물 이름 중에 가장 가지고 싶었던 이름이 '사무엘'이었다. 그래서 그 이름으로 아이의 이름을 정했고 입양 절차가 진행되는 중에도

"우리 사무엘, 우리 사무엘"

하며 기도했었다. 그런데 너무나 특별했던 그날의 큰 기쁨을 담아 '태이'라는 이름을 지었을 때 '사무엘'이라는 이름은 갑자기 온데간데없었다. 그렇게 우리 가정의 큰 기쁨, 태이는 우리집 셋째 아들이 되었다.

넷째 로이를 임신하고 아내가 만삭이었던 어느 날, 태이가 그랬다.

"저도 어머니 뱃속에 있었어요?"

아내는 이제 얘기를 해 줘야 할 때가 된 것 같다며 말해 주었다.

"아니. 태이는 다른 어머니 뱃속에 있었어.
근데 그 어머니가 태이를 키울 수 있는 상황이 아니라서
하나님께서 태이를 우리에게 보내 주셨어.
그렇게 태이는 우리 가족이 된 거야."

"아···."

곧, 전혀 아무렇지도 않게 형들에게 뛰어가서 신나게 노는 태이를 보며 마음 한편이 아려왔다.

그후 태이가 손꼽아 기다리던 막내 동생, 우리집 여섯째 제이가 태어났다. 형제들 중에서 제이를 제일 좋아하는 태이가 오늘 저녁예배를 드리다가 갑자기 물었다.

"아버지, 제가 원래 대구에서 태어났잖아요. 그때 진짜 어머니 봤어요?"

"아니, 아버지도 못 봤어."

"아, 완전 아기였을 때 봤는데 이제 기억이 안 나요."

며칠 동안 태이의 그 말이 귓전을 맴돌았다. '이제 기억이 안 나요.' 태이가 제대로 말을 하기 시작한 때부터 몇 년 동안 예배 때마다 고백하는 첫 번째 감사 제목은 "어머니, 아버지가 있어서 감사합니다."였다. 그 감사 제목을 들을 때마다 '자기도 모르게 친모가 가끔 보고 싶은가 보다.' 싶었다. 그날 '성령이여 임하소서 메마른 나의 심령 위에'를 찬양하는데 눈물이 앞을 가렸다. 참으로 이 중차대한 일을 턱하니 맡아 놓고 메마른 심령으로 사는 건 아닌지. 주여, 은혜를 주소서! 더욱 부어 주시옵소서!! 잘 키워야 하는데, 나중에 태이를 낳아주신 친모를 혹시 만나더라도 전혀 부끄럽거나 죄송스럽지 않게 잘 키워야 하는데….

아이를 둘씩이나 입양하고 넷씩이나 낳아 기르는 지금도 어떻게 해야 좋은 아빠인지 모르겠다. 그저 더 잘 키우지 못하는 것 같아 미안한 마음뿐이다. 태이는 유독 안아달라고 자주 말한다. 태이가 이제는 감사 제목을 나눌 때 '어머니, 아버지가 있어서 감사하다.'는 얘길 안 한다. 하지만 가정예배 후에 포옹을 진하게 했는데도 자기 전에 따로 또 와서 안아달라고 하는 건 여전하다. 요즘은 어릴 적 태이를 더 많이 안아주지 못한 것 같아 미안해진다. 그냥 내일은 더 자주 안아주어야겠다. 나는 아버지이고 너는 내 아들이니까.

<두 번째 입양 _ 낮아지는 기쁨을 주시다.>

태이를 입양하고 넷째 로이가 태어나고 얼마 지나지 않았을 때였다. 교회에서 집으로 운전해서 오는 길에 갑자기 '선교 나가기 전에 한 명만 더 입양할 수 있을까?'하는 생각이 들었다. 그날 입양과 관련된 뭔가가 있었던 것도 아니었다. 오히려 넷째가 태어나 육아 때문에 아내 못지않게 힘든 시기를 보내고 있을 때였다. 당연히 입양은 생각할 수도 없는 상황이었다. 나는 자연스럽게 반문했다.

"어떻게 키워?"

신기했다. 바로 답이 나왔다.

"로이랑 쌍둥이처럼 키우면 되지."

집에 도착하자마자 아내에게 말했다. 그날도 네 명의 고만고만한 사내아이들을 건사하느라 녹초가 되어있던 아내는 '다섯째를 입양하자, 쌍둥이처럼 키우자'는 말에 반사적으로 꽥! 소리를 질렀다. 아내는 원망의 눈빛으로 한참을 째려보더니 한심한 듯 고개를 저었다. 한마디만 더 하면 정말 폭발할 것 같은 위험한 순간이었지만 나는 용기를 내어 마지막 한 마디를 던졌다.

"여보, 그래도 한 번 기도해 봐."

아마 아내는 기도조차 하고 싶지 않았을 것이다. 하지만 그래도 기도해 보라는 남편의 말에 금요기도회와 새벽기도 때마다 하나님의 뜻을 물었고 결국 주님의 응답은 'yes'였다. 그렇게 셋째 태이는 아내에게 주신 감동을 따라, 다섯째 예이는 내게 주신 감동을 따라 우리 가족이 되었다. 서류심사부터 입양 과정에서 적지 않은 어려움이 있었다. 그런데 신기하게도 모든 어려운 과정들을 만날 때마다 순적하게 넘어

갔다. 하늘 아버지께서 허락하신 일이 이 땅에서 어떻게 이뤄지는지를 보는 것은 아는 사람만 아는 기쁨일 것이다.

황예이. 黃隸怡. 종 예. 기쁠 이. 예이는 '예수님의 종으로 섬기는 종의 기쁨이 평생 넘칠 뿐만 아니라 작은 일에도 순종함으로 주인의 즐거움에 참여하는 아이'라는 뜻으로 '예이'가 되었다. 그런데 예이를 키우면서 오히려 내가 예이의 이름의 의미를 새삼 배우고 체험하게 된다. 철저히 종으로, 노예로 섬기지 않으면 어찌 남의 자식이 내 자식이 되겠는가. 온전히 이 아이의 하인이 되지 않으면, 낮은 마음이 되지 않으면 어찌 한 가족이 되겠는가. 우리 주님께서도 그렇게 십자가에 죽기까지 낮아지셨고 그 은혜로 나는 하나님의 양자가 되어 천국 가족으로 입양될 수 있었구나. 입양은 원래 그렇게 '주님의 마음이 아니면 안 되는 일'이었다.

하지만 지금도 넷째 로이를 생각하면 미안한 마음뿐이다. 예이와 9개월 차이밖에 나지 않았던 로이는 예이의 존재가 엄청난 충격이었다. 막내가 누려야 할 사랑을 갑자기 빼앗긴 로이는 예이를 밀치고 깨물면서 하루하루가 전쟁인 날들을 보내야만 했다. 친생아와 입양아를 동시에 키우는 부모가 겪는 또 다른 아픔이었다. 역시 한 생명을 얻기 위해서는 자기 생명을 나누어야만 가능한 일이었다. 그래도 우리 부부는 미리 기도할 수도 있었고 마음의 준비도 할 수 있었지만 로이는 무방비 상태로 당한 입장이었다. 그렇기에 로이가 겪은 생명을 나누는 그 아픔의 크기를 아버지인 나도 감히 안다고 말할 수 없을 것이다. 하지만 훗날 시간이 더 흐른 후에 로이와 함께 '복음 안에서 생명을 나누고 다시 함께 생명을 얻는 이 위대한 일'을 은혜 가운데 나눌 그날이 기대된다.

<마지막 사명 _ 동역자가 된 기쁨을 주시다.>

태이를 입양한 지 13년, 예이를 입양한 지 벌써 10년이 지났다. 강산도 변한다는 그 시간 동안 '주님의 마음'을 부어 주신 주님께 그저 감사할 따름이다. 날 입양해 주신 하늘 아버지의 그 사랑과 예수님의 은혜를 '입양'을 통해, 태이와 예이를 통해 절감할 수 있는 특별한 은혜를 주신 주님께 무한 감사를 올려드린다. 가끔 태이, 로이, 예이, 제이가 없는 단출한 4인 가족을 생각해 볼 때가 있다. 그러나 상상이 안 된다. 좌충우돌하며 정신없이 달려온 시간이었지만 이 가족의 리더로서 주님 만날 때까지 이 길을 걷는 것이 감사할 뿐이다.

여섯째 막내 제이가 임신 5개월이었을 때 우리 가족은 말레이시아로 떠났다. 할 수 있는대로 한 명이라도 더 복음의 방주에 태우고 선교를 떠나고 싶은 마음이었는데 그때 우리 가족은 노아의 가족처럼 여덟 명이었다. 지난 9년 동안 선교지에 있으면서 선교하러 온 것인지 육아하러 온 것인지 모를 시간들을 보냈다. 재밌는 것은 말레이시아 선교의 시작이 막내 출산이었다. 우리집에서 산파나 의사의 도움 없이 아내와 둘이 막내를 출산했다. 어린아이들은 줄줄이 각종 병에 걸리기 일쑤였다. 조금 자란 후에는 여섯 아이들을 등하교시키고 나면 벌써 하루 에너지를 다 써버린 듯했다. 무엇 하나 손에 잡히는 것 없이 선교지에서 세월만 보냈다고 생각될 때 뒤돌아보니 육남매가 서 있었다. 선교지에서 무엇보다 귀한 영혼에 대한 주님의 마음을 배웠다. 한 생명의 소중함과 한 존재의 위대함을 마음 깊이 깨닫게 된 것이다.

20대 대학생 시절 복음으로 한창 타오르던 때, 주님께 입버릇처럼 기도하던 것이 있었다.

"주님, 저를 주님의 종으로 부르신다면
30대 때 신대원에 가고 결혼하고 자녀들을 낳아 기르고
40대에는 선교사로 살고
50세가 되어서는 목회를 하다가 은퇴하는 삶을 살고 싶습니다."

너무나 감사하게도 31세에 결혼을 했고 이후 육남매를 주셨다. 40세가 되기 직전에 선교지로 떠날 수 있었고 이제 곧 지천명(知天命)인데 놀랍게도 얼마 전에 담임목사 청빙이 들어왔다. 지천명이라는 것이 유교적인 배경에서 이르는 말이지만 이제 정말 조금이나마 입양을 통해, 아이들을 통해 '하나님께서 주시는 사명, 주님의 뜻'을 알게 되었는데 청빙을 받은 것이다.

서울 강북의 작은 교회지만 우리 육남매를 너무 따뜻하게 환영해 주는 너무나 귀한 교회다. 목회도 설교도 모든 것이 어설펐던, 그러나 은혜와 감동이 넘쳤던 나의 전도사 시절 첫 사역지였던 교회다. 첫 사역지의 담임목사로 청빙되어 간다는 것. 주님의 종으로 섬기면서 누리는 특권이자 영광이 아닐 수 없다.

엄마 등에 업히고 아빠 손을 꼭 잡고 말레이시아 공항에 들어섰던

그 꼬맹이들이 이제는 나의 든든한 동역자가 되었다. 매일 저녁 가정 예배 때마다 함께 부르짖는 기도의 동역자들이다. 큰 아들이 일렉기타, 둘째가 신디, 셋째가 드럼을 맡아 찬양팀을 섬기는 예배 동역자들이다. 선교지에서 그랬듯이 전도 동역자로서 이 아이들이 서울에서도 전도대장들이 될 것을 의심치 않는다. 아이들도 나도 한 사람의 양자, 양녀로 천국 가족이 되어 하나님을 아버지라 부르는 이 큰 복을 주신 주님께 다시 한번 감사드린다. 이제 서울에서 우리 가족을 통해 한 영혼을 살리고 한 존재의 위대함을 일깨우는 일을 일으키실 주님을 기대하며 모든 영광을 주님께 올려드린다.

온전히 이 아이의 하인이 되지 않으면,
낮은 마음이 되지 않으면 어찌 한 가족이 되겠는가.
우리 주님께서도 그렇게 십자가에 죽기까지 낮아지셨고
그 은혜로 나는 하나님의 양자가 되어
천국 가족으로 입양될 수 있었구나.
입양은 원래 그렇게 '주님의 마음이 아니면 안 되는 일'이었다.

입양 QnA 11

Q. 입양 상담 전화를 했는데, 어렵다는 답변을 들었어요.

집에서 비교적 가까운 입양기관에 상담전화를 했는데 작년부터 입양업무를 진행하지 않는다는 답변을 받았습니다. 다른 입양기관에 연락을 했는데 대기자들이 있어서 어렵다는 말을 들었고요. 입양기관마다 전화를 돌렸는데 "아이가 없다.", "대기 신청을 받지 않는다.", "내년에 다시 전화 달라." 등의 말을 접하며 깊은 한숨이 나왔습니다. 정말 입양을 원하는 가정은 많은데 입양 대상 아동이 턱없이 부족해서인가요? 아니면 어떤 이유가 있어서 그런가요? 통계를 보니 해외(국외) 입양은 계속되고 있고, 아동시설에는 아이들이 많은데 무엇이 문제인지 궁금합니다.

A. 현재 신규 입양 접수 및 상담이 어려운 이유는 여러 가지 복합적인 요소가 작용했을 것이라 판단이 됩니다. 2012년 개정 입양 특례법 이후 입양 비율이 점차 감소해 오다가 2020년 이후 코로나19 여파로 입양 수속 지연과 중단이 장기간 지속되었습니다. 또한 언론에 크게 이슈가 된 입양아 아동학대 사망 사건으로 입양 부모의 자격 심사 및 절차의 엄격성이 더 가중되었습니다. 입양기관의 입양업무 축소와 사후관리강화, 공적 입양체계로 전환에 따른 입양기관의 변화, 위기 임산부/원가정 양육 지원 강화, 건강이상 아동의 국내 입양의 어려움. 예비 입양부모가 원하는 아동의 조건 등도 언급됩니다. 가까운 입양기관에서 대기 접수 및 진행이 어렵다면 전국에 있는 모든 입양기관에 문을 두드려봅니다. 지금도 어느 곳에서는 입양 대상 아동이 있을 것입니다. 그곳으로 가면 됩니다.

한기선 도란도란 11

한기선에서 가장 큰 어른이셨던 입양인 심현수 할아버지의 시 한 편을 나눕니다. 심현수 할아버지는 2022년 11월 12일 새벽 3시쯤 심정지로 주님 품에 안기셨습니다.

제목 : 어느 입양아의 사모곡

아! 나는 몰랐네!
나는 어머이가 세분 계신 입양아라네
한 분은 하늘로부터 생명을 받아 열 달 동안 나를 키워주신 생모
한 분은 갓난아기 시절 젖으로 나를 키워주신 유모
한 분은 구십 평생을 사랑과 헌신으로 나를 생후 3개월부터 키워주신 어머이

생모는 바람처럼 구름처럼 살다가신 자유로운 영혼이셨고
유모는 내가 철들면서 헤어지셨지
그러나 어머이는 구십이 넘도록 오직 무녀독남인 나만을 위해 사셨다네
훅하고 불면 날아갈세라 꼭 쥐면 꺼질세라
추울세라 배고풀세라 아플세라 세라, 세라, 세라.

그럴 때면 당신께서 대신하지 못하는 것을 눈물로 안타까워하셨지

아! 나는 몰랐네!
예수님을 영접하고 17년이 지난 뒤 주님 은혜로 내 나이 팔순이 되고서야 겨우 알았네
어머이가 나를 죽도록 사랑하셨다는 것을
하지만 어머이는 이미 오래 전에 가셨구려
한 줌의 재가 되어 대굴령 자락에 잠들어 계시네

아! 애통하도다!
이제 와서 울고불고 후회한들 무슨 소용이 있으랴
왜 진작에 살아계실 때 섬기기를 다하지 못했던가
가슴을 치네 가슴을 치네 눈물이 앞을 가리네
제발 내 뒤에 오는 그대들은 나 같은 길을 걷지 마시게
어머이한테 받은 사랑을 천분의 일이라도 돌려드리시게
아니면 만분의 일이라도

지나간 세월은 붙잡을 수도 없고 다시 돌아오지도 않는다네
바로 지금 이 순간이 섬기기 가장 좋은 기회일세
어머이! 사랑합니다! 제 모든 것을 다해.
죄 많은 부족한 이 불효 자식을 용서하소서.

고이 잠드소서!

2022년 어느 봄날 44년생 심현수

[참고] 어머이, 대굴령은 강릉 사투리며, 각각 어머니와 대관령을 뜻합니다.

12

사명 입양 이야기

(1) 내 이름 중 가장 소중한 이름, 아빠

박대원 (아빠)

나에게는 11년간 끊임없이 하나님께 구했던 오랜 기도가 있었다.

"하나님, 자녀를 주세요."

대학교 3학년 때다. 한 자매가 분홍색 편지를 건넸다. 봉투에서 편지지를 꺼내서 보니 편지지의 첫 구절에 이렇게 적혀 있었다.

"하나님은 사랑입니다. 사랑은 생명입니다. 생명은 하나님입니다."

하나님이 주신 그 사랑으로 생명 다해 사랑하자는 자매의 고백이 우리 만남의 시작이었다. 자매와 해외선교도 함께 가고 봉사활동도 하면서 서로를 향한 신뢰와 믿음을 키워나갔다. 만나면 만날수록 내게 과분한 사람이라 느껴질 만큼 소중한 사람이었다. 자매와 함께 믿음의 유산을 전수하는 그런 가정을 이루고자 하는 꿈을 꾸었다.

몇 개월이 훌쩍 지난 어느 날, 자매에게서 전화가 왔다. 배가 몹시 아파서 병원에 가야 하는데 기도를 부탁했다. 몇 시간 뒤, 자매는 큰 병원에 가야 한다고 연락이 왔고 그 후 입원했다. 나는 영문도 모른 채 며칠 뒤 자매에게 병문안을 갔다. 병원에 가서야 알았다. 아직 자매는 자신의 병명조차 몰랐지만, 자매의 가족은 내게 그녀가 암이라 알려줬다. 암중에서도 난소암. 내겐 너무 생소한 암이었고 의사 선생님은 완치를 담보할 수 없는 위험한 상황이라 했다. 긴급히 1차 수술을 하고 난 뒤 항암치료에 들어갔다. 자매는 1차 항암치료로 인해 온몸의 면역력이 약해졌다. 1차 수술 후에 건강한 몸으로 회복되기를 원했지만, 암이 재발하고 말았다. 한쪽만 제거했던 난소는 나머지도 제거했다.

두 번의 수술로 자매의 몸은 지칠 대로 지치고 항암치료를 받을 수 없을 만큼 몸이 약해졌다. 의사 선생님은 마음의 준비까지 하라고 일러두었다. 하나님께 기도했다. 목숨만 살려달라고 기도했다.

수술 후 몇 개월이 지나고 자매가 한 카페로 나를 불렀다. 서로의 사랑을 확인하며 끼고 있었던 커플링을 빼서 나에게 주며 말했다.

"이제 우리가 헤어져야 해요."

손가락에 끼고 있던 커플링을 내 손에 주면서 담담히 그리고 나즈막히 말했다.

"우리가 헤어져야 할 이유를 세 가지만 대봐라.
그 이유가 납득 가능하면 헤어질 수 있겠어."

자매가 덤덤히 세 가지 이유를 말했다.

"그 이유는요. 첫 번째는 제가 언제 죽을지 몰라요.
그러니까 우린 헤어져야 해요.

두 번째는 살더라도 전 평생 약을 먹어야 해요.
그래서 헤어져야 해요.
마지막 세 번째는 전 더 이상 오빠의 아이를 낳을 수 없어요."

그냥 울었다. 굵은 눈물방울이 내 빰을 타고 흘러내렸다. 주체할 수 없는 마음을 가슴에 담으며 커플링을 다시 자매에게 끼워주었다.

"그런 이유로 우리가 헤어질 수는 없어.
네가 아프다고 우리가 헤어질 수는 없어.
내가 생각한 사랑은 그런 게 아니야."
"그럼 오빠가 생각하는 사랑은 무엇이에요?"
"내가 생각하는 가장 위대하고 소중한 사랑은 예수님의 사랑이야.
예수님의 사랑은 희생인데, 난 그분의 사랑을 다 할 수는 없어.
하지만 내가 할 수 있는 최선의 사랑을 해야지.
그래서 지금 헤어지는 것은 아니야."
"그럼 오빠의 십자가를 지세요."

울다가 갑자기 마음속 깊이 웃음이 나왔다. 십자가를 지라니. 우린 서로의 마음을 확인할 수 있었고 다행히 자매는 조금씩 몸이 회복되어 갔다. 이때가 대학 4학년 때인데 그 이듬해 졸업하고 우린 결혼했다.

결혼하고 나서 내겐 작은 믿음 하나가 있었다. 하나님이 우리에게 자녀를 꼭 주실 거라는 확신이었다. 몸이 여전히 아픈 아내를 설득해서 여러 번 시험관 시술을 시도했다. 기대했던 마음과 다르게 모두 실패했다. 시험관 시술은 아내에겐 참으로 힘든 일이었다. 몇 번의 시험관 시술로 아내의 몸은 많이 상했고 더 이상 시도조차 할 수 없는 몸이 되었다.

회사에 갔다가 집에 돌아왔는데 아내가 침대 옆에 쭈그리고 앉아 울고 있었다. 놀라서 무슨 일이 있나 싶어 가까이 다가가서 괜찮은지 물었다. 그랬더니 아내는 깊은 슬픔과 서러움이 자신에게 가득하다고 대답했다. 내가 아무리 잘해주어도 해결되지 않는다고 했다. 둘과 함께 하는 시간이 좋았지만, 우리에게는 늘 자녀에 대한 소망이 있었다. 우리는 항상 같은 마음으로 '우리가 믿음의 유산을 전수하는 가정이 되게 해주세요.'라고 기도했다. 그렇게 하루하루를 보내면서 입양을 생각하게 되었다.

사실 난 입양에 대해 깊게 생각해 보지 않았다. 예전 아내와 교제 중 아내가 아프기 전에, 아내는 나에게 결혼하면 자녀를 낳고도 입양을 하면 좋겠다는 이야기를 한 적이 있었다. 그땐 귓등으로 듣고 흘려버렸었다. 결혼한 지 6년 차가 지날 때 비로소 내게 입양에 대한 마음이 열렸다. 일시보호소나 그룹홈, 보육원 등의 아이를 보게 되었고 그곳에 있는 아이들에게 부모와 가정이 꼭 필요하다는 생각을 하게 되었다. 무엇보다 부모가 필요 없는 아이는 없다는 생각을 했다.

이런 마음은 아마도 내가 생각한 것이 아니라 분명 하나님이 주신 마음이라고 생각한다. 아내에게 내 마음을 말했다.

"우리 입양에 대해 알아보자."

결혼하고도 오랜 시간이 지나서야 입양을 생각하고 시도했지만 쉬운 일이 아니었다. 여전히 아내는 암 완치 확정판정을 받지 못한 상태였고 계속해서 약을 먹고 있었다.

입양기관과 상담조차 쉽지 않을 때가 많았다. 아내의 병력으로 인해 많은 입양기관으로부터 거절당했다. 입양기관의 입장이 충분히 이해가 되었지만 마음이 힘든 것 또한 사실이었다. 우리에게 믿음의 유산을 전수하는 가정은 고사하고 자녀를 생각하는 것조차 사치라는 생각이 들었다. 모든 것을 포기할 때쯤 한 입양기관으로부터 연락이 왔다.

어느 빛 좋은 오후 핸드폰으로 사진 두 장이 왔다. 아내가 보내온 사진이었다. 내가 보기에 덩치가 큰 남자아이 사진이었다. 당장 아내에게 전화를 걸었다.

"여보, 이 아이 누구야?"

아내는 입양기관으로부터 소개받은 아이라고 했다. 그 순간 마음이 복잡해졌다. 나는 입양을 한다면 신생아, 그중에서도 여자아이면 좋겠다 싶은 그런 마음을 가지고 있었다.

긴박한 마음으로 퇴근을 해서 집에 돌아오니 아내는 이미 엄마가 되어 있었다. 소개받은 사진이 집안 곳곳에 붙어 있었다. 컴퓨터를 켜니 바탕화면에도 아이 사진, 벽에도 그 사진이 붙어 있었다. 아내가 아이를 바라보며

"내가 엄마야."

라고 말하는 걸 보니 가슴 한곳에 찡했다. 아내는 정말 아이를 바라고 있구나. 아내의 모습을 보며 아이를 만나야겠다 결심했다.

그렇게 의진이를 처음 만났다. 의진이는 아장아장 걷다가 털썩 자리에 앉는 13개월이 지난 남자아이였다. 사진으로도 덩치가 크다고 생각되었는데 실제로 보니 생각보다 훨씬 더 컸다. 그리고 특이한 점은

돌이 지났는데 머리카락이 거의 없었다. 내가 목사인데 동자승을 소개받는 기분이랄까? 그런 마음으로 아내를 보는데 이 아이가 아내의 품에 안겨 목덜미에 폭 안기는 것이 아니겠는가! 갑자기 한 아이에게 부모가 되어주고 가정을 선물한다는 것이 얼마나 값진 일일까 떠올려보았다.

그렇다. 한 생명의 아빠가 되고 부모가 되는 것이 얼마나 큰 기쁨이 되는지 그 마음은 이루 말할 수 없다. 의진이가 집에 오고 나서 온 삶이 바뀌었다. 가장 큰 변화는 내가 아빠가 되었다는 것이다. 나는 살아오면서 수많은 이름으로 불렸다. 간사, 전도사, 목사, 사장 그리고 대표로 불릴 때가 있었다. 수많은 이름 중에 결혼한 지 11년이 지나서 비로소 아빠란 이름이 생겼다. 난 수많은 이름 중에 이 아빠란 이름이 참 소중하다. 무엇보다 여자아이를 생각했던 나에게 아들이 얼마나 든든한지. 의진이를 만나면서 내 편견도 깨지게 되었다.

의진이를 만나게 되면서 목회 사역의 방향도 바뀌었다. 사실 의진이를 만나기 몇 년 전부터 입양 상담을 하면서 여러 입양기관에 문을 두드렸고, 직접 방문했다. 그때 입양기관 미혼모 시설에서 미혼모들을 보았다. 지금은 입양특례법으로 입양기관에서 미혼모 기본생활시설을 운영할 수 없지만 우리 부부가 입양 상담을 할 땐 기관에서 미혼모들을 볼 수 있었다.

입양 상담 후에 아내는 그 미혼모들이 눈가에 밟힌다고 내게 말해주었다. 나는 지역교회 부목사로 사역을 했고 아내는 개인적으로 미혼모들을 도왔다. 혼자 병원에 못 가겠다는 미혼 임산부를 만나서 보호자로 병원에 가주었다. 병원비가 없다면 병원비를 대신 내주기도 하고 집에 공과금을 못 내서 전기와 가스가 끊겼다는 미혼모를 찾아가서 공과금도 내주었다. 밥을 못 먹고 있다는 미혼모를 만나서 밥을 사주었다. 나는 교회 청년들과 미혼모 시설을 방문해서 시설에 필요한 물품을 후원하며 도왔다.

의진이를 입양하고 나서는 아내에게 도움을 요청하는 미혼모들이 더 많아졌다. 아내가 개인적으로 감당할 수 없을 만큼 도움을 요청했고 이 일을 두고 아내는 나에게 기도를 요청했다. 서로 기도하며 고민 끝에 교회 사역을 내려놓기로 결심하고 미혼모 사역을 감당하기로 결단했다. 이게 러브더월드의 시작이다. 러브더월드의 시작은 쉼터를 개소해서 미혼모들과 함께 살기 시작한 것이다. 그렇게 시작된 러브더월드는 지금 전국에 2천 가정 이상의 미혼모와 미혼부 가정을 돕는 사역을 진행하고 있다. 한 생명을 살리고 지키는 일이 입양을 통해 연결되었다. 입양을 통해 미혼모를 만나게 되고 이들에게 하나님의 사랑을 전하는 일을 하게 되었다. 오늘도 살아 역사하시는 하나님의 놀라운 은혜를 경험하고 있다.

쉼터에서 미혼모들을 돌보면서 일곱 번째로 태어난 여진이는 우리 부부의 딸이 되었다. 여진이 생모는 쉼터에 와서 아기를 낳았다. 아내가 분만의 모든 과정에 참여했고 생모는 여진이를 낳은 뒤 여러 고민 끝에 우리 부부가 여진이를 입양해주면 좋겠다는 마음을 고백했다. 생모가 아이를 키우도록 여러 방법으로 상담했지만 여의치 않았고 그 후에 입양 절차를 진행했다. 생모는 쉼터에서 같이 살면서 여진이를 백일 될 때까지 모유를 먹이고 키웠고 입양절차가 진행되는 백일 후부터는 여진이를 우리가 키우면서 입양하였다. 우리 부부에게 감히 상상도 하지 못할 기적 같은 일이 일어났다.

11년간 쉬지 않고 기도했던 '믿음의 유산을 전수하는 가정'을 하나님의 방법대로 이루어주셨다. 하나님은 입양을 통해 믿음의 유산을 전수하는 가정이 되게 해주셨다. 두 아이는 하나님이 우리 부부에게 주신 선물이자 복이다.

두 아이를 주신 것은 큰 축복이자 선물이었지만 양육은 쉽지 않았다. 11년을 기다려서 만난 의진이와 여진이를 키우는데 정말 기뻤다. 그런데 육아는 생각보다 힘들었다. 사실 난 육아가 쉽다고 생각했다. 하지만 내가 원할 때 잠을 자지도 못할 뿐 아니라 모든 삶을 아이에게 맞추어야 했다. 그렇지만 입양은 절대 후회되지 않는 일이다.

아이를 키우면서 우리 부부는 차원이 다른 성장을 하고 있다. 아내와 나는 서로가 꽤 괜찮은 사람인 줄 알고 있었다. 배울 만큼 배웠다고 생각했고, 강의하고, 설교도 하고, 상담하고, 목회자로 꽤 괜찮은 척 살아왔다고 생각했다. 하지만 요 쪼그만 아이로 인해 감정 조절이 안 되고, 인내가 안 되고, 내 성향대로 아이를 제어하려는 자신의 모습을 보게 되었다. 육아는 진짜 현실이고, 도망갈 수도 없었다.

이제 법적으로 내 자식이니까 포기할 수도, 버릴 수도 없는 내 책임이라는 생각이 들었다. 무엇보다 나를 사랑하시는 하나님 아버지의 마음이 느껴졌다. 나의 어떤 모습도 사랑해 주시고 보호해 주시며 지켜 주시는 아버지의 은혜가 깊이 다가왔다. 의진이와 여진이의 아빠가 바로 나다. 여러 시행착오를 겪으면서 아내와 나는 점점 더 부모가 되어 가고 있다.

우리 두 아이를 키우면서 입양 사실을 언제 알려줄 수 있을까 하는 고민을 했다. 이런 고민은 생각지도 못한 때에 금방 찾아왔다. 예전 쉼터에서 미혼모들과 함께 살 때(지금은 미혼모들과 함께 공동주거를 하지 않는다) 미혼모의 딸이었던 여진이가 어느 날 우리 가족방으로 들어왔다. 의아해하는 의진이에게 여진이가 동생임을 알려주었다. 그때 아들은 아내에게 이렇게 질문을 했다.

> "아, 여진이는 다른 이모 배에서 나왔구나.
> 그럼 나는 엄마 배에서 나왔죠?"

아내가 의진이에게 말했다.

> "의진이도 다른 이모 배에서 나왔어."

그러면 의진이가 계속 물어보면서 쉼터를 거쳐간 모든 미혼모의 이름을 말하기도 했다.

그렇게 살아가면서 첫째는 초등학교 5학년이 되었고 둘째는 초등학교 3학년이 되었다. 아이들은 자신들이 입양된 것을 알고 있다. 낳아준 엄마에 대한 궁금증, 태어날 때 모습, 아기 때의 모습, 그리고 낳아준 엄마를 보고 싶다 등의 이야기를 자연스럽게 한다. 우리 부부의 원칙은 아이들이 입양에 대해서, 생모에 대해서 그냥 어떤 말이나 감정이라도 표출할 수 있는 분위기를 만들어 주자는 것이다. 이러는 가운데 서로를 향한 신뢰를 쌓아가며 서로 하나된 가족으로 만들어져 가고 있다.

2014년 5월에 아장아장 걷기 시작한 14개월의 남자아기 의진이를 만났고, 2016년 2월에 여진이까지 입양하여 우리는 가족이 되었다. 우리 가족은 혈연관계가 아무도 없다. 서로 다른 혈연으로 만났지만 서로 닮았다. 많은 사람들이 어떻게 그렇게 닮았냐며 신기해한다. 그 이유는 우리가 가족이기 때문이다. 우리 부부가 생각하는 가족은 같은 가치관으로 같은 결단을 하면서 한 방향으로 나아가는 공동체이다. 우리 가족이 함께 꿈꾸는 삶은 하나님을 예배하고, 사람을 사랑하며, 물질은 소유하는 것이 아니라 잘 사용하고 나누며 섬기는 삶이다.

두 아이를 키우면서 아내와 항상 함께 마음으로 기억하는 것이 있다. 아내가 암수술을 받고 항암치료를 받는 과정 중에, 언제 죽을지 살지도 모르는 그때 장인어른이 아내의 머리말에서 하셨던 고백이다.

> "나는 내 딸이 내 것인 줄 알았다. 내가 낳았고 내가 기른 소중한 내 딸. 내 딸 좀 살려달라고, 암에 걸렸는데 제발 살려달라고. 근데 내가 낳았지만 내 딸은 하나님이 주신 생명이더라. 이 생명을 이 땅에 사는 동안 하나님을 대신해서 사랑하고 사랑으로 돌보고 기르라고 보내주신 거였다. 내 것이라고, 그래서 나보다 먼저 죽어도 안 되고, 건강하고 행복하게 살아야만 하는 내 딸이라고, 하나님께서 먼저 데려가시면 안 된다고 했는데 내 딸은 내 것, 내 소유가 아니라 이 땅에 살면서 하나님을 대신해서 사랑으로 보호하고 양육해야 할 하나님의 생명이라는 것을 알게 되었다."

세상에 부모가 필요 없는 아이는 없다. 세상에 하나님이 필요 없는 사람은 없다. 우리에겐 하나님의 사랑이 필요하다. 세상에 내 자녀만큼 내가 책임지고 헌신하며 사랑하는 관계는 없다. 세상에 하나님만큼 책임지고 헌신하며 우리를 사랑하시는 분은 없다.

아버지이신 하나님은 참사랑을 내게 보여주셨고 이 땅에서 하나님을 대신해서 사랑으로 기르라고 아들 의진이와 딸 여진이를 보내주셨다. 내 소유가 아닌 하나님의 선물인 두 아이를 생명 다해 사랑하며 오늘도 믿음의 유산을 전수하는 가정이 되는 꿈을 꾸며 살아간다.

박대원·서지형 부부는 '러브더월드(Love the world)'를 섬기고 있습니다. 러브더월드는 미혼모, 미혼부와 아이들 그리고 한부모 가정 등 가난하고 소외된 이웃을 돕고 사랑하며 함께 살아가는 삶을 통해 예수 그리스도의 사랑을 전하고, 예수님의 제자로 살며, 세상에 선한 변화를 가져오게 하는 비영리단체(NGO)입니다.

의진이가 집에 오고 나서 온 삶이 바뀌었다.
가장 큰 변화는 내가 아빠가 되었다는 것이다.
나는 살아오면서 수많은 이름으로 불렸다.
간사, 전도사, 목사, 사장 그리고 대표로 불릴 때가 있었다.
수많은 이름 중에 결혼한 지 11년이 지나서 비로소
아빠란 이름이 생겼다.
난 수많은 이름 중에 이 아빠란 이름이 참 소중하다.

(2) 입양, 행복의 보물창고

김보람 (엄마)

성경에 보면, 밭에 감추인 보화의 비유가 등장합니다. 밭을 갈던 인부가 밭 속에 보물을 발견하고 어떤 값을 치러서라도 그 땅을 사게 된다는 스토리입니다. 우리 가족은 이 비유가 어떤 내용인지 경험을 통해 알게 되었습니다. 사랑하는 막내딸 러블린을 입양을 통해 만난 사건이 바로 이 보석을 발견한 것과 같은 일이기 때문입니다.

이름이 같았던 우리 부부(이보람, 김보람)는 중학교 친구였습니다. 어려운 청소년기, 남편의 전도로 하나님을 만나고 맺어주신 인연이 되어 우리는 하나의 따뜻한 가정을 이루게 되었습니다. 결혼을 준비하며 한 가지 약속한 것이 있는데 바로 입양이었습니다. 어려웠고 답이 없어 보였던 청소년 시기에 우리와 함께해주신 하나님과 교회 공동체 덕분에 행복한 가정을 이룬 우리처럼, 가정이 필요한 한 아이에게 따뜻한 가정을 만들어주고 싶다는 마음 때문이었습니다.

그런데 입양이라는 꿈은 현실 앞에서 막연한 이상 같아 보였습니다. 첫째 하리, 둘째 하루를 출산하고 나니 두 아들을 키우는 현실은 만만치 않았습니다. 또한, 육아에 들어가는 재정적인 압박은 입양이 우리에게 어울리지 않는다고 말하는 듯 했습니다. 그럼에도 불구하고 우리의 인생이 하나님의 은혜로 지금까지 온 것처럼 체력적인 어려움, 육아의 어려움, 재정의 어려움을 넘어 더 큰 가치가 있음을 믿고 결단했습니다. 조금 흐릿했지만 삶의 한절이라도 주님의 마음을 담고 싶은 마음이 보화처럼 느껴졌거든요.

러블린은 동방사회복지회 입양기관에서 우리를 기다리고 있었습니다. 처음 만난 날, 작은 얼굴에 웃음기 없던 그 아이는 우리의 마음을 단번에 사로잡았습니다. 입양 과정은 쉽지 않았지만, 우리는 러블린이 우리 가족의 일부가 되기를 간절히 바랐습니다.

러블린이 처음 우리 집에 왔을 때, 그녀는 생후 4개월에 불과했습니다. 건강 문제로 사회적 상호작용을 많이 할 수 없었던 러블린은 무표정이 기본이었지만, 오빠들의 따뜻한 관심과 장난 덕분에 금세 웃음 공주가 되었습니다. 러블린의 웃음은 마치 보물 같았고 '입양을 통한 행복'을 맛보고 있었습니다.

물론, 러블린의 입양 과정은 결코 순탄하지 않았습니다. 입양 초, 걷는 게 느렸던 러블린은 평생 휠체어를 탈 수도 있다는 진단을 받았습니다. 그러나 하나님께 기도하는 시간이 기적을 낳았는지 그 진단이 오진이라는 사실을 알게 되었습니다. '러블린은 기도로 크는 아이구나.'라고 느꼈던 순간이었습니다.

러블린의 성장이 또래에 비해 느리다는 사실도 우리에게 또 다른 어려움이었습니다. 6살이 되던 해, 느린 학습자 경계선 지능 진단을 받았거든요. 우리가 예상하지 못했고, 앞으로 대처할 수 있을까 하는 염려로 인해 힘든 시기를 겪었습니다. 부모인 우리는 여전히 부족하고, 재정적인 지원도 어려웠으며, 무엇보다 우리의 미래가 막막해 보였습니다. 그러면 안 되지만 '혹시 우리집에 입양을 와서 이런 문제가 생긴 걸까?'라는 생각까지 들었습니다. 하지만 러블린은 조금 더디게 성장하더라도 우리에게 보내주신 하나님의 선물이라는 것에 확신이 들었습니다. 그리고 깊은 구덩이에 빠진 것 같은 절망 속에서 하나님은 우리에게 이렇게 질문하셨습니다.

"러블린의 아버지가 누구니?"

이 질문을 들었을 때 우리는 정신을 번쩍 차렸습니다. 우리 부부가 러블린의 아빠 엄마라면 부족할 수 있지만, 하나님이 러블린의 아버지 되신다면 이 문제는 더 이상 문제가 아니라는 확신 때문이었습니다. 나와 남편을 지금까지 신실하게 인도하신 주님이, 부족함 없이 넘치게 채워주신 주님이 러블린의 아버지라면 안전하다고 생각했습니다.

이 사건 이후, 우리의 질문은 바뀌었습니다. 하나님 그럼 우리가 러블린과 어떻게 살아가기를 바라십니까? 하나님은 러블린의 연약함을 들어 사용하셔서 많은 이들에게 위로와 소망을 보여주기를 원하신다는 확신이 들었습니다. 그 덕분에 특수교사였던 아빠는 경계선 지능인들을 위한 유튜브 채널 [경계를 걷다]를 시작했고, 러블린과의 스토리를 통해 비슷한 어려움을 가지고 있는 부모들을 위로할 수 있는 책을 쓰고 강연 활동을 하게 되었습니다. 저 역시도 반(反)편견 입양 강사로 활동하며 다양한 입양가족들과 소통하고 있습니다. 우리의 경험을 나누며 다른 이들에게 희망을 전하는 것이 우리의 사명이었던 것입니다.

러블린은 자신의 속도에 맞춰 성장하며, 경계성 지능이라는 진단에도 불구하고 스스로의 삶을 주도적으로 살아가고 있습니다. 여전히 뾰족한 말을 하는 친구들과 편견 가운데 차가운 현실을 경험하지만 가족과 함께, 그리고 기도해주는 공동체와 함께 넉넉히 이겨내고 있는 중입니다.

많은 사람들이 입양에 대해 꿈을 꿉니다. 선한 일이라고 칭찬을 해주시죠. 그런데 입양을 경험하게 된 저는 입양이 칭찬받을 만한 일, 대단한 일을 넘어서 복을 누리게 되는 일이라고 대답합니다. 입양을 통해, 러블린을 통해 받은 복은 셀 수 없는 놀라운 보석과 같은 특별함이었고, 앞으로도 우리에게 허락될 기쁨입니다. 밭에서 보석을 발견한 자는 어떤 대가를 지불해서라도 그 밭을 구입하게 됩니다. 입양을 하고 자녀를 키우며, 특히 느린 아이를 키우며 어찌 순탄하기만 하겠습니까? 그런데 그 대가를 지불할 만한 놀라운 가치가 있습니다. 이 글을 읽는 분들에게도 자신 있게 말씀드리고 싶습니다.

"입양, 행복의 보물창고입니다."

이보람 아빠는 경계선지능(느린학습자) 유튜브 채널 [경계를 걷다]를 운영하고 있으며, 『함께 걷는 느린 학습자 학교생활』을 출판했습니다.

우리 부부가 러블린의 아빠 엄마라면 부족할 수 있지만,
하나님이 러블린의 아버지 되신다면
이 문제는 더 이상 문제가 아니라는 확신 때문이었습니다.

(3) 한 명이라도 더

윤정희 (엄마)

할렐루야!

주님의 심부름꾼으로 살고 싶은, 세상에서 가장 멋있는 김상훈 목사의 아내이며, 지구에서 가장 아름다운 열한 명 아이들의 엄마인 윤정희입니다.

정말 많은 분들이 저에게 물어오는 질문이 있는데 그건 바로 "아이들을 왜 이렇게 많이 입양하셨어요?"입니다. 저도 처음에는 이렇게까지 많은 아이들을 키울 생각이 없었습니다. 딸 셋, 아들 셋까지 아이들이 북적북적 여러 명이 서로 어우러져 즐겁게 사는 가정을 꿈꾸었습니다.

우리 아이들은 모두 보육원에서 지냈습니다. 한 명 한 명 입양하기 위해서는 보육원으로 가야했고 본의 아니게 보육원 아이들의 사는 모습도 모두 보게 되었습니다.

이들이 나이가 어릴 때 입양이 되면 가정 안에서 빠르게 적응을 하는데, 아이들의 나이가 들어가고 초등학생이 되어서 입양이 되면 가정 안에서 적응하는 시간이 아이가 보육원에서 살아온 시간만큼이나 걸린다는 걸 알게 되면서부터일까요. 아이들은 어느 누구라도 가정 안에서 부모의 사랑과 관심을 받으며 자라야 된다는 걸 깨닫게 되었습니다. 그때부터인 것 같습니다. 주변 분들에게 아이들을 입양해서 가정에서 키울 수 있게 가정의 문을 열어달라고 말하고 다녔습니다.

우리 집은 여섯 명까지는 주님의 은혜로 입양이 되었습니다. 일곱째부터는 솔직히 입양이 된다는 자신이 없었습니다. 하지만 자신이 없는 마음은 마음이고 보육원에 아이들이 너무 많은 걸 볼 때마다

"한 명이라도 더! 아, 주님!
한 명의 아이라도 더 아이들이 가정으로 돌아갈 수만 있다면…"

라고 기도했습니다.

기도하는 제 마음 안에 예수님께서 우리 안에 있는 99마리의 양보다 우리 바깥에 있는 길 잃은 한 마리 양을 더 안타깝게 여기심을 보여주셨습니다. 예수님이 보여주신 한 명의 아이, 그 한 명이라도 더 가능하다면 우리가 입양하자, 입양이 안 되는 큰아이를 입양하자는 마음에 저는 보육원 문을 계속 두드렸고, 안 될 것 같은 입양이 법원의 허가 판결이 나면서 저는 초등학교 2학년 남자아이를 품게 되었습니다. 일곱 번째 아이였습니다.

아이가 어느 정도 안정을 찾고 학교와 가정 안에서 잘 지낼 무렵에 주님께서는 제게 또 말씀하셨습니다. 보육원에서 지내는 또 다른 한 명의 아이를 주님께서는 가정에서 부모와 함께 살기를 바라신다는 걸

알게 되면서 저는 순종했습니다.

여덟 번째 남자아이를 품었습니다. 이 아이가 바로 행복이입니다. 저를 행복한 엄마로 만들어 준 너무나도 천진난만한 행복한 아이, 행복이를 키우면서 행복에 푹 빠져 살 때 주님은 제게 또 말씀하셨습니다.

울고 있는 주님의 또 다른 한 명의 아이를 품으라. 그 한 명의 아이가 한결이었습니다. 입양되었다 다시 파양되고 보육원에서 적응도 못하고 학교에서도 심하게 왕따를 당하는 아이. 저는 주저하지 않고 바로 순종했습니다. 그리고 우리 가정을 주님의 도구로 사용해 달라고 기도했습니다.

그렇게 아홉 명의 고만고만한 아이들과 하루하루 정신없는 날들을 보내면서 조금은 안정을 찾아갈 즈음 주님께서는 또 절 찾아오셨습니다. 내 사랑하는 아이가 보육원에 있다고 하셨습니다. 저는 바로 보육원을 방문했고 거기에서 무표정의 작은 아이 한 명을 품었습니다. 제 힘으로 입양했으면 아마 판사님의 마음을 움직이지 못 했을텐데 하나님께서 하시니 바로 입양이 되었습니다.

그렇게 아이들은 열 명이 되었고 우리 부부와 함께 주님의 열두 제자로 오직 주님만 나타내는 삶, 그리스도인의 삶을 살고자 많은 시간을 아이들과 봉사하고 가지고 있는 게 있다면 이웃과 나누면서 지냈습니다.

마지막일거라고 생각했는데, 하나님께서는 열한 번째 아들도 예비해 주셨다는 걸 알게 되었고, 곧 초등학교 6학년 남자아이를 품게 되었습니다. 그 아이가 현재 고3이 되었고 스스로 입양 홍보대사가 되겠다며 보육원의 아이들이 초등학교에 가기 전에 입양되어야 한다고 말을 합니다. 이렇게 우리 집은 열한 번째 아들을 품으면서 대한민국에서 가장 많은 아이들을 입양한 가정이 되었습니다.

세상의 모든 아이들은 가정에서 부모의 사랑과 관심을 받고 자라야 정신과 육체가 건강하게 자라게 됨을 알게 되면서부터 대한민국 아이들이 보육원 대신 쉼터나 그룹홈, 위탁 및 입양을 통해서 가정으로 돌아가야 함을 알리기 위해 저는 우리 가정의 문을 열었습니다. 사명자의 마음으로 아이들을 품었습니다.

한 명이라도 더!

지금 이 글을 읽고 계시는 분께도 주님의 음성이 들리신다면 주저하지 마시고 입양의 문을 두드리시길 원합니다. 그리고 주님이 사랑하는 작고 여린 한 명의 아이를 가정 안에서, 부모의 품에서 사랑과 관심을 받으며 자랄 수 있도록 가정의 문도 열어주시길 원합니다. 입양을 통해 가정을 이루신 모든 입양가정을 주님의 이름으로 사랑합니다.

윤정희 엄마는 현재 가정위탁으로 보호가 필요한 아동에게 따뜻한 가정을 선물하는 삶을 이어나가고 있습니다.

하지만 자신이 없는 마음은 마음이고 보육원에 아이들이 너무 많은 걸 볼 때마다 "한 명이라도 더! 아, 주님! 한 명의 아이라도 더 아이들이 가정으로 돌아갈 수만 있다면…"라고 기도했습니다.

입양 QnA 12

Q. 입양 도서나 영상을 추천해 주세요.

마흔 살, 동갑내기 남녀가 소개로 만나 결혼한 지 5년째입니다. 그동안 아이를 갖기 위해 여러 병원을 다녔어요. 몸과 마음이 많이 지쳐갈 무렵 특별새벽기도를 통해 하나님께서 입양의 마음을 주셨습니다. 앞으로 어떻게 입양을 준비하고 시작해야 할지요. 먼저는 입양 책이나 영상을 추천받고 싶은데 소개 부탁드립니다.

A. ◎ 도서

『바보 엄마』(권미나, 규장, 2020)
『울보 엄마』(권미나, 규장, 2022)
『너의 심장 소리』(김마리아, 세움북스, 2022)
『엄마가 엄마 찾아줄게』(김마리아, 세움북스, 2024)
『오늘부터 엄마』(이창미, 샘터, 2012)
『사랑은 여전히 사랑이어서』(윤정희, 두란노, 2016)
『길 위의 학교』(김상훈, 두란노, 2019)
『너라는 우주를 만나』(김경아, IVP, 2018)
『가족 꽃이 피었습니다』(입양 가족, 홍성사, 2015)
『요한의 고백』(박요한, 지혜의 샘, 2013)

◎ 방송

KBS1 <인간극장>
《남태평양 피지에 우리 집이 있다》(2022.8.15-19 방영)
《그 여자네 집》(2015.6.22-25 방영)
《고마워 나의 열 손가락》(2011.11.21-25 방영)

《바보 가족》(2011. 1. 3-7 방영)
《내 생애 최고의 선물》(2020. 12. 14-18 방영)
《우리 집엔 천사들이 산다》(2021. 12. 20-24 방영)
《우리 엄마 명진씨》(2012. 3. 5-9 방영)
《너희와 함께라면》(2022. 12. 19-23 방영)
《내게 온 사랑》(2015. 11. 9-13 방영)
《넷이 딱 좋아》(2021. 3. 8. -12 방영)

MBC <강연자들>
《내 삶의 원동력은?》(신애라 편, 2024. 11. 24. 방영)

CBS <새롭게 하소서>
《믿음으로 양육하는 자녀》(2015. 6. 19. 방영)
《한 아이를 잃고 세 아이를 품다》(2016. 5. 11. 방영)
《하나님은 최고의 스토리텔러》(2023. 7. 17. 방영)
《하나님이 아버지가 되기까지》(2019. 4. 3. 방영)
《셋째 아들이 경찰관을 찾아간 사연은》(2024. 3. 13. 방영)
《상처는 사랑으로 치유됩니다》(2022. 1. 24. 방영)

한국기독입양선교회 인터넷 카페에 접속하면 개인적 고민 상담, 입양의 소통, 정보 등을 얻을 수 있습니다.

카페 주소 : https://cafe.naver.com/koreaadoptionmisson

카페 QR코드 :

한기선 도란도란 12

한기선 한가족 대잔치 행사 때 한나시(한기선이 나누는 시간 15) 강연을 진행합니다. 15분 정도의 시간 동안 강연자는 본인의 삶이나 특정 주제로 이야기를 들려줍니다. 한나시 강연 중에서 이은주 엄마의 이야기를 나눕니다.

<주님의 손과 발이 되어>

안녕하세요! 저는 송내사랑의교회를 섬기는 이은주 권사입니다. 뜻깊은 자리에서 제 삶을 나눌 수 있도록 인도하신 하나님께 감사드립니다. 지금으로부터 17년 전, 그러니까 2007년 12월 10일은 저에게 있어 평생 잊을 수 없는 날입니다. 아들 희성이는 입영통지서를 받았고 남은 기간 동안 일을 했지요. 그날도 아르바이트를 하러 아침에 인사하고 집을 나섰어요. 오전 10시쯤인가 모르는 번호로 전화가 한 통 걸려왔지요. 받자마자 큰일 났다고, 아들이 사고를 당했다고 다급한 목소리가 들렸습니다. 저는 정신없이 택시를 타고 병원에 갔지요. 아들은 이미 뇌사 상태였습니다. 사력을 다해 아들을 꼭 붙잡고 싶었지만, 붙잡은 손을 놓을 수밖에 없었습니다. 가슴이 찢어질 듯 너무 아팠습니다. 그 괴로웠던 심정을 어떻게 말로 다 표현할 수 있을까요.

희성이가 일부라도 세상에 남아줬으면 좋겠다는 의사 선생님의 권유로 장기 기증을 결심했습니다. 22살의 청년, 너무 건강했던 내 아들의 장기는 9명의 중환자들의 생명을 살리는 희망의 씨앗이 되었습니다. 하늘의 별이 된 내 아들! 아들의 마지막 가는 길은 9명에게 '새 생명'을 선물함으로써 완성되었습니다. 아들을 떠나보내고 마냥 슬픔에 빠져 있을 수만은 없었습니다. 왜냐구요? 딸이 많이 아파 병간호를 해야만 했기 때문이죠. 전에 딸은 폐동맥 고혈압이라는 희귀 난치병 진단을 받았습니다. 당시 약값만 한 달에 100만 원이 넘었고, 치료가 오래 걸리다 보니 딸에게는 심한 우울증이 찾아와서 수시로 정신과 병원에 입원도 하는 고통의 시간을 보냈습니다.

한 달에 딸아이의 병원비가 무려 300-400만 원이 나왔는데 감당하기에는 너무 벅차고 정말 힘들었습니다. 닥치는 대로 일거리를 찾아서 벌어야 했고, 무엇이든지 병원비를 마련할 수만 있다면 온몸을 짜내지 않을 수 없었습니다. 낮에는 일에 몰두하느라 아들 생각을 잠시 잊을 수 있었지만, 밤만 되면 아들이 보고 싶어 미칠 것만 같았고, 아들 생각에 너무 괴로워 술로 밤을 지새우며 술에 취해 잠들곤 했습니다.

세상에 저만 피해자 같고 저만 힘들게 사는 것 같았어요. 원망하고 또 원망하는 제 자신이 너무 싫었습니다. 어느덧 저에게도 원인 모를 병이 찾아왔어요. 대인기피증, 공황장애, 우울증, 분노조절장애였지요.

제 몸이 고장 나니 음식을 거부했고, 음식을 먹지 않으니 몸이 쇠약해져서 급기야는 병원에 입원을 하고 말았습니다. 병원에서 장시간 치료를 받고 조금씩 회복이 될 무렵 결코 오지 말아야 할 그 날이 오고야 말았습니다. "엄마 아빠, 내일 봐요!" 하고 제 방으로 들어간 딸아이가 새벽 무렵에 심정지로 제 곁을 떠났습니다. 그렇게 가버린 딸아이를 그리며 저는 목 놓아 울고 또 울었습니다. 성인이 된 두 자녀를 잃은 상실의 아픔은 내일의 희망을 앗아갔고, 더 짙은 어두움으로 인생을 송두리째 몰아넣었습니다.

시편 102편에 이런 말씀이 있더군요.

> 나의 괴로운 날에 주의 얼굴을 내게서 숨기지 마소서 주의 귀를 내게 기울이사 내가 부르짖는 날에 속히 내게 응답하소서 내 날이 연기 같이 소멸하며 내 뼈가 숯 같이 탔음이니이다
>
> (시 102:2-3)

그러던 어느 날, 출석하던 교회에서 가정의 달 특집으로 윤정희 사모가 강사로 온다는 사실을 듣게 되었습니다. 두 아이를 떠나보내고 괴로워하는 저에게 11명이나 입양한 엄마의 이야기가 무슨 위로가 되겠냐며 무시했습니다. 그런데 집회 날짜가 다가올수록 이상하게도 주저함이 사라지고 참여해야겠다는 마음이 강하게 일어났지요. 윤정희 엄마는 살아온 지난 이야기를 들려주었습니다. 하나님의 은혜가 얼마나 크

고 놀라운지 저는 한 엄마의 이야기를 들으며 하염없이 눈물을 흘렸습니다. 하나님께서는 집회를 통해 제 안에 있는 울분과 아픔을 어루만져 주셨고, 그렇게 흐르는 눈물과 함께 분노와 증오가 씻겨나가고 있음을 경험했습니다.

집회를 마치고 제가 꼭 식사 대접을 하고 싶다고 교회 목사님께 간청을 드렸습니다. 식사를 마친 후 아무에게도 말하지 못했던 아픔들을 저도 모르게 털어놓게 되었습니다. 제 얘기를 다 듣더니 윤정희 엄마가 꼭 안아주면서 "언니! 그동안 너무 힘들었겠다. 이렇게까지 살아줘서 고마워…" 이 말을 듣는데 눈시울이 뜨거워지더군요. "언니! 앞으로 보육원에서 퇴소하는 아이들의 어머니가 되어줬으면 좋겠어."

하나님께서 저에게 새로운 인생, 가장 행복한 길을 걸어가라는 마음을 주셨습니다. 육신의 아이들을 떠나보냈지만, 이제는 영의 아이들을 품고 돌보라는 사명입니다. 한기선 입양 청소년들과 함께 단기선교도 다녀왔고, 봉사도 하며, 자립준비 청년들에게 사랑과 마음과 재정을 흘려보내기 위해 한 걸음 한 걸음 용기 내어 나아가고 있습니다. 종교 생활만 했을 때는 보지는 않았는데 아픔을 겪고 회복의 시간을 거치니 소외된 아이, 마음이 아픈 아이, 울고 있는 아이가 보입니다.

두 자녀를 떠나보낼 당시 남편 역시 많이 힘들어했습니다. "왜 하필이면 나였는지, 왜 하필이면 내 자녀였는지 그것도 하나도 아닌 둘씩이나…" 앞으로 어떻게 살라는 것인지 절규하며 하나님께 등을 돌렸습니다. 그러나 하나님께서는 지난 과거에 입은 상처를 다른 연약한 사람들을 돕는 치료제가 되게 하셨습니다. 가장 좋은 치유자는 먼저 고통의 터널을 경험한 치유자라고 합니다. 남편은 직업을 살려서 교회 지체들과 함께 미자립 교회나 주택, 센터 등을 수리하는 봉사를 하고 있습니다. 주님의 손과 발이 되어 남은 인생 그 일을 하고 싶어 합니다.

먼저 하나님의 품에 안긴 두 자녀를 다시 볼 날을 저희 부부는 기대합니다. 이제 남은 인생 크나 작으나 많으나 적으나 주님께서 주신 이 마음으로 누군가의 설 땅이 되어주고, 누군가의 비빌 언덕이 되어주는 그런 삶을 살아가고 싶습니다.

에필로그 _ 책을 닫으며

아침 해가 뜨고 저녁의 노을
봄의 꽃 향기와 가을의 열매
변하는 계절의 모든 순간이
당연한 것 아니라 은혜였소
내 삶에 당연한 것
하나도 없었던 것을
모든 것이 은혜 은혜였소
내가 하나님의 자녀로 살며
오늘 찬양하고 예배하는 삶
모든 것이 은혜였소

- 복음송 《은혜》 가사 일부 -

지난 10월 3일 우리 한기선은 창립 6주년을 맞아 전국의 하나님을 믿는 입양가정들이 서빙고 온누리교회에 모여 주님께 감사 예배를 드렸습니다.

함께 찬양하는 우리는 모두 감격에 벅차 우리가 올려드릴 수 있는 최선의 마음을 다해 경배와 찬양을 드리면서 우리가 사는 모든 것이 주님의 은혜였다는 걸 깨닫고, 입양가족으로 살아가는 삶이 주님께서 주신 은혜였음을 고백했습니다.

우리 한기선 가족과 지난 6년을 보내면서 오직 주님만 바라보자, 주님께서 지금 이 자리에 우리와 함께 계시다면 우리에게 뭐라 말씀하실까 생각하며 이 말씀을 늘 가슴에 새기며 지내왔습니다.

> 누구든지 하늘에 계신 내 아버지의 뜻대로 하는 자가
> 내 형제요 자매요 어머니이니라 하시더라
>
> (마 12:50)

혈연으로 맺어진 가족은 이 땅에서의 삶으로 끝이지만 언약 공동으로 맺어진 가족은 천국에서까지 영원하다는 주님의 말씀을 붙잡고 성경 안에서 '입양'의 올바른 의미를 알고 주님의 뜻 안에 우리는 기꺼이 언약 공동체 가족이 되었습니다.

우리가 그리스도인이 아니면 세울 수 없었던 한국기독입양선교회!

우리는 이렇게 주안에서 가족이 되었습니다.
주님께서 우리와 함께하심을 알기에 우리는 그저 순종할 뿐, 연약한 공동체는 함께 품으며 서로를 위해 기도하는 일을 주저하지 않았습니다.

여기 주님께 순종하고자 했던 우리의 마음과 살아가는 이야기를 조심스럽게 세상에 내놓습니다.
우리가 살아가는 이야기가 누군가에게는 도전이 되길 바라며,
한 아이를 품고 싶은데 주저하는 가정에게 희망이 되길 바라며,

입양 자녀로 인해 눈물의 세월을 보낸 부모님이 계시다면 우리들의 글을 통해 주님께서 눈물을 닦아주고 계심을 같이 느끼실 것입니다.

우리들의 살아가는 삶을 읽는 순간,
절망이 아닌 희망이,
눈물이 아닌 웃음이,
고통이 아닌 행복이,
넘치심을 느끼실 겁니다.

세상의 어떤 언어로도 표현할 수 없는 우리 주 예수 그리스도!
오직 모든 영광 주님께 올려드립니다.
주님, 사랑합니다.